名家散文典藏

彩插版

周涛散文精选

周涛 著

图书在版编目（ＣＩＰ）数据

周涛散文精选 / 周涛著.-- 武汉：长江文艺出版社，2017.12
（名家散文典藏：彩插版）
ISBN 978-7-5354-9987-5

Ⅰ.①周… Ⅱ.①周… Ⅲ.①散文集－中国－当代 Ⅳ.①I267

中国版本图书馆 CIP 数据核字(2017)第 247320 号

责任编辑：周 聪　　　　　　　　责任校对：陈 琪
封面设计：龙 梅　　　　　　　　责任印制：邱 莉　王光兴

出版：长江出版传媒　长江文艺出版社

地址：武汉市雄楚大街 268 号　　邮编：430070
发行：长江文艺出版社
电话：027—87679360
http://www.cjlap.com
印刷：湖北鄂东印务有限公司

开本：640 毫米×970 毫米　　1/16　　印张：15.75　　插页：9 页
版次：2017 年 12 月第 1 版　　　　2017 年 12 月第 1 次印刷
字数：196 千字

定价：32.00 元

版权所有，盗版必究（举报电话：027—87679308　87679310）
（图书出现印装问题，本社负责调换）

目录

名家散文典藏　周涛散文精选

阳光容器 / 001

二十四片犁铧 / 004

红嘴鸦及其结局 / 009

过河 / 012

巩乃斯的马 / 014

猛禽 / 019

天似穹庐 / 028

忧郁的巩乃斯河 / 034

伊犁秋天的札记 / 039

博尔塔拉冬天的惶惑 / 065

隔窗看雀 / 081

领略巫山 / 083

游太保山记 / 086

吉木萨尔纪事 / 091

迁徙者的家园 / 115

天山的额顶与皱褶 / 118

虫子，爬吧 / 121

深秋去看俄罗斯 / 125

周 涛 散 文 精 选

和田行吟 / 150

滇行记虚 / 177

蛇鼠 / 190

乌鸦 / 193

细狗 / 198

老父还乡 / 201

男人的手 / 223

谷仓顶上的羊 / 228

四种树 / 232

初雪 / 236

好雪者说 / 241

七间房小传 / 243

阳光容器

阳光从清冽、蔚蓝的天空中泼洒下来的时候，仿佛是被一个透彻的、空明而又高贵的容器过滤了。它看起来还是那样炽烈，那样明晃晃的，和所有正午的阳光一样炫目，但它其实已经不再灼烫闷人了。它从高空垂落下来，光芒四溅，游动跳跃，从这朵花转瞬蹿到那朵花，从这片草丛倏忽掠向那片草丛，依然可人和煦，但带着清新可爱的滋味，像一团充盈在天地之间的光芒的水流。

草原塌陷或隆起在一些山岗旁边，线条流畅自然地结合着，宛如床和枕头的关系。

远些的背景上，裸露出白岩石的山壁峻峭地雕刻出一些模糊粗犷的脸型，奇特地、一动不动地盯视着草原，表情怪异。

再远，钢蓝色的山体便从浓艳的绿野中分离出来，组合成天边的一列坚硬而又披挂了深雪的高大尖顶营帐；它总能被人一眼望见，却让人总也走不近它们。这些耸立天庭的雪峰和草原浓艳的夏天离得似乎是太近了，近得令人不敢相信，这就使这些巨大的实体看起来很像是假的。纯钢一般湛蓝的山体，耸峙并插进蓝得宁静明洁的天空。两种蓝，高度和谐而又截然不同，你无法说清这两种质地的蓝是怎样在空间里被鲜明区分的。

阳光正是从这样一种蓝得发亮的容器中倾泻下来，恣意地溅洒在草地上，饱满充沛，看样子不像是能够枯竭、不会有光芒泻尽的日子。

周　涛
散　文　精　选

　　这些光芒的瀑雨无声地向下降落，无声而缓慢，均匀而有力，一俟接触地面，触碰到白的岩石和各种颜色的明媚的野花，便会在花瓣的光彩上惊跳起来，反弹并四处迸溅，光芒像是撞碎散开的水珠，向各个方向惊跳，划出优美的弧度，纠缠、交织，在宁静无人的夏季牧场上织出一片炫目的、灿烂的光芒彩雨。这奢华的、浪费的阳光，正独自毫无目的地倾泻着，仅仅是为了漫无边际的茂盛的牧草繁荣滋长。

　　牧草长深了。滩上或山坡上的草已经没过了足踝，偶然有些地方裸露出小块未被草植遮盖的地皮，好像是大自然的随意和疏漏；山岗顶上的牧场正透着阴凉之气，草长得更深厚，已经可以陷没人的膝盖。

　　草原这时是一位画家，但只是画家而并不同时又是音乐家。它在这块大画布上涂抹油彩的时候，是非常愿意宁静的，在它色块汹涌奔流的空间里，任何细微的声响都能成为注意的中心。光斑在花朵上弹射、迸溅，却在草色深浅中被吸收，被融入，阳光渗入绿色的时候就好像水珠渗入厚壤那么容易。

　　有时候蓦然间会从天空中跌落下来一两只黄鸭，嘎嘎地大叫着，扑喇喇扇动着两张短翅膀。从蓝色晴空的说不清哪处缝隙间跌落下来，嘎嘎的大叫声和翅膀的扑扇声回荡震颤在原野山岗上，惊天动地，使人惊奇那么小的生物何以竟会发出如此之大的声响。黄鸭很像一个笨重、金黄的傻瓜，不慎从云朵上一脚踏空，划着弧度栽落下来，穿过光芒交织的彩雨，直向下跌，它嘎嘎的怪叫声仿佛是在大喊"救命"。结果，它一着地，就摇摆着屁股跌跌撞撞地走进草丛里不见了，虚惊一场。

　　还有时候，会有三五只天鹅像一组大型客机在草滩上降落。它们不大怪叫，只是平稳地飞行着，渐渐降低，互相仿佛商量了一下，然后沿着一条看不见的斜度轻盈而下，保持着飞行距离，着陆；它们像银子铸就的一般，把自己优美的身体合适地放在碧绿草毯的陪衬之中。

　　然而这一切并不引起草原的格外注意。它仍然宁静，光芒炫目或者因一朵云影的移动而暗转阴凉。

　　山岗在远处盘绕着。

　　几匹像是失散的无家可归的马，悠闲地甩着长尾——尾巴上粘着

刺球、草秆——驱赶蚊蝇。它们谁也不搭理谁,谁也不想独自走得太远,就那么吃着草,偶或扬起长鬃披散的颈子来怅望一下远方,像一伙子离家出走有些后悔但又想不起家来的流浪汉。

山岗依然在远处盘绕着,没有移动。

草的生机使它毛茸茸的、湿漉漉的,像是伏卧在那里的蜗牛,很久很久,它都没有动一下。巩乃斯河流得非常平静,随着地势的起伏偶尔闪露出一段水流,光芒并不耀目。它的拐弯处或平阔处长满了大片的芦苇,遮掩着它,使它像一个藏而不露、很有心计的动物。

离河不远的略微高起的坡地上,正露出一排土房子。

二十四片犁铧

　　拖拉机牵引着的二十四片犁铧宛如一组编钟，远远行进的时候看上去却像一只多脚的黑蜈蚣。它来到了处女地上，它的任务是把游牧者世世代代牧放畜群的草原犁为田亩，耕耘播种上铺到天边的麦子。

　　拖拉机以坦克那样沉重、不容商量的样子行进着，它的履带的钢齿碾过覆盖了绿草鲜花的草原，像一个性欲强烈的蛮横的男人在少女的胴体上留下的牙印。它是粗暴的、阴郁的，它在某种性欲表象之下执行着一种冷漠的钢铁般的命令。它对草原的强暴里不含有一丝一毫的性成分，没有一点一滴的热情和冲动，更不含有玩弄和欣赏，它是严肃地、一丝不苟地强奸了草原，破坏了巩乃斯草原与牧人之间保持了很久的青梅竹马之情而后仍然保留着的贞操。

　　这是一次可怕的耕耘和播种，它所含有的性质里隐藏着不易被人意识到的破坏的恐怖。它比烧杀抢掠更阴险蛮横，然而它完全不像烧杀抢掠那么容易判断，它的罪恶感是极其隐秘的。这是一次在耕耘和劳动这种旗帜下的庄严的破坏。

　　二十四片犁铧降下去了。

　　二十四片犁铧深深地插入了草原，切割的声响像某种疼痛的撕裂声，尖锐、短促，被压抑着；团团纠缠于土壤之下的草的根系，像散乱蔓延的湿润长发似的，被切断；犁铧切断每一根草的根须时，都发出一声细微的、脆裂的声响，就像斩断一根神经时那样。

拖拉机猛地顿住了。它遇到了一种从前未曾遇到过的阻力，二十四片犁铧在插进土地之后被紧紧夹住，所有的根系组成土壤里的网状防御体系，抗拒着犁铧的推进。

拖拉机喘息了一阵，重新调整了一下力量，发出猛兽的咆哮声，向前拱动。它不相信有什么能够阻挡住它。

二十四片犁铧前进了。从每一片犁铧倾斜的一侧，升起一股喷泉般翻动的波浪，褐黑色的土壤的波浪。波浪均匀地从二十四片犁铧的角隙间升起，组成一片整齐的舞蹈，起伏跳跃，训练有素，如同正在表演的少女团体操。

看起来是非常优美、非常欢快的呀！

拖拉机顷刻之间沉在草原里，变成了大海当中的一只旧驳船。它深陷着，缓缓移动着，有时候甚至给人以可能沉没的感觉。在它身后，二十四片犁铧拖拽着一个波浪跳跃的方阵……

草原被切割的声音渐次变为有规律的呻吟，而且渐渐将这呻吟转化为一种低声部的合唱。处女地最初的痛苦、疼痛、尖叫和呻吟消失了，在这低声部里，似乎渐渐有了一点舒畅或欢快。

二十四片犁铧组成的垦殖器带有明确的使土地怀孕的目的，在每一叶犁铧切入的部位，都有一个钢管向土壤注入了麦种。麦种是经过挑选的，颗粒饱满、圆润，它们将准确地进入草原的褐色壤层，潜伏下来，在季节的旗语召唤下集体哗变，奇迹般地改变草原的肤色！

二十四片犁铧昼夜兼程，无所顾忌地前进。它们是由一股强大的力量所牵引的，二十四片犁铧是二十四柄开刃的刀斧，锋快而且有力，比任何刽子手都要无情，比历史的车轮还要不管三七二十一，比军队执行命令还要坚决。

对它们来说，一路上剖开大地的肌肤，切断草的根系，有一种快感。对于天然锋利坚硬的东西来说，切断别的东西恰恰正是它的生存价值，是它的用途。正如对于斧斤来说，砍伐是它的使命，对利剑来说，刺杀是它的天性。

二十四片犁铧在草原处女地的肌肤里切断的远远不止于潮湿的土壤和花草的根须，在它们强有力的锋刃前，掀翻了的是整整一厚层牧草掩护下的世界。这是真正淋漓尽致的大颠覆、大屠戮！

草丛中有着不少的大雁、天鹅、叫天子、呱呱鸡之类的各种禽鸟的窝巢，有待孵的鸟蛋和刚刚孵出的雏鸟，这些以后会飞但现在还不能移动的生命，遇到了不可躲避的劫难。二十四片犁铧的锋刃轻易地把它们一劈两半。

还有蛇，它们的身体被腰斩成数段，在翻耕开的波浪中扭动着，痉挛着，每一段都妄图找回另一截，接上。它们在这种欲望的驱使下挣扎、移动，寻找自己生命的另一部分。

还有田鼠的一窝肉红色的后裔，还有蚯蚓的庞大家族，还有更多的甲虫、昆虫的逃难者队伍……它们全都面临灾难，如同人类不期而遇地撞上了战争，眼睁睁地看着那二十四片神秘可怖的犁铧迎面碾压过来，把它们苦心经营的乐园一劈两半！

二十四片犁铧如同宿命一般降临，毁灭性的打击如此突然。无从躲避，无从防范，只有任其屠戮。这些小生命在毫无准备的情况下被一个庞大的事物非常偶然地毁灭。深刻的悲剧还不在于此，而在于庞大的事物并不是专门为毁灭它们而降临的。它们完全无辜，但是它们遭到了灭顶之灾。

真正的悲剧正是这样的。

被翻耕过的土壤陈列在犁铧的后面，大块大块、大片大片，像是一整块海面上的凝固的波浪。壤块裸露出来，被切断的根须也暴露在光天化日之下，显示着被宰割后的程序。土壤的秘密暴露无遗，它们躺在阳光下，散发着自身的强烈芬芳的新鲜气味儿，无可奈何。

在这些翻耕过的土块上，各种被切割的小生命，有的像战争后的伤兵那样蠕动着，有的则成为尸体半掩在土块里。

二十四片犁铧继续推进，它不管这些。但是不知是什么时候开始，二十四片犁铧的上空聚集了大批的鸟群。鸟群低低地盘旋、鸣叫，紧紧追随围绕着犁铧，仿佛是海鸟追随船尾组成的护送仪仗队。

鸟群越集越多，乌鸦、大雁、鹳、天鹅，还有成群的白鸥和各种鸟雀，鸣叫并盘旋，飞起复落下。在它们的鸣叫声和动作里，有着兴奋焦急的情绪。

它们是来争食那些翻耕出来的小动物的，也是来翻食那些刚播下的麦种的。翻耕过的土地成了一席摆给鸟群们的盛宴。

　　日日夜夜，它们飞去又飞来，不知疲倦地追随着犁铧，变得越来越大胆、越来越寡廉鲜耻，越来越不像鸟。尤其是那些外形高雅优美的大鸟，它们穿着那样洁白整齐的羽毛，却啄起一条蛇飞向空中，或者凶相毕露地在壤块间追杀一只伤残的小田鼠。这时候，所有的鸟原形毕露，露出了一个生命凶残贪婪的一面。

　　唉，生命就是生命，再美丽的生命也有丑陋的那一面。所有的生命在本质上是同等的，美具有欺骗性。

　　二十四片犁铧依然昼夜兼程，在春天的整整一个月的时间里，它不停顿地推进，从草原的这一头一直犁到了天的尽头。它像一艘沉重缓慢的驳船，老也不停地行驶着，只有鸟群日日夜夜追随着它。

　　辽阔的草原以及草原上的栖息者们承受了这一划时代的灾难，无声无息。除了马达从远处传出的低沉轰响以外，这里的一切都如过去那样宁静、寂寥。

　　直到有一天，拖拉机犁遍了周围的草原，使一座哈萨克人的白毡房成为仅存于翻耕土地间的一块礁石、一个孤岛。凶猛的牧羊犬激烈地抗议着，围绕在这只长了二十四只脚的陌生怪兽周围跳跃、咆哮，牧犬的叫声激愤而狂怒，同时含有恐惧。

　　一个哈萨克老妇人从毡房里出来，她一手拄杖，一手牵着小孙子，在离毡房两米处站定。她一言不发，面色冷峻，她看着眼前发生的这一切，自始至终沉默着，没说一句话。

　　草原上的风掀起她的白发，露出她的额角上一道道苍老的皱纹。她向二十四片犁铧投过一道目光，那目光里凝缩了七十个冬天的寒冷！

　　那不是愤怒，而是藐视。

　　那样一个眼神扫过之后，二十四片犁铧突然不再闪闪发光，它们在一瞬间变得铁锈斑驳了，好像一指头就能弹碎。二十四片犁铧可以剖开草原的肌肤，劈斩无数种生命，切断草根、土地和顽石，但是它受不了这位老妇人沉默而又寒冷的目光，它受不了这种无言的、高贵的藐视。

周　涛
散　文　精　选

　　游牧者的异样的沉默间的一瞥，使二十四片犁铧像二十四颗苍老衰弱的牙齿一样可怜。

红嘴鸦及其结局

那个冬天是极其漫长的,好像是季节——这四个轮班的女护士当中有一个完全忘记了接班,而这一个交不出班去的就是那年冬天。冬天是一个穿白衣服的女护士,她因为交不出班去就不停地埋怨,絮絮叨叨,造成了有始无终的大雪飘洒纷扬。

鹅毛大雪——冬天这位女护士的语言碎片,弥漫充塞在草原天地之间。就这样混淆了时间的界限,搅乱了季节的秩序,使等候春天的人们坐在火炉边变傻。

窗外的木桩上拴着几匹马,它们很是安详,一动不动。这是些在露天站着睡觉的生灵,正显示出一副麻木不仁的冷漠表情,好像漫天纷落的大雪和它们完全无关。

它们像疲惫的奴隶一般忍受着,站立在雪地里睡觉。耳朵上,鬃毛上,鞍背和后臀上,渐渐铺了一层厚茸茸的积雪,甚至马的睫毛上也落了雪。它们连抖也不去抖一下,像几匹垂颈肃立的化石。

那年冬天,辽阔的巩乃斯草原变得寥廓了几倍,它显得很厚,很期待,仿佛一位等待远客来临的主妇在整个庭院里铺了豪华洁白的羊毛地毯,但是始终就没有一个脚印踩上去。那个冬天正是这样,那块豪华的厚毯始终没有脚印。

当时寥廓的冬天里,孤零零地有一座泥坯筑起的小屋,当时是这样。小屋里有一个泥砌的火炉,炉火非常温暖。巩乃斯的煤块是油黑

周　　涛
散　文　精　选

晶亮的，着完的煤灰和中华烟的烟灰一样白。在火炉边，等候春天的人沉沉欲睡。

后来雪下得略微稀疏了一些。

泥屋里的人看见一只乌鸦落在近处的树梢上，换了好几个树枝，才站稳。枝上的雪被它弄得抖落下来，洒在它头上，乌鸦缩了缩小脑袋，好像一个耸起黑风衣领子的侦探，守在那地方。

又有一只乌鸦像是它们一伙的，也飞过来了，干脆落在泥屋窗户的土台上，隔着玻璃朝里面看着。这只乌鸦的眼光里丝毫没有流露出对温暖火炉的羡慕，也没有对等待春天的人表现出惊奇和佩服，恰恰相反，有一种明显的轻蔑。它开始在窗台上走来走去，翅膀倒剪在背上像一双倒背交叉的手。它低着头走来走去，像在考虑重要问题的一个大人物，很可能过一会儿就要发表讲演。

等候春天的人走过去，用手指敲了几下窗玻璃，"哒、哒、哒"，乌鸦一惊，飞走了。

这只乌鸦飞上树，和守在树梢上的那只"侦探"说了点什么，交换了一下意见，"侦探"点了点头，那乌鸦又飞回来，重新落在窗台上。"哒、哒、哒"，乌鸦用嘴在玻璃上敲了几下，模仿着刚才敲玻璃的几声。

等候春天的人在土屋子里笑了，仿佛被一个小孩的过分老练的举动逗笑一样。他看那乌鸦的嘴，竟是红的。深红的喙配着漆黑的羽毛，在一片白雪茫茫的背景下，格外有趣，看起来似乎比普通的乌鸦俊气了许多。在草原上，并不是所有的乌鸦都是红嘴，当中只有一小部分的红嘴鸦。它们看起来不像普通的乌鸦那么愚蠢讨厌。

等候春天的人想捉住它。

在那个漫长的冬天里，这是一个游戏。

他在土屋外扫出了一块空地，然后用小木棍儿支起一个脸盆；小木棍上系了一根白绳子，绳头一直扯进土屋里。准备停当，他在脸盆下撒了一些碎馒头，就躲在土屋门后，等着。

一个明显的陷阱，等着冬天饥饿的禽类。

一只。两只。

其中一只大胆走近脸盆，歪着头，研究了一番，先假装往里伸伸头，一缩。另一只踱步观察，只盯住看。过一会儿，两只凑在一起，仿佛商量，研究讨论部署。突然，同时猝然扑进脸盆，抢叼食物。

等候春天的人等好了这一刻，绳儿一拉，脸盆咣当盖地。盆沿砸住翅膀的一只被挣脱飞走了，盆里面扣住了一只。

他谨慎地掀开一点盆沿，小心地把手塞进去，摸索着。听见翅膀拍打盆沿的声音，他捉住了那只红嘴鸦。他高兴极了，举起这只俘虏像高举起一个冠军奖杯，一边跳跃，一边狂呼乱叫。

高兴完了一看，那只红嘴鸦在他手中气死了。那鸟脖子一歪，就死了。

等候春天的人回到土屋里，重新坐在火炉边，火依然很旺。他很沮丧，为了这只巩乃斯冬天的高傲的红嘴鸦，他一直想不通的是这样一只乌鸦为什么竟然会气死。"它太骄傲了，这只红嘴巴的乌鸦。"他沮丧地想。

许多比它庞大，比它美丽，比它高贵或比它凶猛的动物，都归顺了人类。而它——一只草原上的乌鸦——仅仅是因为长着红嘴，却不肯归顺，不甘心当俘虏和玩物，竟然气死了自己。太不可思议。

那个冬天是极其漫长的，宛如一个白茫茫的梦，一个梦境中的神话。在那个梦中，有过一只模仿人敲门的乌鸦，乌鸦长了奇怪的深红的嘴，它对那位等待春天的人说了神秘的话。

神秘的话是这样的：

"你们捉住他，给他带上枷锁，然后把他投在烈火里。"

结局正是这样。

过河

这时我才发现,我骑了一匹极其愚蠢的马。一路走了二十多公里,它都极轻快而平稳,眼看着在河对岸的酒厂就要到了,它却在河边突然显示出劣根性:不敢过河。

它是那样怕水。尽管这河水并不深,顶多淹到它的腿根;在冬日的阳光下,河水清澈平缓地流着,波光柔和闪动,而宽度顶多不过十几米,但是它却怕得要死。这匹蠢马,这个貌似矫健的懦夫!它的眼睛惊恐地张大,前腿劈直胸颈往后仰,仿佛面前横陈的不是一条可爱的小河,而是一道死亡的界限或无底的深渊!

我怀疑这匹青灰色的马儿对水一定患有某种神经性恐惧症。也许在它来到世间的为期不算很长的岁月里,有过遭受洪水袭击的可怕记忆,因而这愚蠢的畜牲总结出了一条不成功的经验。像一个固执于己见的被捕的间谍似的,任凭你踢磕鞭打,它就是不使自己的供词跨过头脑中那个界限。

我想了很多办法——用皮帽子蒙住马的眼睛,先在草地上奔驰,然后暗转方向直奔河水,打算使其不备而奋然驰过。结果它却在河沿上猛地顿住,我反而险些从马头上翻下去。不远处恰有一个独木桥,我便把缰绳放长,自己先过对岸,用力从对岸那边拽,它依然劈腿扬颈,一用力,我又差点儿被它拽下水。

面对如此一匹怪马,我只好长叹:吾计穷矣!但今天又必须过河,我

必须去酒厂；倘要绕道，大约须再走二十公里。无奈之下，只得朝离得最近的一座毡房走去，商量先把马留在这里，我步行去办完事再来取。

一掀开毡帐我就暗暗叫苦，里面只有一位哈萨克族老太太，卧在床上，似有重病。她抬起眼皮，目光像风沙天的昏黄落日，没有神采；而那身躯枯瘦衰老，连自己站起来也很困难似的。看样子，她至少有八十岁；垂暮之年，枯坐僵卧，谁知哪一刻便灵魂离开躯壳呢？可是既然进了门，总不好扭头便走，我只好打着手势告明她我的困难和请求，虽然我自己也觉得等于白说。

她听懂了——其实是看懂了。摆摆手，让我把她从床上挽起来，又让我扶她到外边去，到了河边上，她又示意让我把她扶上马鞍。我以为老太太的神经是不是也不对劲儿了？她连路都走不稳，瘦弱得连躺着都叫人看着累，竟然"狂妄"得要替我骑马过河，这不是拿我开玩笑吗？我这样年轻力壮的汉子尚且费尽心机气喘吁吁而不能，她？能让这匹患有"神经性恐水症"的马跨进河水？我无论怎样钦佩哈萨克人的马上功夫，也不能相信她眼前这种可笑的打算。

可是当我刚把她扶上马背，我就全信了。她那瘦小的身躯刚刚落鞍，那马的脊背竟猛然往下一沉，仿佛骑上来一个百十公斤重的壮汉，原来的那种随随便便满不在乎的顽劣劲儿全不见了，它立得威武挺直，目光集中，它完全懂得骑在背上的是什么样的人，就如士兵遇上强有力的统帅那样。这马不愚蠢，倒是灵性大得过分了。它当然还是不想过河，使劲想扭回头，可是有一双强有力的手控制住了它，它欲转不能，它四蹄朝后挪蹭的劲儿突然被火烧似的转化为前进的力，踏踏地跃进河中，水花劈开，在它胸前分别朝两边溅射。铁蹄踏过河底的卵石发出沉重有力的声响，它勇猛地一用力，最后一步竟跃上河岸，湿漉漉地站定。

我把老太太扶下马，又把她从独木桥上扶回对岸，然后在她的视线里牵马挥手告别（我不敢当她的面上马）。她很弱，在河对岸吃力地站着，久久目送我。

此事发生在一九七二年冬天的巩乃斯草原，而天山，正在老人的身后矗立，闪闪发着光。

巩乃斯的马

没话找话就招人讨厌，话说得没意思就让人觉得无聊，还不如听吵架提神。吵架骂仗是需要激情的。

我发现，写文章的时候就像一匹套在轭具和辕木中的马，想到那片水草茂盛的地方去，却不能摆脱道路，更摆脱不了车夫的驾驭，所以走来走去，永远在这条枯燥的路面上。

我向往草地，但每次走到的，却总是马厩。

我一直对不爱马的人怀有一点偏见，认为那是由于生气不足和对美的感觉迟钝所造成的，而且这种缺陷很难弥补。有时候读传记，看到有些了不起的人物以牛或骆驼自喻，就有点替他们惋惜，他们一定是没见过真正的马。

在我眼里，牛总是有点落后的象征的意思，一副安贫知命的样子，这大概是由于过分提倡"老黄牛"精神引起的生理反感。骆驼却是沙漠的怪胎，为了适应严酷的环境，把自己改造得那么丑陋畸形。至于毛驴，顶多是个黑色幽默派的小丑，难当大用。它们的特性和模样，都清清楚楚地写着人类对动物的征服，生命对强者的屈服，所以我不喜欢。它们不是作为人类朋友的形象出现的，而是俘虏，是仆役。有时候，看到小孩子鞭打牛，高大的骆驼在妇人面前下跪，发情的毛驴被缚在车套里龇牙大鸣，我心里便产生一种悲哀和怜悯。

那卧在盐车之下哀哀嘶鸣的骏马和诗人臧克家笔下的"老马",不也是可悲的吗?但是不同。那可悲里含有一种不公,这一层含义在别的畜牲中是没有的。在南方,我也见到过矮小的马,样子有些滑稽,但那不是它的过错。既然橘树有自己的土壤,马当然有它的故乡了。自古好马生塞北。在伊犁,在巩乃斯大草原,马作为茫茫天地之间的一种尤物,便呈现了它的全部魅力。

那是一九七〇年,我在一个农场接受"再教育",第一次触摸到了冷酷、丑恶、冰凉的生活实体。不正常的政治气候像潮闷险恶的黑云一样压在头顶上,使人压抑到不能忍受的地步。强度的体力劳动并不能打击我对生活的热爱,精神上的压抑却有可能摧毁我的信念。

终于有一天夜晚,我和一个外号叫"蓝毛"的长着古希腊人脸型的上士一起爬起来,偷偷摸进马棚,解下两匹喉咙里滚动着咴咴低鸣的骏马,在冬夜旷野的雪地上奔驰开了。

天低云暗,雪地一片模糊,但是马不会跑进巩乃斯河里去。雪原右侧是巩乃斯河,形成了沿河的一道陡直的不规则的土壁。光背的马儿驮着我们在土壁顶上的雪原轻快地小跑,喷着鼻息,四蹄发出嚓嚓的有节奏的声音,最后大颠着狂奔起来。随着马的奔驰、起伏、跳跃和喘息,我们的心情变得开朗、舒展。压抑消失,豪兴顿起,在空旷的雪野上打着唿哨乱喊,在颠簸的马背上感受自由的亲切和驾驭自己命运的能力,是何等的痛快舒畅啊!我们高兴得大笑,笑得从马背上栽下来,躺在深雪里还是止不住地狂笑,直到笑得眼睛里流出了泪水……

那两匹可爱的光背马,这时已在近处缓缓停住,低垂着脖颈,一副歉疚的想说"对不起"的神态。它们温柔的眼睛里仿佛充满了怜悯和抱怨,还有一点诧异,弄不懂我们这两个人究竟是怎么了。我拍拍马的脖颈,抚摸一会儿它的鼻梁和嘴唇,它会意了,抖抖鬃毛像抖掉疑虑,跟着我们慢慢走回去。一路上,我们谈着马,闻着身后热烘烘的马汗味和四围里新鲜刺鼻的气息,觉得好像不是走在冬夜的雪原上。

马能给人以勇气,给人以幻想,这也不是笨拙的动物所能有的。在巩乃斯后来的那些日子里,观察马渐渐成了我的一种艺术享受。

周涛
散文精选

我喜欢看一群马,那是一个马的家族在夏牧场上游移,散乱而有秩序,首领就是那里面一眼就望得出的种公马。它是马群的灵魂,作为这群马的首领当之无愧,因为它的确是无与伦比的强壮和美丽。匀称高大,毛色闪闪发光,最明显的特征是颈上披散着垂地的长鬃,有的浓黑,流泻着力与威严;有的金红,燃烧着火焰般的光彩。它管理着保护着这群牝马和顽皮的长腿短身子马驹儿,眼光里保持着父爱的尊严。

在马的这种社会结构中,首领的地位是由强者在竞争中确立的。任何一匹马都可以争夺,通过追逐、撕咬、拼斗,使最强的马成为公认的首领。为了保证这群马的品种不至于退化,就不能搞"指定",不能看谁和种公马的关系好,也不能凭血缘关系接班。

生存竞争的规律使一切生物把生存下去作为第一意识,而人却有时候会忘记,造成许多误会。

唉,天似穹庐,笼盖四野。在巩乃斯草原度过的那些日子里,我与世界隔绝,生活单调;人与人互相警惕,惟恐失一言而遭灭顶之祸,心灵寂寞。只有一个乐趣,看马。好在巩乃斯草原马多,不像书可以被焚,画可以被禁,知识可以被践踏,马总不至于被驱逐出境吧?这样,我就从马的世界里找到了奔驰的诗韵。油画般的辽阔草原、夕阳落照中兀立于荒原的群雕、大规模转场时铺散在山坡上的好文章、熊熊篝火边的通宵马经、毡房里悠长喑哑的长歌在烈马苍凉的嘶鸣中展开、醉酒的青年哈萨克在群犬的追逐中纵马狂奔,东倒西歪地俯身鞭打猛犬,这一切,使我蓦然感受到生活不朽的壮美和那时潜藏在我们心里的共同忧郁……

哦,巩乃斯的马,给了我一个多么完整的世界!凡是那时被取消的,你都重新又给了我!弄得我直到今天听到马蹄踏过大地的有力声响时,还会在屋子里坐卧不宁,总想出去看看,是一匹什么样儿的马走过去了。而且我还听不得马嘶,一听到那铜号般高亢、鹰啼般苍凉的声音,我就热血陡涌、热泪盈眶,大有战士出征走上古战场,"风萧萧兮易水寒"的悲壮之慨。

有一次我碰上巩乃斯草原夏日迅疾猛烈的暴雨,那雨来势之快,

可以使悠然在晴空盘旋的孤鹰来不及躲避而被击落，雨脚之猛，竟能把牧草覆盖的原野一瞬间打得烟尘滚滚。就在那场暴雨的豪打下，我见到了最壮阔的马群奔跑的场面。仿佛分散在所有山谷里的马都被赶到这儿来了，好家伙，被暴雨的长鞭抽打着，被低沉的怒雷恐吓着，被刺进大地倏忽消逝的闪电激奋着，马，这不肯安分的牲灵从无数谷口、山坡涌出来，山洪奔泻似的在这原野上汇聚了，小群汇成大群，大群在运动中扩展，成为一片喧叫、纷乱、快速移动的集团冲锋！争先恐后，前呼后应，披头散发，淋漓尽致！有的疯狂地向前奔驰，像一队尖兵，要去踏住那闪电；有的来回奔跑，俨然像临危不惧、收拾残局的大将；小马跟着母马认真而紧张地跑，不再顽皮、撒欢，一下子变得老练了许多；牧人在不可收拾的潮水中被携裹，大喊大叫，却毫无声响，喊声像一块小石片跌进奔腾喧嚣的大河。

雄浑的马蹄声在大地奏出鼓点，悲怆苍劲的嘶鸣、叫喊在拥挤的空间碰撞、飞溅，划出一条条不规则的曲线，扭住、缠住漫天雨网，和雷声雨声交织成惊心动魄的大舞台。而这一切，得在飞速移动中展现，几分钟后，马群消失，暴雨停歇，你再看不见了。

我久久地站在那里，发愣、发痴、发呆。我见到了，见过了，这世间罕见的奇景，这无可替代的伟大的马群，这古战场的再现，这交响乐伴奏下的复活的雕塑群和油画长卷！我把这几分钟间见到的记在脑子里，相信，它所给予我的将使我终身受用不尽……

马就是这样，它奔放有力却不让人畏惧，毫无凶暴之相；它优美柔顺却不任人随意欺凌，并不懦弱，我说它是进取精神的象征，是崇高感情的化身，是力与美的巧妙结合恐怕也并不过分。屠格涅夫有一次在他的庄园里说托尔斯泰"大概您在什么时候当过马"，因为托尔斯泰不仅爱马、写马，并且坚信"这匹马能思考并且是有感情的"。它们常和历史上的那些伟大的人物、民族的英雄一起被铸成铜像屹立在最醒目的地方。

过去我认为，只有《静静的顿河》才是马的史诗；离开巩乃斯之后，我不这么看了。巩乃斯的马，这些古人称之为骐骥、称之为汗血马的英气勃勃的后裔们，日出而撒欢，日入而哀鸣，它们好像永远是

周　涛
散　文　精　选

这样散漫而又有所期待，这样原始而又有感知，这样不假雕饰而又优美，这样我行我素而又不会被世界所淘汰。成吉思汗的铁骑作为一个兵种已经消失，六根棍马车作为一种代步工具已被淘汰，但是马却不会被什么新玩艺儿取代，它有它的价值。

牛从鞔车变为食用，仍然是实用物；毛驴和骆驼将会成为动物园里的展览品，因为它们只会越来越稀少；而马，当车辆只是在实用意义上取代了它，解放了它时，它从实用物进化为一种艺术品的时候恰恰开始了。

值得自豪的是我们中国有好马。从秦始皇的兵马俑、铜车马到唐太宗的六骏，从马踏飞燕的奇妙构想到大宛汗血马的美妙传说，从关云长的赤兔马到朱德总司令的长征坐骑……纵览马的历史，还会发现它和我们民族的历史紧密相联着。这也难怪，骏马与武士与英雄本有着难以割舍的亲缘关系呢，彼此作用的相互发挥、彼此气质的相互补益，曾创造出多少叱咤风云的壮美形象？纵使有一天马终于脱离了征战这一辉煌事业，人们也随时会从军人的身上发现马的神韵和遗风。我们有多少关于马的故事呵，我们是十分爱马的民族呢。至今，如同我们的一切美好传统都像黄河之水似的遗传下来那样，我们的历代名马的筋骨、血脉、气韵、精神也都遗传下来了。那种"龙马精神"，就在巩乃斯的马身上——

> 此马非凡马，
> 房星是本星；
> 向前敲瘦骨，
> 犹自带铜声。

我想，即便我一直固执地对不爱马的人怀一点偏见，恐怕也是可以得到谅解的吧。

1984 年 5 月 20 日于乌鲁木齐

猛禽

那座岩壁,像是哈尔巴企克这怪物脸上的一颗长得歪歪斜斜的大门牙,龇着,突出去好远。要是这座酷似巨人头颅的山峰有眼睛,准会每次垂下眼睫,都看见自己这颗凶险的牙凌空翘起,毫无遮掩地遭受风吹雨淋和戈壁烈日肆无忌惮的灼烤。

暴暖骤寒使这颗大板牙都快糟朽了,布满崩裂的石缝和岁月的皱纹,使它乍一看不像一块石壁,而像是古城堡废墟上悬空扯起的木头吊桥。

他正一动不动地站在这块悬空巨石的顶端,凝着神,敛着翅。

只有在这样高的地方,终年不绝的天风才发出海浪那样的声响,"呜——呜——"地叫,像万物都能听懂的一种古老的语言,在这种声响的撞击下,山峰在微微摇晃。

他沉浸在这声响里并深深地理解它,就像鱼理解水,人理解土地。他可以在这一浪又一浪扑打过来的天风中岩石一样站立很久,一点儿也不觉得孤独。风就是禽类阅读的一部书。在这古老的声音里,听得见遥远年代里鹰群翻飞,啸叫着掠过天空,凌驾在风的激流和漩涡之上。那支骄傲的繁荣的家族所组成的黑色空中铁骑,袭掠平原和荒野时会留下声响。

那时候,天空不像现在这样荒芜。

鹰的家族如此衰落,这究竟是为什么呢?他不知道。他只是清楚

周　涛
散文精选

地看到，许许多多巨大的、勇猛的、美丽的和古怪的动物迅速地减少或消失，使天空和大地变得荒凉和平淡，再也没有激动人心的搏斗。

老鼠和麻雀的世界，就是这样。渺小、平庸、猥琐、自私，最终战胜强大、美丽和献身精神。这使他感到悲哀。

哦，是大地的生殖能力衰退了么？过去，这些怪物一样重叠起伏的山峦，总能像神话似的生育出各种爬的、飞的、跳跃的、奔跑的奇形怪状的生命，有的庞大如山丘，有的微小如砂粒，可是现在呢？

他俯瞰了一下躺在山峰脚下的大地：正值深秋的旷野还透着隐隐的淡绿，草色已经快枯黄了，但绿的底色还没有被盖住。深秋的原野有种晕眩的味道，似乎被流贯自身的色彩变幻的漩流弄得有股子醉意。

杂色的树，斑驳的灌丛和灰白色的弯曲闪亮的河流，都正好合拍于大地缓缓起伏的势态，像音符合拍于旋律那样；而世界，恰好如一幅刚刚绘制完的地图。

"我就是从这怪物一样的山上长出来的一块灰褐色的生命，一块长翅膀的石头。"他想。他凝着神，敛着翅，一动不动，和整个岩石的颜色一模一样，无法分辨。

他是一只年轻的鹰，一只猛禽。

哈尔巴企克山这块突出门牙状的大岩石，是他经常栖身的地方，这儿十分便于他守望天下，像个凌空筑起的瞭望台。他的窝离这儿不远。

他喜欢站在这无遮无碍的高处，让太阳烘暖他的血液，让风像水流那样擦身而过，轻轻掀动身上像飞卷的鳞状雨云剪裁而成的翎羽。有时偶尔伸展开比身体大得多的一双翅膀，像魔术师突然掀起黑斗篷，很从容地扑扇几下，身体随之很笨拙地跳跃几下。他挪动双爪走路的样子挺难看，蹒跚着，一拐一拐地，被张开的两只大翅膀掀得站不稳，像个衰弱的老绅士。

翅膀太大，像个别别扭扭的负担。可是等他站稳了，把翅膀一收拢，就像把一把大黑剪刀合起来，突然间就变小了，变精干了，像一个突然把炫耀的利器藏起来的大侠。

翅膀才是他的手臂，爪其实不过是他的脚。当他在天空盘翔一阵，返回这块岩石准备着陆的时候，沿山体向上的气流托着他，他因之而大张开双翅，双爪努力向前伸，羽毛被风吹得凌乱。这时他的躯干、筋肉、骨骼被非常清晰地显露出来，这一瞬间他完全不像一只鹰了，而像一个正大张开双臂用脚试探着去够岩石的凌空御风的人！

　　世间万物之中，有什么东西能够完全不像人呢？一切都是在人眼睛里面呈现、被人的意识所解释的。谁也不知道事物在别的生命眼睛里呈现出什么状态，什么颜色，什么音响或什么什么。

　　就是这样。但，只能是这样吗？

　　这只猛禽想到这儿，像所有禽类那样神经质地迅速缩了缩脖子，脑袋像发呆的鸡一样抖动了几下，一偏，听见什么似的，发起愣来。

　　他知道他的祖先以前也是落在这块岩石上，但他总觉得他们才是真正的猛禽。那时，它们的身躯比现在大得多，翅膀可以遮住好大一片太阳的光，落在这里，也和整个岩石差不多大。可现在……他低头瞅了瞅自己小小的身体，天哪！成什么样子，简直比一只公鸡大不了多少！

　　　　英勇的猛禽正凌空而下
　　　　它能一膀子拍断公骆驼的腰

　　这是一支流传在旷野长风里的古歌，每当风起时，他便听见。风声变成了祖先尖厉的啸叫，一下就点燃他胸脯前狂流奔窜的猛禽热血，一直涌向咽喉，使他兴奋、激动不安，渴望在拼搏中死去。他觉得，只有这样他才对得起他的祖先，对得起他鹰的家族和脚下的这座哈尔巴企克山峰。

　　他每天都在这块岩壁上站很长时间，他也说不上为了什么，反正他身体里有一股力量，一股模糊的欲望促使他等待什么似的站在这儿，漫无边际地想，漫无边际地望。他好像觉得自己也化成了岩石的一部分，成了面前这生命大舞台的局外人和旁观者。

　　和这一切拉开了距离，他的眼睛反而看得更清晰了。

周　涛
散 文 精 选

在很远的那道山谷里，有含着肉香的淡烟飘起，还有几个小人影蠕动。他认得那座圆形的人的窝巢。在他还不能飞的时候，在他还十分软弱的年纪，那里面有一个长黄胡子的人攀上岩壁，把发红的粗大的肉爪子伸进窝里来。他惊叫着撑起软弱的身体，狠命地用嘴咬它。那只红红的肉爪子，又顽强、又灵活，但终于屈服了。它伸向了窝里的另一个，把他的伙伴带走了。

以后他曾飞到那黄胡子的圆窝上盘翔过几次，看见他的伙伴被铁链子拴住脚，立在一根木桩旁，神情沮丧，目光冷漠，抬头看见他的时候好像根本不认识他，懒洋洋的。

他不懂，那些刚刚学会站立而不再像其它野兽那样匍匐在大地上的人，用什么方法使伟大的居高临下的飞行物俯首帖耳？变得像鸡一样顺从，像鸽子一样飞去还飞回？但他知道，这些蠕动的不会飞行的动物，制服了禽类，使高傲的凌驾在它们头顶之上的精灵，成为它们的奴仆。人很厉害！它们有不少难以理解的本领，但他有一次还是俯冲下去，从那座圆窝顶上掠走了一块晾在上面的羊肉。他看见那些人大喊大叫，拿他却没一点办法，心里很得意。这是他对黄胡子实行的唯一一次报复。

想到这儿，他挺高兴，就张开翅膀扇了几下。他不会像人那样笑。

无数的山坳、峡谷连接着，串通着，在重重的险峰峻岭中形成了人走的道路。一般说来，野兽不从谷底走，而是在山上走，它们不到人走路的地方去，那里有一种危险的气味。

但也有时候例外。这时，穿过一片被山的阴影覆盖的松树林，就正有一只狼匆匆地走过来。

看得出，是只老狼。

它灰黄杂乱的皮毛和秋天茅草的颜色一样，上面粘着一些草秆儿和一些羊粪蛋一样灰乎乎的刺球儿，正低着头匆忙地走着。目光在光亮中显得暗淡，仿佛掩盖在灰烬中的两粒火星子。

它有一条前腿有些颠跛，像被狼夹子打过。但它宁可把被打住的腿咬断，也不在那儿束手就擒。狼都是亡命之徒。它们和狗不一样，狗要是警察，狼就是逃犯；狗要是在城里开卧车的司机，狼就是在戈

壁滩开着大卡车跑长途的司机。再凶猛的狗也怕狼，骨子里怕。因为再棒的狗，也在被人喂养、叱骂、摆弄的过程中丧失了自尊心。人只是利用狗，哪会真正爱狗呢？他们爱的只是自己。而狼不一样，狼是在屈辱中独自求生的，它和狗的最大区别在尾巴上，一个是垂直的，一个是弯曲的。而尾巴，其实正是野兽们生命尊严的旗帜。

把一对同宗同种的孪生兄弟，造就成了完全势不两立的冤家对头，这只能说是人的残忍。他一边这样想着，一边下意识地拢紧翅膀，目不转睛地盯住那只老狼。

它已经在一条被春天的雪水冲刷出来的干涸了的河底上小心翼翼地走，那上面布满了白色的卵石和碎石片，使它走起来一瘸一拐的，样子挺可怜。

也就是这时，他发现远处草坡上出现了一只半大的小白狗，蹦蹦跳跳、愣头愣脑地游荡着，打打滚儿，咬自己的尾巴转圈儿玩，很天真的一副傻样子。这只小白狗还没有发现狼，老狼先发现了它。

他以为老狼会绕道逃走的，不料它反而迎上去，尾巴竟然翘起来了，耳朵也像狗那样耷拉下去一半。它向那只小白狗慢慢走去，在不远的地方站住。

小白狗满脸疑惑地望着它，嗅到一股陌生的凶气和野味。但是老狼懂得狗的礼性和语汇，显出一副倒霉的、被主人遗弃了很久的老狗的样子。小白狗相信了，而且同情它，朝它这边走来。

它们相互嗅着，用身体轻轻在对方身上蹭着，小白狗用尖细的嗓音喔喔地叫着表示信任和依恋。当老狼嗅至这只小白狗的颈下时，突然小白狗猛烈地抖动起来，不一会儿，那跳跃、挣扎的白色身体就跌倒了，被老狼拖进一片树林中去。

他第一次看见大地上发生这样的事。这只年轻的鹰，这只猛禽，在哈尔巴企克山那块门牙状的岩壁上，目睹了这只老狼卑鄙的骗局。

"狼不是亡命徒，而是恶棍！"

他对这只老狼的可怜心消失了，愤怒的血液流贯全身，直通到他那像生铁铸成的一双利爪上，抓得岩石也在嘎嘎地作响。

这下，他总算知道自己为什么老爱站在这儿了，他期待的那个时

周　涛
散文精选

刻，到了。

像祖先尖利的啸叫声那样凄厉苍劲的天风，突然掠过高空，使整个山峰摇晃起来……

他离开了那巨石，像个溺水的人那样，翅膀徒然地划动，身体却一下沉落下去好几丈。这么沿着陡壁滑了一会儿，翅膀才捉住向上的风，就势顺着深谷俯掠过去，他看准了一条气流铺设的跑道，长长地滑翔，迅速有力地抖动几下双翅，这才算跨到风的背上了。

盘旋，上升；再盘旋，再升高。

他开始寻找那只老狼。"老狼不可捕！"蓦然间他想起这句父辈传给他的诫条。这句早已淡忘而实际上已经深深种在他心里的话，忽然清晰地跳出来，阻止他冒险。

悠然飘浮，他在高空来回踱步。

狼终于出现了。它从树丛里钻出来，朝周围望了望，站住，一边竖起两耳听听，一边用舌头舔着嘴边和鼻子尖上的血迹。它知道没什么异常，安心了。

咧开嘴打了一个可怕的呵欠，它便跃过河底，朝一片开阔地小跑过去，步态蹒跚，吃饱了的身体显得有些笨拙可笑。

这只恶狼正完全暴露在旷野上，而他恰恰盘旋到最适合的角度。诫条重新消失。他果敢地压低翅膀，猛一侧身子，毫不犹疑地从高空直射下去！瓷蓝的天空划出一道长长的裂缝。

山脊从他腹下急速掠过，每块石头的纹脉都看得清清楚楚。

树梢从他眼底一闪即去，大地骤然向他迎面伸开巨大的手掌。

他两眼死死盯住老狼灰黑的脊背，这一扑不能有闪失！只要扑不中，他知道第二下将是谁扑谁。着了地的鹰是搁浅的船，再起飞很困难。但是他决不扑闪，他要低低紧跟住狼，在最有把握的刹那发起攻击。

他那时首先会伸出左边的利爪，一下攫住狼屁股，让利爪的刃尖深扎进它的骨缝。这种剧痛是岩石也无法忍受的，狼一定会本能地反过身来扭头撕咬，一定是这样。那正好，他的右边的利爪就可以不失

时机地抽过去，插过狼的两耳之间，掠过它的额顶，闪电般地、准确地直抠住它那对眼睛！

然后，双翅一用力，把瞎了眼的狼提起来，让它四蹄离地，它的力量就全没了。两只前后抠紧的利爪猛力向中间一撅，那狼腰就断了。猛禽几千年来就是这样从大地的怀抱里夺取肉食的，他曾经这样多次捕杀过狐狸。

对付老狼，这却是头一次。

他双翅驾着一股带腥味的雄风，自空而降……

那老狼，仍旧只是不慌不忙地、蹒跚地小跑着，头也不曾抬起向天上望一望，好像压根儿不知道危险将临，但它的两眼却死死盯住地面。

地面上有一个鹰的投影。

它盯住他的影子，紧紧咬住锋利的牙齿，像是咬住了那只从空中盯住它背脊的家伙。它恨他，一切在它吃饱了肚子之后向它挑衅的混蛋，它都恨！恨到牙齿缝儿里，牙齿根儿里！不用抬头，它就知道来的一定是那号自以为正义的乳毛未干的臭鸟，它简直想扭过头来朝他破口大骂一阵，骂个痛快："滚你妈的蛋吧，地上的事你少管！"可它没那么蠢，那是些不懂事的小狼干的傻事，它知道克制。而克制常常要比一般的勇猛更见效，知道并能做到这一点，就是最了不起的资本。

所以，当那只年轻的猛禽开始攻击它，用那只利爪抓住它的后臀，直扎透骨缝、掐断神经的时候，它没叫。

它把一声彻骨的狂嚎关在喉咙里，只挤出一丝呻吟。清醒的计谋扼制住本能。

它反而更低地向前伸着头，开始狂奔。

鹰的翅膀在它身后猛烈地拍响，掀起尘土、砂石，拖住它，像两叶逆风的大帆，摇摇晃晃，忽左忽右，好几次它都几乎要被掀翻了。它后腿软绵绵的，使不上力，剧痛这时已经麻木了。它是一头拖着死神的老狼，要么被他撕碎，要么撕碎他！

它拼命朝一片枝干密密匝匝的灌木林奔过去……救命的树呵！它

周　涛
散　文　精　选

在心里喊着。

像个不幸坠马而又有一只脚套在镫里的骑手，他如今被一只残缺不全的只有三条半腿的老狼倒拖着狂奔。他几乎还没明白过来，态势就突然逆转成这个样子，一只爪已经深陷在狼身上，被锁在骨缝里，取不出来了；另一只爪只能无望地在狼背上挥舞，却无法够到它的要害——眼睛。狼只要不回转身来，他就毫无办法。这时，他才隐隐感到这只老狼的厉害。它不露声色的克制，从中间破坏了他的连续性打击，并使他的第一次打击转化成无法摆脱的牵制。

狼发疯般不顾一切地冲进灌木林。

枪林剑丛，劈面刺来！

枝杈戳他，枝条抽打他、纠缠他，蛛网一样的蒿草捆缚他的翅膀，而老狼，拼命地拖着他朝灌丛深处钻！他将这样被活活拖垮。

他那只无望的右爪本能地抓住一棵矮树的枝干，一下就抓住不放了。他是一只年轻的鹰，树是他信任的东西，抓紧树干是他的禽类本能，他想借以重新腾空起来。

然而他抓住了不幸，犯了致命的错误。

两只铁钩似的利爪都无法脱开了，他感到两腿之间的筋肉猛然间被撕裂，血液发出金属被击时的那种鸣叫声，他觉得自己被分成了两个……

昏迷之中，他还听见自己的翅膀在不停地扑打着，发出很大的声响，像是一面钉在树上的旗帜，"哗啦——哗啦"地在风里颤抖着，痉挛着。

哈尔巴企克山钢蓝色的积雪的山峰和那块大岩石在他眼里最后闪现了，定格在他的渐渐凝固的瞳孔里。

"只有高飞过，才知道匍匐之不幸！"

一声长叹，他真是遗憾死了。

那只老狼从灌丛里窜出来，惊魂未定地喘息着，伸出舌头。它扭头望着那片灌木林，声响渐渐消失了。慌乱中毫无目的地转了一阵，它累极了，便卧在地上。然后，它又坐起来，可是它突然像被咬了一下似的跳起来，那只猛禽的铁爪还留在它身上！

剧痛又开始了！它觉得像有一只坚硬的东西在凿它的骨头，磨碰它的神经，使它无法休息，无法安宁。它试着扭过身去咬，但一拽更疼。"这可恶的鹰爪是倒钩！"它恐惧了，它长嚎起来，打滚，不停地扭着屁股。而且它老觉得身后跟着一个什么异物，下意识地受惊，不由自主地奔逃。

　　它知道，这个无法摆脱的东西会一直这么折磨它，直到它精疲力尽地死掉……

　　嗷——它向旷野发出绝望而又凄凉的长嚎，一声又一声。

　　飒飒的秋风从长空直射下来，似乎带着云层里的一股子杀气，从长满灌木和茅草的大地上俯掠过去，直透旷野深处。

　　天凉了。

1985 年 6 月 21 日写毕

天似穹庐

显然，天是空的。

对这样一件再明显不过的事，他奇怪的是自己怎么今天才第一次发现。他就这么懒洋洋地躺着，地很松软，没弹性。上面长满了草，草中杂乱地点缀着一些或明亮或暗淡的花朵，就像一群或是愉快或是忧伤的女人。阔大而又起伏着的草原真就像一个女人的身体，他想，软软的，托着你，欲陷未陷，若起若伏。这永远躺着的、老也不想站起身来的草原女体身上，散发着初夏的醉人气味儿，芳香、新鲜，还有一股撩人的腥臊。花香气，草鲜味，土地的肉感，更掺杂上了那些牛羊马匹骆驼牧羊犬和各种动物的粪尿味、尸骨味、交配繁殖时弥漫在空气里的臊味儿，纯净而又邪性地，醉人。

他也在那些寸草不生的黄土梁子山坡上坐过，烈日之下，可以闻到一股干燥的、土里巴叽的、傻头傻脑的男性气息，让人觉得又单调，又乏味。只有草原是男人彻底的安乐窝儿，他觉得躺在这地方仰望天空什么也不想，浑身松弛困乏无力却怎么也睡不着，最美得慌。

说不定躺着躺着，就能灵魂出窍。

那才好。你说他妈的人活着究竟是怎么回事儿？一躺在这草原的肉窝窝里，连傻瓜也会从脑子里冒出这号子烂问题，谁也弄不清，可谁也想。牲口不想。牲口比人聪明。牲口知道想不清的东西就别想，该吃草就吃草，连花也一块咽到肚子里，该吃肉就吃肉，管毬的你什

牧草长深了。滩上或山坡上的草已经没过了足踝,偶然有些地方裸露出小块未被草植遮盖的地皮,好像是大自然的随意和疏漏;山岗顶上的牧场正透着阴凉之气,草长得更深厚,已经可以陷没人的膝盖。

么讲不讲道理，这也自在。不过他认为连牲口也想这号子问题，他看见骆驼那副愚蠢傲慢的杂种样子，就觉得它想把自己装得像个什么哲学家，那两个烂瘤子就似乎是它的思想武库，一天到晚背着，舍不得放下。马也是一种相当可耻的动物，它想充当英雄，便显出整天急不可耐的焦躁样子，好像它是骑士而不是被人骑。当英雄很累，得表现得很英俊、很神气，有时候还得故意调皮捣蛋一下子，个性一番，然后再被什么人驯服，就心安理得，英雄也当上了，主子也有了。所以马连睡觉都站着，毫不松懈。当英雄真累。

只有这么躺在草芽铺满的坡地上，不累。
天还是空的。
灰而蓝，蓝而灰。若有变幻。使人越望越傻，越傻才又越觉得着迷，越觉得着迷就有点越想越觉得怕。这被人习以为常的天空，原来什么也不是，只是一个大而无当的空洞。空空荡荡，深邃莫测。就是这样一个虚无的空洞罩在头上，这么多年了，他竟然一点儿没觉察出可怕，没感觉到有什么不安全。太麻木了！太愚昧了！现在他躺在这一望无边的大草滩子上，天地之间无遮无碍，中间只有他，他平躺在它们中间，仿佛是被夹在什么中间。他才觉得身下托着的是一只厚甸甸的巨手，眼前的天空是一个大井，只要……轻轻一翻动，他就会被扔出去，扔进那个巨大的空洞里。啊……他恐怖的大叫在空洞里毫无声息，闭住眼睛，一种自由落体的跌落，跌、跌、一直往深处跌落的垂危和快感，又新鲜，又怕人。
赶快睁开眼睛。
他头一次尝到了这种草原幻觉的滋味，真是一次精神的解脱，一次灵魂的娱乐！他紧紧地贴靠住大草滩，环顾四周，仅仅十几秒钟就觉得周围完全陌生了，怎么变得这么呆滞，平板？这熟悉的世界一下就变成个死气沉沉的肉头了。
再闭一次眼睛试试。不行了，这次不灵，天空不再是空洞的大井，它恢复了原样。
他突然明白了，怪不得那些牧人们总爱这样躺着，仰着望天呢。

周　涛
散文精选

你以为他们没事闲躺着睡觉，原来他们也在独享这份滋味呢，这些鬼！

你看见他仰躺在一个草坡上，你叫他，他不理；再吼他两嗓子，他哼哼唧唧翻过身来，用一只臂撑住半边脸侧卧着，看着你，眼神迷惘而又陌生，里边还有些怒意或嘲讽的味道。这就是说，这个傻头傻脑的穿皮裤子的放马人刚才正进行过这种游戏，这种哲学式的精神远游。他好像很不情愿被人干扰。他们——这些草原游牧者们终生就是从日复一日的艰辛劳动中夺取一点悠闲和好日子，去做这种游戏。

天的生活和地的生活，他们就夹在这两者之间。谁要是以为他们像他们平时装的那么憨厚朴实，谁就错了，谁就太自以为聪明了。他们只是不说罢了，因为那滋味儿，那种一头栽进无底的天空大洞里的滋味儿，没法言传。谁要是自以为能讲清楚，谁就又错了，愚昧的人知道自己弄不清楚，因此不说，所以愚昧的人是聪明的。最不聪明的是那些不太愚昧的人。他想了想，很懊丧，自己恰恰就是这号人，非常令人沮丧。

你说读了那么一肚子破书，有什么鬼用？往这个大洞笼罩俯瞰之下的草滩上这么一撂，唰地一下，心里就全空了。像被什么东西掏光了五脏六腑似的，凉凉的，又孤独，又凄惶，精神啦意志啦理想啦全都成了一些不堪一击的朽木。在天空的俯瞰之下，你烟消云散，只剩一副躯壳，躺着。

也许是那些烂书倒坏了胃口，十几年的残羹剩饭，吃呀，喝呀，全不顾身体需不需要。好了，弄得就像一只猪烂死在肚子里了，放出屁来死臭，谁闻见都恶心得背过气去。屁都不健康了，何况肠胃？如今给打发到这地方来，说是治病。病倒是到了该治的时候了，青春期肠胃综合征，再晚就无药可医了。草原呢，也是个治病的好地方，静静地躺在这里，望望天空，尝尝大草滩子上的碎草野花，和那些穿皮裤子的老哈萨克们一块喝喝酒骑骑马，放放牛羊，扯开哑嗓子胡乱吼上一支所谓的牧歌什么的，兴许能治好……十几年死鱼烂虾灌肠弄下的病根，难治。一百个人里难保有一个能治好的。不过是医生一句话，灵啊，全都傻乎乎地来了，说不定你妈的越治越糟糕呢，全跑到这医院来了，还兴高采烈。傻瓜，全是傻瓜，就这一条足以说明十几年的

书确实白读了,活该到这儿受罪不冤枉。

这儿就是巩乃斯草原,因为天空之下只有它,你的目光决不可能逃出它的疆界。而时间、纪元之类的东西已弄不清了,只隐约记得好像是一个什么黑汗王朝时期,是一个只有骑士和贱民的时期,可悲的是,你不是骑士而是贱民。如此,天空浑浑噩噩,大地纷纷攘攘;时间的心脏停止跳动,岁月的步伐已近衰竭;童话开始上演,荒唐的故事比一切都迷人。亲爱的,罪恶多么正派!

天依然是空的,却开始流泪了。

一滴,又是一滴。冰凉的,清新的。

他坐起身来,然后立起,拍拍屁股上的土。其实屁股上没有土,只有一些渗在上面的草的绿汁,印在屁股上,是绿乌乌的。

瞬时,草原的暴雨从空洞的大井里倾泻而下,如同有一千个高空巨神痛饮后一齐撒尿,浇打得铺满厚草的草滩尘烟滚滚,弥漫起一股窒息人的腥气!一股鱼腥味儿!

他惊慌失措,在暴雨中抱头鼠窜。跑了大约一里地,惊魂稍定,他反而不跑了,因为衣服已彻底湿透,像落汤鸡或落鸡汤一样。这还有什么跑头?反正一样。他干脆任凭豪雨浇头,胜似闲庭信步算了,路还远,共长约计三里许。旷野无人,独行独淋,颇觉凄凉苦惨之中有一缕悠长的英雄气概穿肠而过,很是有趣和自乐。他甚至有些害怕回到他们中间去,他既怕那些像他一样的贱民,也怕专门用来管理他们的骑士。咱们"史无前例"的时代王朝是伟大的中世纪的重现和翻版,是人与人的角斗场,他纵有天赐的矫健和灵敏也是贱民,而贱民是不许佩剑的。想到这儿,他禁不住在雨水中哆嗦,打了一个寒噤。

雨水已经在地上横流,稀泥在脚下淫荡地咕叽着,很有张力。这时,肯定是上帝让他偶然间一瞥眼睛,发现了正在泥水中蠕动的一物!他原以为是一只野兔或可怜的黄鼠狼,黄乎乎的一团,蜷缩着也不逃窜。近前细看,竟万没料到是一只老鹰——天空的遗物!这家伙也许刚才盘旋得过分悠然自得、忘乎所以,它自以为熟习风云变幻,却不想竟被骤降的暴雨临空击落,成了这副倒霉鬼样子,全身湿淋淋的,涂满泥浆,比一只老鼠还糟糕。

周　涛
散　文　精　选

　　它显得非常小，形体和一只半大公鸡差不多；而精神状态更渺小，淋湿的翅膀和羽毛塌陷下去，就现出了支棱着的嶙峋瘦骨。它的两只爪是用来抓捕猎物而不是用来走路的，所以它移动起来十分别扭，像个瘸子。就连那双眼睛，黄眼珠，圆圆的，外圈镶着一圈金丝，据说平时在空中相当锐利的眼睛，也毫无凶悍的光芒了，只剩下哀告无援的神色。

　　他捡它的时候，它丝毫也没有挣扎，很顺从地被他用外衣兜起来，提走了，一直提回他住的泥巴房，顺手放在堆炭的土房的顶上。那房顶很矮，个儿高的人伸手就能够着它。它像一截老树根那样，一动不动并涂满泥浆地被扔在上面，任凭雨水冲洗着泥浆，无动于衷，而且毫不引人注意。他这时的心情，就像意外地捡了个古陶瓷瓶，可惜碰缺了一角，成了弄坏的宝物，已经没多少价值。得来的容易，便也没多少珍惜和遗憾。他把那只湿不拉叽的倒霉老鹰的事，很快就丢在脑后了。而且，应该承认，他是被那家伙的可怜相给蒙骗了，他完全忘了最重要的一点，那家伙会飞。

　　后来，天放晴了。

　　他忘了当时是被什么鬼名堂给吸引住了，大概是读一本哈萨克大诗人写的《箴言》，那里边有些话他现在还记得，"如果不了解世界上我们见到的或没见到的全部、至少是大部分奥秘，人就不能称其为人"。

　　还有，"畜牲是不懂，但它并不装懂。我们什么也不懂，但偏要装懂"。

　　当他隐约觉得似乎忘记了什么而伸着懒腰走出屋外的时候，矮屋顶上的声响提醒了他。他转过头，看见，那涂满泥浆的老树根活了。

　　它正拍打着翅膀，头颈向前伸着。

　　它已经完全晒干了，洗净了，在阳光下变得生气勃勃，每片灰赭色的羽毛都鳞光闪闪。它仿佛变了另一个东西，大了几倍，翅膀凌空扇动时有一种气势，一副雄姿。这是它离开屋顶的前几秒钟，恰恰被他看见。他站在那儿没动，根本没有打算扑上去抓它，只是眼睁睁地望着它，起飞。甚至心里还暗暗替它担着一份心，害怕它丧失了飞的

能力。

　　它飞走了，先是低低地滑翔，有时候离地面很贴近，像个小孩做的飞行玩具。不一会儿，它就升起来，升进了天空，盘旋，徜徉，就在这屋顶的上空，遥远成一个黑点。

　　他仰起脸，注视着它，看那黑点儿的移动，看那放晴了的天空中大朵大朵爆裂在阳光下的云，这时，他觉得那只鹰神奇而又陌生。

　　"它能在那么高的云中看见我吗？"他想，若是看不见，它为什么久久盘旋不去呢？它既然看见我，记着我，为什么又不愿意重新飞落下来，让我再仔细看看它呢？"荒唐！"他暗自发笑，而且有一丝惆怅涌了一下。

　　天还是空的。

　　那只鹰，那个黑点儿，已经寻不见了。

　　"肯定是掉进那个大洞里了……"

　　他望着天空，这样想。

忧郁的巩乃斯河

草原不管有多么辽阔和健康,它的河流,都是郁郁的,有一种无法说清的忧愁。

这条河的水面,还算宽阔,一石头扔过去,总到不了对岸。水也深沉,你亲眼见过有次摆渡还没挂好链子,一辆载重卡车就往上开,结果前轮上了摆渡,后轮下了河,不一会儿,整个车就看不见了。

这条河是有点怪。坦坦荡荡的大草原上,百米外就看不见它了;而站在河边,对岸十里纵深却一览无余。水是灰白色的,被两岸的荒草、芦苇和白杨林衬上了一层幽幽的淡绿,水流平缓而有漩涡,寂寞而又自视甚高。它从另一个国家流过来,像一支忧郁的古歌,静静地在巩乃斯大草原伏行、扭动,好像是一个同时爱上了两个人的美丽少女,满面忧伤,一肚子不可告人无法诉说的痛苦。只有到冬天,她才能硬下心肠,凝成大理石一般的宽敞冰面。

你已经来到这儿第十三天了,每天的任务就是摆渡过河的车马行人。岸上有个大绞盘,铁链子一直从河面伸到对岸,河里是一座由两条船拼起来的平板摆渡。对面一吆喝,噢,有人过河啰。哗啦啦,你就放铁链子,然后咯吱咯吱地摇,让船过来。铁链子的声音和绞盘的声音像它们浑身的铁锈一样陈旧、年代久远,听起来很容易联想到一位缺了门牙的、害有严重风湿性关节炎的老哈萨克含混不清的话音。

那年月,草原上空空荡荡,有时候整整一上午也见不到一个人。

你独坐岸边倒也清闲，反而想听听生锈的铁链和绞盘的声响。那声响本来浑浊沉重，但是平稳的河水在下面起了什么作用，仿佛洗去了那声音里的杂质，露出了它金属的质地，空旷寂静的河面上，那声响便显得好听起来。很是悠然，还带着回音，特别是早晨，有薄雾和水汽，这声响就更好听和神秘。

你就像连队派到这条河上的一个观察哨，每天在这条河上转来转去，摆渡反而像是捎带着干的。其实你不过是临时来换工的，摆渡老头会种瓜，连队请去帮忙，你就来替这老头。你喜欢干这件事，没人约束，悠悠逛逛。好不容易摆渡一趟，过河的人都笑嘻嘻地感谢，似乎是你在干什么好事。那倒也是，你不像个干摆渡的，倒像个大学生。因为你本来就是大学生。你的连队就在离河不远的那几排土房子里，一百多号人，全是大学生——"史无前例"时期的倒霉鬼，男倒霉鬼和女倒霉鬼。

唯独你忙中偷闲，得了个没人监视的美差，来和这条河做伴。很快，你就发现这条河韵味无穷。

散漫着真好，百无聊赖着也真好。这么懒洋洋地、寂静地，你听着时间蛇一般地从草丛上爬走，浪费了的生命，鸟一样在树枝上停候了很久，忽然一蹬腿，飞了，一天的光阴就飞得无踪无影。真好，浪费有一种快感。把大把大把的被人们视为金子一样的东西浪费掉，就像挽不住的滔滔流水那样，任它散漫，任它拐弯儿，任它胡乱滔滔，把什么都割舍个干净，就真的无拘无束了。

一只白色水貂，银白的。

它从临河的一截糟树窟窿里露出了头，一对小而圆、圆而黑、黑而亮的小眼睛正望着你，滴里辘轳的，自行车轴里的滚珠一般，转来转去，然后定住，直瞪瞪地盯着你，猜你的心思。

你纹丝不动，觉得应该变成一棵人形的树才好。不料，却打了个喷嚏。

它倏忽一闪，就从窟窿里钻出来，只一眨眼，就已经在一丈外的原木堆旁，一动不动，盯着望你。你简直弄不懂它是怎么过去的，又是怎么停住的。

035

但是，它太美了。

它离你这么近，仿佛是让你欣赏一下它暴露在空地上的全身，全身的银白，白得像一只纯银制成的假物。毛色柔和地诱惑着你的手，想摸一下。尾巴很长，身形也细长如黄鼠狼，大小却像一只老鼠。你想起来了，摆渡老头说过，水耗子。

耗子？耗子哪有这么精神、漂亮、高贵、优美？唉，你遗憾的是人们偏偏给那些罕见的优良物种连合适的名字也舍不得起，他们给这精灵的称谓竟是如此丑陋、难听，因为他们见惯了的是耗子。那种蠕动的黑糊糊的东西，当然也是生命，但实质上是对生命的亵渎，是造物主生产出的大量废品。而它是精灵，是有独立生存能力的大自然的珍品，它不是水耗子，是水貂。它的头部，首先就不是老鼠那样的尖嘴贱相，而是有些略像狗头，银白的、勇猛而又机敏并且充满自信的头。眼睛也完全不像白鼠似的病态发红，而是黑亮有神。体形就更显得矫捷柔韧，猎豹一样。

这是一种缩小了体形的猛兽，可爱极了。

你试着朝前走了几步，想抓住它，养起来。可是你知道你抓不住它，它太灵活、太迅速，一眨眼就不见了。你不能不眨眼。这精灵就在你眨眼的刹那，一闪，躲开你，远远地又在一个意想不到的地方，露出银子一般优美的头。你要追急了它，它就往河岸的草丛里一钻，潜进水中，拖着一条水纹在宽厚的河流里游走，再不理你。

于是，巩乃斯河岸上的唯一一点可爱的生趣，被你赶走了。河流依然平静，忧伤地蜿蜒在土壁和高崖形成的深谷里。

黄昏时分，摆渡老汉的老伴从对岸的农场拾麦子回来了，满满实实的两麻袋。全是麦穗子头。

她一吆喝，你就哗啦啦，放铁链子；咯吱咯吱，往回摇。你不用问就知道，夏收的时候她故意不割干净，公家的地；完了往自己的麻袋里，使劲拣，也不嫌腰弯得疼。她这辈子，饿怕啦。

再缓一会儿，摆渡老汉换工就转回来了。那老汉一张嘴就离不开个"毬"字，好像在他眼里，这全世界上除了毬就没剩下啥可值得说说的。你说，老人家今年多大年纪啦？他顺嘴就给你个烂顺口溜。

"我？唉，"他装出一脸的倒霉相说，"老咧老咧没板咧，鼻涕多咧松少咧，胡子长咧毬短咧。"

有一回中午，毬老汉（你心里这么叫他）的老婆煮苞米棒子请你吃，炊火在阳光下燃得美滋滋的，毬老汉盘上腿就打瞌睡，头一点一点地朝裤裆里栽。一愣，闪醒了。

你说，做啥美梦呢？哈喇子都淌得像跑松一样？

毬老汉微眯着老眼，说咱们还能做出个啥毬美梦？还不是老大和老二算了一会账么。这回没带毬字，不过老大是指脑袋，老二还是个毬。

毬老汉啊，你自己整个儿就活成个球了。你兴高采烈地把看见水貂的事儿给他讲了，你说，"水貂，银子一样的白水貂"！你又恢复了学生腔调，你一忘乎所以就露出这一套。毬老汉斜了你一眼，"水耗子么"。你说你想弄一只养起来，可是抓不住。毬老汉说，可不敢抓，它又不是个耗子，人家是个捕活肉的东西呢。谁敢抓，一口咬断你的指头尖尖呢。

他不帮你抓，可是你感到了满足。因为毬老汉承认它不是耗子，而且语气中透出了一些敬佩和珍惜。这和你认为它是精灵实质是一样的。

你感到了异常的充实。

这时，你猛然扭回头，朝河对岸白杨树隔着的驿道望过去。一片激烈杂乱的犬吠声和马蹄声正追逐着奔驰过来，在幽暗的黄昏闪动如影，有惊心动魄的战乱前的预兆。

你看过去，知道是你的顾客们过来了。真正的顾客，远古时代就存在的骁勇的顾客，正从远方的驿道上奔驰过来，他们将请求你，让他们渡河。

大约有五六匹马，驮着醉酒的人，被沿途所遇见的全体纠合起来的猛犬狂吠着追咬。醉汉们，已经在马背上前俯后仰，大声唱歌；并不时猛地探下身去，挥臂鞭打纠缠在马蹄前后的凶猛大头狗。一马鞭抡下去，空中便准定刺过一阵尖利得似乎带着骂声的嚎叫，"嗷——"，你觉得那狗差点儿就能骂出操你妈了。然后，一片马蹄声

037

周　涛
散　文　精　选

就变得更杂乱了，醉酒的人们隔河高叫，像一伙朴实的响马。狗们，追够了也就完成了任务，渐渐散去。

毯老汉说，这些个毯，又喝醉了。他说完就钻回他的木头屋子里去了，像见了另一种动物的动物那样，避开。

你觉得振奋，觉得感动。

你先是哗啦啦好一阵子，接着就咯吱咯吱。

醉酒的人，骑在马上从岸边上了摆渡。有的马小心翼翼，用鼻子嗅着前面试探，像近视眼一样谨慎地跨上木板；有的则昂起头嘶叫，屁股往后坐，不肯上船。醉酒的人一鞭子，那马一扬前腿，就蹦上去，马蹄上的铁掌在摆渡的木板上很响，很清脆，像一群穿了高跟皮鞋的漂亮女人，在甲板上焦急地走来走去。

你故意摇得很慢。那五六个骑在马上的醉酒者立马船板之上，移动的船体在河面上平稳滑动，载着这伙草原上的牧人，如一幅黄昏的油画，亦如一群坐在你掌心上的待渡者。你觉得那里面可能有葛里高利那小子，你故意慢慢摇，你舍不得眼前这一幕很快就消失。你要摆渡他们，从彼岸到此岸，中间是一条忧郁的河，河面还算宽阔。

你忽然觉得是这么回事儿，摆渡人们。更多的人，不仅是醉汉，而是更多的人。你用的只是两条破船拼接起来的工具，年代久远，浑身铁锈的铁链子和绞盘，但是那声音正因为久远而显得浑厚，正因为陈旧而显得有味道，它们被忧郁的河水洗炼了之后，会变得清新、单纯，变得好听。

人呵，请注意谛听！

1987 年 11 月 16 日

伊犁秋天的札记

一

对大家来说，伊犁是个好地方。对我来说，伊犁则是个留下过不好记忆的好地方。

那些令我不快的记忆我现在不想说它，因为它足够那些想编故事而苦于生活经历贫乏的人写一部长篇小说。而我，恰恰不会写小说，但是我喜欢画画——不用颜料的那种画，另外我还喜欢一点点哲学之类的东西和历史、动物学及幽默等玩艺儿的杂种，总之是个四不像。

我想画点什么，从伊犁回来以后，我一直想画点什么。但是我又不会画——这的确是个天大的误会：这个世界没有把我引向一名画家的画室是它的一个重大损失，这不怪我。这种职业的遗憾对别人是不是终生耿耿于怀我不知道，对我，仅只是些微的、些微的惋惜。一个人从一个完全无从回忆的地方来到人世间，摇摇晃晃孤立无援地走到了人生的路口，道路千条一下子向你涌来，就像红灯区的各色妓女向你邪恶而彩色地招手……你也许还有更合适的职业，但你当时还太年轻，你紧张慌乱，所以就按照你的虚荣心去做了，当然也可能是本能，你在选择的同时就丧失了尝试其他道路的可能。

几乎每种职业都可以让人走得很远很远，几乎每种职业都可以用魅力或习惯吸住你，几乎每种职业都不是用常人的一生所能穷尽的，

周　涛
散　文　精　选

除非天才。所以天才一般都死得很早，上帝说，你已经穷尽了，你必须结束。所幸，我直到现在还不是天才，所以我还能活着。

可是我对我的职业已经开始有了厌恶感，这当然也包括对我自己——我厌恶自己在生活中扮演的这个角色，我当初肯定是有意识去这么做的，渐渐不知不觉地就扮演到了今天这种地步。现在，我停下来，回头仔细地审视着过去的一系列的自己，有时偶然能听到一些断断续续的自言自语，那好像是说"我该怎么回去呢"？

回是回不去了，这我知道。人生是真正的过河卒子，只有拼命向前；向前是向哪儿？终点当然都是死亡，谁也别想悔棋。

就这样，我们对很多东西无法选择，不仅是职业，我们鬼使神差地被固定在世界的某一点上，单线条地过一辈子。这不，我又到伊犁来了，伊犁还是伊犁，而我已经非我。我像一个和从前的我有某种契约关系的别人那样，我面目全非，心态大异，我和原来的我之间相差了十年二十年的漫长人生经历，我现在的容貌气质也和从前大不一样——我有时十分惊异的就是，人们怎么竟然还能够偶尔把我认出来呢？这的确是一桩奇怪的令人百思不得其解的事。

二

我到伊犁来过三次，每次都能非常强烈地感觉到某种异样的冰冷和温暖。这不是伊犁的自然所传达的，伊犁的自然环境永远有着它刚健的妩媚；也不是伊犁的风俗所赋予的，伊犁的风俗民情是全中国最有味儿、最鲜明也是最幽深的。某种异样的冰冷和温暖，是伊犁州府所在地的伊宁社会散发出来的、像气味一样无法看清的面部表情。这里含有风景这边独好的骄傲和自负，也带着边陲重镇见多识广对什么都不再以为然的轻漠，同时还有点儿新疆人"我不尿你"的特殊心态。

这也许没什么大不了的不好，可能每一个地方都有那么一点排他性以显示自尊。伊宁也不例外，只是稍稍有些露骨。然而很快，当你一旦深入进去，这种社会组织呈现出来的态度很快就会被它卓越的自

然风采和宁静的民间情调所融化。

因此,伊犁具有非常鲜明的三种层次:官方的,民间的,自然的。虽然这三种层次(我竟然也使用了这个时髦得发霉的词汇,请读者原谅)在当前任何地方都存在着,但是似乎哪儿也没有伊犁表现得那么鲜明,那么诗意,那么独立成章而又混合为一体,像是一支变奏着三重旋律的乐团。它们分别代表着三种象征,即现实、历史和永恒。这三种时间概念如同三种颜色的水在同一河床里流动,使伊犁显得比别处丰富多姿,使伊犁有一股缓慢舞蹈着的移动感。它仿佛随时都在消化掉尘世的噪音和骚动,又随时都在制造着当代的律动和尘土,它的现实因此蒙上一层恍惚的意味儿,有隔世之感,一切活动的事物都有顷刻滑入变成风景的危险。

它是个供人观赏的旁观者,是个把历史无意中写在脸上的现实主义者,是个不受理论指教的随遇而安的会过日子的古典艺术家。其实我也知道,想把伊犁弄清楚或概括出来这种事,完全不是我这种没知识的人所能做的;我之所以使用了"层次"、"历史"、"永恒"之类的词,完全是为了文字显示的庄严性,真正的意思我完全不懂。假如有人一定要我解释这些词,我大概就傻了。

我刚才说过我到伊犁来过三次,这三次之间相隔的时间依次递减。不知这里面含有什么象征意味儿或命运启示。总之,给我留下的最简练的印象是:第一次我丢失了一个皮箱;第二次我被一匹拉套的马磨破了屁股;第三次就是这次,我觉得伊犁不太喜欢我。虽然我写出过"伊犁河是我的河"这样英勇蛮横的诗句。当时,这句诗像名言一般不胫而走,震慑住了不少善良小心的灵魂,但我今天为它羞愧,我为我年轻时的无知而羞愧。即使人们没有责怪我,那仅仅是因为人们的宽容和健忘,但是自己,难道也应该是宽容和健忘的吗?

羞愧——对过去肤浅的狂妄所付的代价,我羞愧了,但我却决不因此而去修改我的这句诗,这句诗所贡献于世人的并不是它的真实程度,而是它强烈的自尊态度和对生活有力的拥抱。诗就是这样,一方面忍受着现实无情的嘲弄、践踏,另一方面又以它强有力的攻击力在倏忽之间命中庸人世界的灵魂。诗是没有等级的,它没法相当于哪一级,因为它本身就同时拥有了最低贱和最高贵这两极。它唯一的生命力就是它有一颗真正自由驰骋的心灵!因此,藐视诗是一件容易的事,它要比藐视金钱、权利、汽车、房子以及豪华酒吧等等东西容易得多。明白这点,当今为什么会有那样众多的豪杰一致地把自己嘲弄的矛头指向诗并进而指向文学就不是一桩难理解的事了。

有人对我说,其实你的散文比你的诗好。

我理解这种称赞并且也相信,因为我的散文是站在诗的肩膀上的。我花了二十年,经历过痛彻心脾的疑惑、思考、实践、寻找,而终未能真正完成诗。那是因为在诗的领域内,我的对手太强了,他们以惊人的洞察力和才气及对现实的直觉把握向我摆出一个又一个阵势,尽是些我前所未见的棋局。

我感谢他们——这些未曾谋面的影子对手。他们帮助我战胜了一部分自己,同时也使我享受了一段时间的散文领域里的轻松自由。懂得感谢高明的对手,这可能就是绅士精神,是人的自我观照态度的一种进步,较之对对手的嫉恨、偏见、死不服气、打肿脸充胖子当然明智坦荡了许多,因为后者不过是文场中的牛二或王妈。不行就不行,这没什么可耻,可耻的是不行还硬撑,还装得挺行,还进而要领导别人。

十亿中国人里没有不行的,这真是当今一大令人恐怖的社会现象。我不懂为什么这现象还没有成为当今的"热门话题",现在的"热门话题"总是离每个人的痛处太远了些。

三

写到这里,我耳边已经警铃般地响起了指责声:

——你已经离题万里啦,难道这就是你所谓的伊犁秋天的风景吗?

——请问,你这究竟是杂文呢还是创作谈?散文难道是可以这样随意东拉西扯的吗?

我本来想回答一下,但我假如一回答,这篇文字就更多了一条不像散文的理由。何况这问题原本是不值得回答的,倘使我能使多种文

体融于散文，那是我的造化。至于伊犁、秋天、风景，我写的不正是这些吗？我写的如此丝丝入扣，文风严谨，我所展现的一个人的内心的风景，我甚至还要倾听风景的独白，追忆河流的往事，模糊时间的视线和撷取暴雨的花朵……我有一支听话的笔，它一旦在稿纸上任性起来，就是一匹天生奔放的神骏，颠跑、奔腾或弹跃，都浑然自成为美，精神若有神助，它似乎凭着天性的力量就可以踏着现实的头顶飞跃过去。

可惜……的是，我快老了。

中年是一个异常痛苦的年龄段，是个转换得难以适应的时期。成熟是需要适应的。人的全部思想和才情都不过是肉体的"这一个"在发展过程中的产物。谁能听到秋天的叹息？谁能懂得秋天苍凉的表貌后面隐藏的内心裂变？谁又能破译生命在秋天发出的低语呢？

每一片落叶，都曾经历了繁华的季节，饱尝了生长的过程，欣赏或被人欣赏，残缺或完美，承受光芒或迎接风雨，被全部天空和大地照耀、养育，每一片叶子都是珍奇的。每一片叶子都是一枚由自然精心铸造的金币，在万物中发行。可是谁曾珍视过它呢？

现在，它飘落了，告别母体。

谁又能听到它断裂的一瞬间发出的惊叫声呢？

四

这里就正是秋天。

它辉煌的告别仪式正在山野间、河谷里轰轰烈烈地展开：它才不管城市尚余的那三分热把那一方天地搞得多么萎蔫憔悴呢，它说"我管那些"？说完，就在阔野间放肆地躺下来，凝视天空。秋天的一切表情中，精髓便是：凝神。

那样一种专注，一派宁静；

它不骄不躁，却洋溢着平稳的热烈；

它不想不怨，却透出了包容一切的凄凉。

在这辉煌的仪式中，它开始奢侈，它有了一种本能的发自生命本体的挥霍欲。一夜之间就把全部流动着嫩绿汁液的叶子铸成金币，挥撒，或者挂满树枝，叮当作响，掷地有声。

谁又肯躬身趋前拾起它们呢？在这样豪华慷慨的馈赠面前，人表现得冷漠而又高傲。

只有一个孩子，一个女孩子。她拾起一枚落叶，金红斑斓的，宛如树的大鸟身上落下的一根羽毛。她透过这片叶子去看太阳，光芒便透射过来，使这枚秋叶通体透明，脉络清晰如描。仿佛一个至高境界的生命向你展示了它的五脏六腑，一尘不染，经络优美。"呀！"那女孩子说，"它的五脏六腑就像是一幅画！"

还有一个老人，一个瘦老头，他用扫帚扫院子，结果扫起了一堆落叶。他在旁边坐下来吸烟，顺手用火柴引着了那堆落叶，看不见火焰，却有一股灰蓝色的烟从叶缝间流泻出来。这是那样一种烟，焚香似的烟，细流轻绕，柔纱舒卷，白发长须似的飘出一股佛家思绪。这思想带着一股特殊的香味，黄叶慢慢燃烧涅槃的香味，醒人鼻脑。老人吸着这两种烟，精神和肉体都有了某种休憩栖息的愉悦。

这时的每一棵树，都是一棵站在秋光里的黄金树，在如仪的告别式上端庄肃立。它们与落日和谐，与朝阳也和谐；它们站立的姿势高雅优美，你若细细端详，便可发现那是一种人类无法摹仿的高贵站姿，令人惊羡。它们此时正丰富灿烂得恰到好处，浑身披满了待落的美羽，就像一群缤纷的伞兵准备跳伞，商量，耳语，很快就将行动……大树，小树，团团的树，形态偏颇的树，都处在这种辉煌的时刻，丰满成熟的极限，自我完美的巅峰，很快，这一刻就会消失，剩下一个个骨架支棱的荒野者。

但是树有过忧伤么？

但是树有过拒绝落叶的离开么？

当然没有。它作为自然的无言的儿子，作为季节的使者和土地的旗帜，不准备躲避或迁徙，这是它的天职。

当我们在原野上看到一棵棵树的时候，哪怕是远远地，只看见团团的、兀然出现在地面上的影子，我们也会感到这是自然赐给我们的一番美意。当然随之我们就会遗憾太少，要是更多一些该多好，要是

有一片森林该多好！但是毕竟是因为有了这几棵树才引起我们内心更大的奢望。

对森林的奢望，是每个人对远古生活本能的回忆和依恋。

荒野是那么寥廓；

荒野上的道路是那么漫长；

原先驻守在这片荒野上的树呢？它们曾经无比强大，像一支永远不可能消失的大兵团，密集的喧哗的笑声，仿佛在嘲笑一切妄想消灭它们的力量，而且它们拥有鸟类和众多的野兽，这些鸟兽类也不相信森林会消失。

但是时间被人利用了；

时间使人成了最强大的；

人类坚持不懈地努力着，一斧头砍死一棵树，就像杀死一个士兵，最终，整个兵团消失了，连骨头也不剩。

后来的人，谁还记得荒原不久以前的童话呢？关于树的呼吁已经很多了，我不打算重复了。我只是觉得，树在中国北方像流窜深山的小股残匪一样悲惨。

我忽然想到，当地球上砍伐掉最后一棵树的时候，人类肯定是更发达、更神奇了。但是那时人类将用什么办法复制一棵树呢？复制一棵真正的树——会增长年轮的、会发芽、开花、结果、叶子变成金币自动飘落的树——假如有谁可以做到，那无疑会成为科学史上的崭新一页。

但那将是多么滑稽的一页呀！

因此，对树充满敬意吧——从现在就开始，对任何一棵树充满敬意，就像对自己的上司那样。

五

这纯粹是一次秋天的散步。

倘使把城市当住宅，把自然当庭院，把一年当一天，那么，这种散步该多么有趣，多么必要。人们每天散步，我每年散步。

周　涛
散 文 精 选

　　我愿意以散步的方式徐然缓行，或低头漫想，或凝神远望，虽然我并不能望到什么和想清什么。高瞻远瞩是伟人的事，计上心来是小人的事，都与我无关。我是凡人，在不冒充伟人和不冒犯小人的前提下，我喜欢独自散步。这是一种多么难得的自由啊，因为二十年前，就在伊犁某部农场，我曾经在"不许离开营房二十五米外散步"的禁令下生活了一年多，这使我略微知道了自由是什么意思。

　　这样散步挺好。
　　通往博乐的那条三十公里岔道，可以当作一条通往庭院僻静一角的幽径；
　　昌吉呢，是从住宅走下来时的一个台阶；
　　到了石河子，就算台阶走完了，踏上了出入庭院的主道；
　　果子沟应该是院中的一座保留完好的、长满了自然植被的小丘；
　　赛里木湖这一小池水，在院子里保持着它的清澈和生机；
　　牛羊、马匹、骆驼、狗和毛驴，是你在散步中遇到的蚂蚁和小昆虫；
　　只有太阳是原来的，只有月亮是原来的。
　　这样散步挺好。

　　我已经过了奔跑呼喊的年龄，我说过，我有些老了。老和不老不完全表现在年龄，而有时表现为步态——人生步态。
　　散步就是一种渐入老境的形态。
　　不再匆忙、紧张、拼搏、追求或探索什么了，已经经不起激烈方式的折腾，受不了热火朝天的刺激；什么男子汉啦，什么西部啦，让人眼晕得厉害；或者有没有现代意识，具不具备成为大师的条件之类的全方位检查，也让人不胜其沉重。
　　成了又怎样？不成又怎样？天底下的章法多得很，你有你的通行证，他有他的护身符。兔子和乌龟赛跑，兔子永远是失败者而乌龟永远稳操胜券。为什么？因为兔子要睡觉而乌龟不骄傲——这就是辩

证法。

兔子和乌龟赛跑本身就是可笑的,你不跟它赛不就完了吗?

不行,据说乌龟非要缠着和兔子赛跑,你不赛它就咬你的耳朵——这叫兔欲静而龟不止。

最好还是去散步。

在历史上已经著名的散步不少了:

"且听穿林打叶声,何妨吟啸且徐行,竹杖芒鞋轻胜马。谁怕?一蓑烟雨任平生。"

这是苏东坡的散步,放达潇洒的失意者,外表的泰然掩不住内心的慷慨激烈,这就叫本性难移。东坡大才,气贯长虹,他的全部失败就在于他不善于掩盖自己的强,即使散步,他也势如奔马之惊风。

还有一个孤独的散步者,他是在另外一块大陆上散步的,他叫卢梭,他的那本题为《一个孤独的散步者的遐想》的书,是值得妄图弄清自己灵魂的人一读的。他这样说道——

"我准是于不知不觉中完成了一个跳跃:一个由清醒到昏睡,抑或更确切地说,由生到死的跳跃。我不知怎么越出了事物的正常秩序,兀然堕入莫名其妙的混沌中。在这一片混沌中我什么也看不见,我越是琢磨我眼下所处的位置,我就越不能明白我身置何处。"

看来,不论是东方的还是西方的散步者,都不像竞走,都同样是一副随意而松弛的步态。

在身体放松的时候,思想才有可能四通八达,飞驰狂奔;相反,身体高度紧张如短跑时,思想便集中成一个简单的念头。

散文就是文学中的散步,因为它最平常,最自然,也因为谁都会。散步散到被认为炉火纯青的地步就变得非常困难——除非那人的步态丝毫也不造作和摹仿别人,而且在简单的散步中可以显示出深厚的训练。

相比之下,诗是追逐灵感时闪电般冲刺的短跑或者使速度在一顿时产生的转换,如跳高或跳远。而散文是散步。散步没法比赛,却更无拘无束，有益身心（这种比喻显然不是定义，勿信）。

秋天是适宜于散步的季节。

六

应该让思想的水散漫成湖，特别是当你处在人生的秋天。

让溪流聚集起来、让河水交汇起来、让雨水或雪水贮蓄起来，根据地形自然的状态，造成一个非人工的海子。那就是湖。

湖不是海——它没有那么伟大；

湖也不是水库——它要柔和自然得多。

一般说来，它躺在那儿，有一种女性的味道。这除了因为它美，还因为它使周围变得潮湿了一些，滋润了一些；更因为它使天空也变了，变得涂上了一层神秘的蓝；使近处的山呈黛色，阴坡的松林幽静，使远处的山白发肃然，如老翁之守处女洗浴。

一般来说，它躺在那儿。

它不像山那样远远地就跑过来迎接你，而是躺在那儿，等着你突然发现它。它喜欢静静地微笑着看你吃惊。

一般说来，这就是赛里木湖。

一个思想就应该是这样，经过无数条水系的源源不断的补充，经过地貌之下的颅骨加固合拢，就这样自然而然地，形成了一个圆或椭圆的、深邃的内陆液体领域。

思想之所以称为思想，就因为它是圆的。从它的任何一点出发，走完全程终点都复合在起点上。所以，思路是细长的，思绪是云烟状的，想法则呈尖锐的三角形，灵感是狭长的闪电。

瞧，被称为思想的这个东西有多么深邃，同时又有多么清澈透明！

它深邃到使人不敢轻率地跳下去游泳，仅只挽起裤腿在岸边浅涉一番，就足以使人领略到它的内涵、它强大而令人畏惧的吸力；而它的清澈透明，让人一望见底却倒吸一口凉气，那见底的明澈里，反射着无数层游动的光影、光环、光斑，造成无法分辨的幻象，使真实与虚幻浑然一体，因而更加捉摸不清。这是那种比浑浊更深奥百倍的

明澈!

赛里木湖——多美的名字!

这名字本身就有一种清澈的深邃,有一种高雅的韵味,有一种特殊的蓝,令人心醉。

你是伟大的海洋在撤离时留给伊犁河谷的一滴巨大的泪珠。汪汪的,闪闪的,既像美人腮边泪也像英雄颊上泪,妩媚而又刚健;

你就是我们的海。在亚洲腹地远离海洋的地方,你给了我们一个海的缩影,一个海的模特儿,让我们按照你的面貌在想象中放大去理解海。因而,你又是本关于海的初级教科书;

当我们散步在你身边的时候,可以看到成群的水鸟翩飞降落,成为浮动在水面的一片黑点,同时浴着水色和光影。身材修长的马正垂着颈、披着长发,小心翼翼地亲吻你的水面,惟恐不慎弄皱了你的面容;

你与牧人的世界如此和谐。他们爱你,你也爱他们,你从不曾因为他们贫穷而鄙弃他们,相反,你把自己当成他们当中的一员,和他们气味相投。你就是在他们当中找到平静的,你必须平静才能生存下去,而这,只有牧人才能给你。那些城市里的"湖",你当然知道它们的窘状和自得难解难分,它们是供人娱乐的一池,而你,才是真正的湖。

总是这样,在远离喧闹的地方,思想默默地积蓄、沉淀,变得清澈起来、辽阔起来。

所有的游客和路人,在你的身边赞叹、夸奖,似乎在这片刻,你成了他们的一样东西而与牧人毫无关系,然后,他们拍拍屁股,驱车远去,你仍留在牧人身边,谁也带不走你。

在众多的游客和路人当中,有人感觉到一丝惭愧吗?面对你,有人照到自己灵魂深处的弱点吗?若有,他可能会想到这些。

赛里木湖,人们是多么肤浅又多么自以为是呀,我愿意代替他们向你道歉,说:"我们对不起你!"

它听也不听。

脸上犹自泊着宁静神秘的微笑。

七

斧头向树借一根斧柄，
树便给了它。

形状美观的，裸露的，青白的武器，
从地母的内脏中伸出头来，
木质的肉，金属的骨，只有一个肢体，只有一片嘴唇，
…………

印度哲人和美国热情洋溢的泥水匠诗人，他们两个究竟哪个说得更对呢？倘使是矛盾的，为什么两个都让人感动呢？

一柄斧头。

一个最初的人类用来改造世界的孔武有力的武器。

慈悲的佛祖的使者，东方白发幡然的诗歌圣人向我提供了前者——一幅可怕的图画。斧头的柄是向树借来的，然而斧头消灭了树。这是一个阴谋，树明明知道，还是给了它。庞大的千年古树般的东方文明，在小小的"一片嘴唇"下无可奈何，轰然倾倒。这是东方近百年来的悲哀。

那个身穿紧身工装、头戴草帽的美国劳动者呢？他才不管斧柄是不是借来的呢，他浑身洋溢着乐观蓬勃的活力，他热爱开拓，他歌唱斧头，他赞美用被伐倒的树建造的崭新生活。从某种意义上说，他就是斧头，他偶尔也会有些伤感，断断续续，但他总的来说是进取的，轻装前进的。

树和斧头各自唱出了自己的歌，组成了人类完整的声音——多么让人哀愁又多么让人振奋！

诗人们！

假如你是树，你就不要伪装成斧头；

假如你是斧头，你也不要伪装成树。

这是我在经过果子沟时想到的。

果子沟是个树的乐园，因而容易让人想起斧头。

八

我在想，我以前来过这里吗？

我若来过，为什么我对这一切那么陌生，感受和理解会如此迥然不同？我若没来过，那就怪了，难道过去的记忆是一团无从证实的梦？

过去的事情一旦过去了，就和从没发生过一样，除了记忆留下一些斑驳的年久失修的印象，一切都无从考证。大地不会作证，它不会记得你的名字和脚印；湖泊也不会，它给过渴饮者一捧水，过后就忘了。

你只是你，形影孤单。你以为你有过去，你匆匆跑来寻找，过去没有留下一丝踪影，它悄然飞走了；你以为你有将来，将来藏在你的眼前，你却徒劳地向前伸出手总也抓不住。

你蓦然明白，这一刻你才是真实的，除此而外你根本不拥有任何时空。而这一刻也在消失、剥落、衰亡。你只是一个可怜的小点，被无形的力量推动着，也被无形的轨道制约着。

你用手抹了抹鼻子，有点怆然。

"我就这样被注定了吗？"你心里喊了起来。但是徒劳，所以第二声你就没喊。有许多东西，人是无法想明白的，就像一只羊永远不能弄清它的命运一样，否则它首先会用绝食气人。

因为你无法漫长下去，你无力拒绝时间分配给你的那一小段，这就是人生最大的局限。你要是根本不想这件事那就好了，生老病死，人之常情，大家都一样，也没专门亏待你。可是你偏偏放着大家都想的事不好好想，专爱想别人不想的事，这就是你的毛病。

你轻视现实，就必遭现实的惩罚；

你钟情历史，却不见得能获得历史的青睐。

为什么？这不是太不公正了吗？

得，这又是你的傻处了。现实翻过去的那一页日历叫什么？历史。你——一个自以为聪明的书呆子，正自寻烦恼。

睁开眼睛看看吧，伊宁已经快到了。热气腾腾的现实生活正在展开，它像刚切开的西瓜那样鲜红水脆，也像刚出笼的烤包子那样暗香浮动。

饿了吧？

嗯，饿了。

历史不再需要吃饭，思想却会和肚子一起挨饿。

吃饭的时候，幻象消失了。一切都很真切，喉咙在食物的刺激下发出震耳欲聋的声响，胃像水母般欢乐地舞蹈起来。我听见我生命的全体部属、全部细胞都活跃、行动起来，这些亢奋的子民发出齐心协力的呼喊：食物万岁！

这时候，思想睡着了。

九

在雪岭宾馆的电梯旁，我碰到一个人。

那人有一张窄长的脸，还有一对发黄的略含悲伤无告的眼珠，除了头顶没有生角和下颌没有蓄胡子，那张面孔很容易使人联想起一只山羊的脸。

"嗨，是你吗？"我走过去拍了一下他的肩膀。

"难道是你吗？"那张脸惊愕了三秒钟，突然松弛下来，笑了。

我们都忘了对方的名字。

但是我们都在一瞬间分辨出了对方那张久经岁月摧残而不折不挠的脸孔。

记忆真是奇怪而伟大，它总是能记住一些更本质的东西，不管那本质怎么变化；却抛弃掉那些看来重要而实际上不过是附加的东西。

我们坐下来，仿佛有一些话要说。但是我们都小心地避开对方的名字，装出这不是个问题的样子。可是我们的谈话似乎没法集中，两个人都有些心不在焉，好像一边走路一边老是左顾右盼寻找什么东西。

原来我们都在极力想对方的名字。

其实,三十年前我们在一间屋子里生活了整整一年多,一块吃饭,一块劳动,一起经历了从冬天到春天的全部季节,一同经受了当时政治风云毫不留情的打击和重压。有一个夜晚,我们一起听到"林彪出事了"这一令人目瞪口呆的小道消息,那是一个神秘而恐惧的夜晚,我们一起不知所措了一整夜……那正是在伊犁巩乃斯草原的时候,伊犁的岁月和这张脸有密切的联系。可是,他叫什么名字呢?

那时我记得他会说汉语,现在他反而不太会说了,夹杂了很多维语。我说你怎么搞的?他说他忘了。

他说听说你现在当了"斯人"了。

我说,是"夏伊尔"么?

山羊笑了,你的维吾尔语很好。

我说,好个屁,我这个大学中文系的毕业生就记住了这一个词,诗人。

然后,我们没有更多的话好说了;

再然后,我们匆忙地互相留下地址和房间号,告别了。

这一点都不奇怪,我们谁也没从对方身上找到什么,我们虽然有一段共同的日子,却各自怀有不同的记忆。两个记忆像两部电影,环境一样,主人公不同,而且是两种语言的版本。

山羊上了电梯;

我上了汽车;

在汽车里我一直在使劲地想他的名字,他叫什么名字来着?那是个非常熟悉的,一天到晚叫无数次的名字,那个名字是这张窄长的脸孔在社会组织中相应的符号。

我终于没想起来。

十

那天早晨起来,她突然问我:

"昨天晚上你梦见什么了?"

周　涛
散文精选

　　她眼睛里有一种狐疑，带着审查的味道。我有点紧张。我觉得仿佛她昨晚站在我的梦境边上看清了一切刚刚回来。她好像比我醒来得早，看到我醒来，就问了。

　　她是怎么过去的？一个人的梦境肯定应该比国境难逾越得多——虽然没架铁丝网。她是怎么过去的？她窥见了什么？

　　我有点紧张。我想，梦怎么能被人看见呢？怪了，梦难道可以拆看吗？而且我仿佛记得宪法里有一条，就是保障公民的做梦权不受侵犯的。可是……现在她一问我，反而让我感到无地自容。我觉得她问得义正辞严，很有必要，我觉得她问我梦见了什么是她的权利。

　　梦是不可告人的，因为它和白天的现实是那样矛盾。它完全不受理性、品质、思想等东西的操纵。它是荒诞的，无逻辑的，甚至是下流的，因而它只配在夜间、在睡眠状态中出现。梦有一座神秘的舞台，它只让一些小偷似的鬼鬼祟祟的演员恍恍惚惚地演一些荒诞剧，没头没尾，只是一些片断，而且无法搞成连续剧。

　　在那个世界里，理智被唾弃，道德被扔进垃圾堆里去，界限消失，神圣的篱墙被拆除。

　　你弄不清为什么在厕所、澡堂这些严格划分性别界限的场所里，竟然男男女女进进出出习以为常？你窘迫极了，这时恰好进来一位平常熟识的女同事，她蹲在你旁边，扭过头来笑着问你借手纸；

　　还有，你光天化日下在熙熙攘攘的街市上走着，可是一低头，突然发现你忘了穿衣服，全身一丝不挂。你想找个墙角赶快藏起自己，才发现周围没有人对你大惊小怪。

　　……这就是梦。

　　但是我想了想，昨晚我睡得很平稳，没有一丝梦的残片。我已经很久不做梦了，我有时甚至怀疑过自己是不是已经丧失了做梦的能力。我对她说，说得很肯定："我什么梦也没做呀。怎么啦？"

　　"那你为什么在梦里哭？"她说，"哭得很伤心。"

　　"啊？"我惊愕极了。

　　我拿过镜子，看着自己。脸上没有泪痕，眼睛黑白分明，没有任何哭过的痕迹。我很坚强，鼻梁挺直，眉骨高耸，面部棱角凌厉，嘴

唇薄滑善辩，哪儿像个爱哭的人呢？

对天发誓，我确实没有梦到过什么伤心事，而且，我似乎什么梦也没做过。

可是为什么会在梦里哭呢？

整整一天，我都在想这件事。

后来，我想起来了，昨天晚上是有过一个梦；一想起来，就觉得那梦境很清晰了，它非常简单。

我和一个写小说的朋友摔跤，他先摔倒了我，我一用劲又翻了过来，骑在他胸上。这时，我咳嗽了一下，有一口痰涌在嘴里（梦里我还想到了这是因为吸烟太多的缘故）。我不想吐在地上，我害怕把地搞脏。我四下张望着看有没有痰盂，我没找到痰盂。

这时，我看见了他的耳朵。

我觉得挺合适，就把痰吐进了他的耳朵里。

这是一件很滑稽的事对吗？

可是她说我在梦里哭了。

十一

在广阔的草原上驱车奔驰，那是一桩最没有压迫感的事情。特别是当草色还没有完全憔悴；特别是当起伏的低岗下、道路旁、屋舍外出人意料地长满了茂盛的树木；特别是车子绕过了一座矮矮的山岗，出现一大片坦荡美丽的河谷；特别是在这片河谷里躺着一条无声蜿蜒着的河流——伊犁河。

见到河流或想起河流，都是令人愉快的事。尤其是见到那种著名的河流，就像是见到一位著名的人物，你总是容易激动起来，急切地想看到些什么，证实些什么，进而获得些什么。

这条河就是这样，它著名，它的名望使人容易和一位出身农村家庭的未经多少打磨而以其质朴天才震撼整个舞蹈界的小姑娘联系起来。

它不是那种伟人一般的河。

但是这个小姑娘在她的条件下所展现出的丰富、完美、超出一般

周　涛
散文精选

人的想象力的程度，却比那些在一定历史条件下应该做到而没有做到的伟人一般的河流更让人钦佩、喜爱。

它不算太长，因而它曲折回环的舞姿更紧凑，更能让人看到全过程。

它的水色不是那种清澈的像泉水一般的，也不是浑黄奔泻的，而是灰白色的。二十年来我每次看见它都是这种颜色，灰白色的。

这就使它像个不懂得化妆的美村姑，它依靠本色，依靠它和土地之间的相互养育，还依靠头顶的这块晴朗蔚蓝的天空的映照，保持着平稳而充沛的水量。从不见它干涸。

伊犁河不仅仅是单独细长的一条河，这是它了不起的地方。它成了一个系统，一个影响着周围事物的活物，它把周围的一切都纳入了它，成了它的一部分。

比如，天空是因为它才这么蓝的，要是没有它，天马上就变成灰色的；

比如，河谷和草原是因为它才这么茂盛兴旺的，不然，立即将成为沙漠；

比如，村舍、房屋、房屋前的长廊、窗饰的雕刻、庭院里的夹竹桃花、地毯和壁毯、铜壶和银具；

还有那些沿岸生活的人。你来的时候他们那种平稳的表情，你去的时候她们那种平稳的态度；孩子们的笑声，妇女们走路时的姿势，以及所有居民过日子的那种安详。这一切都因为有了它，都因为是它的组成部分。它给了他们韵调、情趣、平稳而充沛的生活态度。

他们是它的风景，因它而贯穿流畅。

这种河，就是那种喜欢在沿途画油画的河。它的灰白色的河身像是镀着一层月光似的游动在草丛里，草丛吸收了它的声响，使它看起来性格内向，像灰白的蛇一样无声、灵活。

蛇其实是很美的，特别是泛着灰白色月光的这条大蛇。滑动、轻盈，缓缓扭过草原，钻入河谷，掠过村庄，爬过城市，直入国境线的那边，渐渐远走隐去，谁也不惊动，不打扰……

这是一条善良的会舞蹈的美蛇，它丝毫也不阴险，只是阴柔。它

把那个性格内向的农村小姑娘的舞蹈天才一直保留下来,留给所有到草原来的客人看。

你即便不喜欢伊宁市,即使不喜欢伊犁人的某些方面,你还是不能不喜欢伊犁河——说真的,你别想从它身上挑出缺点来。

十二

我也有一本自己的历史资料,那是一个巴掌大的小采访本,上面记载着一九七一年至一九七二年间的片断日记,蝇头小字,整齐而生硬。

小本的封面上,贴了一帧"金鹿"牌香烟盒的商标。里面不时有些从"上海"烟、"中华"烟、"飞马"烟盒上剪下来的商标,还有一些糖纸也剪下来,作了插图。

翻看了一下,几乎找不到自己的影子,看不见一点儿真实的农场生活。那时我二十六岁了,我为什么那么愚蠢?为什么连自己度过的真实生活的一点片断也记载不下来呢?我的小本本本来就像一个五平方米的地窝子那样空间狭窄,里面却抄满了导师、领袖和"林副主席"的讲话。

当然,里面也有一点点零碎的个人感受记录,但极少,有些只有自己的记忆可以补充,像备注似的。

这是一节耳朵听到的:

"听一位维吾尔族果农在园中唱歌。大约是什么民歌,词意是:爱情是什么?——两个青年的春天。"

还有一节眼睛看到的:

"黄昏时分,在去苹果加工厂的路上。衬着灿烂的夕阳余晖,从过人高的草中缓缓地'游'过来一匹白马,那白马望见汽车,一声长鸣,追赶起来,满车为之欢呼。"

(备注:高草齐胸,风吹如浪。马行不见腿蹄,故用"游"。此字甚妙,可惜从高尔基某篇小说中袭来,特说明。)

另有一则记人的:

周　涛
散文精选

"哈勒克，这是一位林区工人的名字。黝黑的脸像鹰一样坚韧，腰间插一把匕首。无论什么时间卸车，他都会出现在楞场上。原木在他手里驯顺地转动，变得像小孩手里的积木。"

（备注：记得那是一个神情阴郁的人，浓眉，眼窝深，目含杀气，却从不多说一句话，对人恭顺避让，只埋头干活。他很容易让人想起南斯拉夫一部电影里的那个阴沉的杀手，别人问他的上司说："但是他会笑吗？"）

最后一段记了这样一件事：

"六班班长，原政教系学生吕继烈因病于八月五日去世。享年二十八岁。据说临死前，意志很顽强，表现了一个优秀共青团员的革命精神。"

（备注：吕继烈，面白、肩宽、瘦高身材，系烈士遗孤，故名继烈。因学政教，又年龄稍长，故较一般学生老练，常含笑，不多语。任班长，已负有学生最高职务，因为排长以上均由军人担任。此人根红苗壮，属于难得的可以信任的学生干部，虽已腹痛难熬，仍坚持带领一班人忘我劳动、拼命锻炼改造。后，腹疼甚剧，便每日取一土坯，在炉上烘热，揣于腹前自镇；又后，数次请求去师部医院疗救，未获准；有次得机赴医院看之，被军医反馈回连队曰"害怕劳动装病"，于是该连指导员郑万和便以"阶级斗争"新动向的社论体口气在晚点名时不点名地点出，尖唇利齿，含沙射影。自此，吕心生腹诽，沉默不言，再不含笑，坚持劳动如常。忽一日，倒地打滚，不像装的，送师医院抢救不及，死了。死后，全场开追悼会，副师长华某亲临讲话，面目阴沉如临大敌，讲话中有一句至今记得，"不许借机闹事"云云。）

那就是二十六岁的我记录的生活，可以说，我那时已经非常老练，我的日记无懈可击，比社论还正确。随着以后"革命形势"的变化，我在"林副主席"的林字上补画了×，这就更正确了。

可悲的是，我等于什么也没记。

"梦！永远是梦！并且，心灵越是充满妄想，梦幻越是把它和现

实远远地分开。"

我想起波德莱尔这句话，口中充满了苦涩的滋味儿。

十三

在伊犁草原上，毡房是相当分散的。

毡房不是村落，它总是孤独的，像是在躲避什么。它总是散落在一些很远的、不容易找到的地方。

但是你知道的远道来的客人在当地人的陪同下，又总是能够找到它们。

有一个节目要在这里上演，一个对城市人十分有趣的、难忘的节目要上演，谁也无法推辞，所有的毡房都知道，这件事它们都懂得。

会在某一天，某一个时辰，这说不定。草原孤独的角落响起喧哗声、谈笑声和汽车引擎的声音，声音混合成一股力量，向毡房走来。

一般说来，狗会先叫的，但是很快它就理解了主人的呵斥，知趣地走开，卧在一辆木轮车下。

一般说来，羊群开始交头接耳了，当然声音很低，不会让客人听见，羊们开始预感到某种不幸。

一般说来，毡房的门帘将被掀开，客人们互相谦让一下，便走进去，踏上花毡，盘腿而坐。客人们开始谈一些离毡房十分遥远的事，开始喝茶，互相让烟，然后很耐心地等待着什么。

毡房的主人全数到了外边，只有两个妇人进进出出。她们为客人烧奶茶，一碗接一碗，一般说来，她们不插话，态度谦恭但是不笑。她们并不非常热情，但没有失礼的地方。

大约要过很久，正式的节目才会开始——一只刚宰的煮熟的羊会用托盘送上来，客人将发出一阵欢呼，仿佛他们全没想到而实际早想到了节目会是这样精彩。于是，一场吞食肥嫩羊肉的表演开始了，只不过是，这是客人向主人表演。

主人们看大家吃得兴高采烈，似乎表情也有些开朗。这时，客人招呼主人一起来吃，主人有些羞涩，似乎不好意思。一般来说，她们只吃一点，而且是边角料。

最后，当节目演到尾声，客人纷纷起身，临别时会说许多比刚宰的羊肉还新鲜美好的语言，一般来说，是这样一些话——

"欢迎你们到北京的时候来我家做客啊！"

"亲爱的朋友，你们真是我的好兄弟！"

"各民族大团结好！"

"到了乌鲁木齐不到我家，我可不高兴啊！"

但是，一般来说，谁都不会记住对方的名字。对于毡房来说，所有的客人都是一个人；对于客人来说，所有的毡房都是一回事儿。事情就是这样，除了节目还会演出，其他的，都会被双方遗忘。

所以，毡房总是散落在一些很远的、不容易找到的地方，但一般来说，又总是能够被找到。在世界上，谁也藏不住，这你知道。

十四

有人告诉我说，他现在当了一个州的州长了。那人说，他当初和你在一个农场锻炼，你记得他么？

我说，记得，当然记得。

许多人都被我忘了，为什么偏偏记得他？是因为和他很熟吗？不是，我和他几乎很少说过话，而且也很少在一起。

但是我对他印象太深了。

那是一个哈萨克小伙子，英武，个子不高但很结实，像一个足球运动员。他有一头褐黄色的头发，脸上的线条有力而充满生气。那时，他得到一份令人羡慕的好差事，就是当了师里到农场的通信员。他每天的任务是骑一匹快马来往于农场和师部的土路上，不用劳动。

这使他非常像个骑士。

而且他骑的那匹马简直神气透了，像他一样无懈可击，那是一匹威风凛凛的马。他每次路过我们连队时，都下马，和大伙一起聊聊，他没有一点得意的样子，而且，没有怜悯我们的眼神。他每次都潇洒地从骑士马鞍上下来，一下来，就让我们感到他是自己人。

秋天的一切表情中,精髓便是:凝神。

那样一种专注,一派宁静;

它不骄不躁,却洋溢着平稳的热烈;

它不想不怨,却透出了包容一切的凄凉。

他不拒绝我们骑那匹马，只是说："小心点儿，它很厉害！"

马身上流着汗，弯曲着强壮的脖颈，口吐白沫恶狠狠地咬着马嚼子，我们不再坚持骑它了。

有时候，我们对他说："表演一个！"

他会让我们把一个旧麻袋扔在地下，然后他纵马奔驰过去，一俯身，伸手拣起麻袋。大家赞扬他，他也高兴，但很得体，末了他会说，哈萨克人都会，都会这样。

那时农场的土路上，经常看见他的骑影。英俊、热情、生气勃勃的他骑在强壮的骏马背上，奔驰着，驾驭着自己的命运。我们谁也不妒忌他，每次看到他，都感到某种安慰，仿佛是一个希望仍骑在生活的背上……

有人对我说，你不去看看他吗？

我想了想，说，不去了。

并不是因为他现在地位高了我就有意躲避他，我觉得自己的心理没那么虚弱。那是为什么呢？我想了想，大概是因为担心。

我害怕那个非常优秀的哈萨克小伙子消失了，害怕看到一头褐黄色的头发变成秃顶，结实的筋肉分明的脸变得臃肿，害怕看到一个威风凛凛的骑手钻进汽车里的样子……将近二十年的时间，会使许多东西发生变化。只要你没有目睹这变化的结果，那个年轻的哈萨克骑手就依然活着。

你会觉得，他还是骑着那匹马，奔驰在草原的土路上——视察工作而不是送信。

十五

现在，我很想为伊犁的酒徒们写一点颂歌，也许你们不会介意，不会认为这是一篇对普通人们的号召书，更不会把这当作是酒徒们的纲领性文件。

的确，他们没有委托我把他们写下来，他们仅仅是请我去喝酒，

周　涛
散文精选

把我当成朋友的朋友，一见如故。

他们都知道李白，因而他们对不会喝酒的诗人有些犯疑："不会喝酒还咋样写诗呢？"

他们互相望着，好像征询不同意见。

我对其中一位说，你那么能喝怎么不写诗呢？

"我们是黑肚子么。"他爽快而不无羞涩地低着头说，用手摸了摸自己的后脑勺。我看见那只手，肥厚、短粗，不仔细看几乎分不出五指。

伊犁的这一部分著名酒徒陆续到齐了，真是济济一堂，民族荟萃，虎虎生风。酒徒的风采有如绿林好汉的聚义，个个魁梧粗壮，绝无一个文弱苍白的。他们仿佛身怀绝技，豪气纵横而又遵循着一些看不见的规矩；他们知道在哪些方面可以放肆，哪些方面决不可造次；他们当中隐约有一种排座次的东西，但是外人看不清。

他们喝得很稳，话并不多，但场面也不冷落。用一只杯子传递着喝，一饮而尽。

酒过三巡，已经有好几个空瓶子摆那儿了。他们喝着，很少动筷子吃菜，虽然菜肉瓜果很丰富，他们仍然吸着烟，用眼睛盯着喝酒的人，心迹不露。这样一群老练的成熟的酒徒，多在三四十岁之间，像一伙能征惯斗的老兵，也像一些久经沉浮的政治家。

观察着，保持着某种状态的平衡，好像政治家等待时机，也像瞄准的人调匀呼吸的时候。

伊犁河的水是怎样变幻成这种烈性、透明的瓶中物的呢？

这种清凉的液体为什么在通过人的喉咙和肠胃时变成了燃烧的烈火呢？

它为什么这么苦辣呛人而又使人渐渐上瘾，愿意为它冻卧雪地沿街踉跄呢？

在生活和命运中久经跌打的人们哪，你们为什么摒弃了软性饮料，而偏爱上了这一杯杯、一瓶瓶穿肠的毒药呢？

为什么成了酒徒？

——酒的崇拜者和忠实的门徒；

——酒的奴隶和仆人；

——酒的战败者和俘虏；

——酒的不倦的情夫和被遗弃者；

在魁梧粗壮的这些人的心灵深处，在这些貌似强悍的人心灵深处的一角，一定有一处柔弱的、稚嫩的、干涸的地方，而这地方，需要用酒浇灌。

伊犁深沉的夜晚，酒徒们在传杯递盏，像一群圣徒，在长桌边围绕着耶稣。

这时，庭院里的花香气弥漫，与酒气相渗透；

远处，隐隐可以听见，伊犁河水源源不断地流响着。

酒徒们一点儿也不比别的徒差。

他们用自己的唇舌琢磨，用自己的肠胃研究，耐心、细致、坚持不懈。几乎每一次都是失败的，呕吐、昏睡不醒，然而他们不灰心。

他们是认真的，和开会没什么两样。

成为酒徒需要天赋、深厚的功力和修养，这并不是很容易的事。在许多方面，和造就一个诗人完全一样，尤其是达到峰巅状态时，诗人和酒徒更一样——都是头脑失去正常状态的人。

为什么要轻视酒徒呢？世人！

这是不公正的。

十六

一九三四年时，美国诗人考利给海明威写了一首小诗，我想抄下来，作为这篇散文的尾声。

诗很短，只有八行：

周　涛
散　文　精　选

　　轻率的人大踏步走到
　　尼日尔河边上河马跟前，
　　或者急忙搜索草原，
　　扒狮子的皮，这倒安全；

　　但是坐在家里的人
　　搜索枯肠，严酷而昏昏然，
　　在那儿和思想上的豺狼鏖战，
　　却非常危险。

1989 年 10 月 26 日于乌鲁木齐

博尔塔拉冬天的惶惑

诗人说，冬天可以置人于死地。

诗人还说，这不是因为风雪，风是那样悠长的一种音乐，雪是那样飘逸的一种花朵，亏是由于有了这两样东西，人才可以活下去。置人于死地的，是冷酷和死寂。

一个没有活力的白茫茫的世界，使人绝望乃至来生。人其实就是这么死的，没有别的什么原因。人们总以为是衰老使人寿终，这才是糊涂呢！那么是什么使人衰老了呢？是岁月吗？不是，因为有些人要把他经历的日子藏在心里，你是没法判断他有多大的。

冷酷和死寂使人绝望，绝望使人衰老，然后死掉，就这么回事儿。你假如看到过死人的脸，你就会明白，那上面写得清清楚楚，不容置疑。

诗人咽了一口唾沫，又说，你注意到吗？你看窗外，冬天正在嘲笑一切生命——

鱼儿在水层之下，它们身上的鳞片使它们像一些光着身子穿上铁甲的武士一样，又别扭又滑稽。它们不冷吗？

鸟儿虽然有羽毛，但是它们却没穿鞋，光着趾脚。

贫寒然而性感的蛇，买不起像它的身体那样长的套裙，所以只好躲在地洞里。

连熊那样肥厚的毛茸茸的山林庄园主，那种富农一样迟钝、憨勇

周　涛
散文精选

的角色，都感到了恐惧，它钻进树洞，可怜地舔着自己的手掌。

　　树坚韧地站在严寒里，不能挪动脚步，没有叶子。它总是像一只叉开五指的干枯的手掌那样伸向天空，企图抓住严寒，但总也抓不住。它在盛秋时获得的满身勋章一片光彩，已经全部被剥夺了。

　　生命被搁浅，在漫长的、看来毫无指望的无边冷寂中。这时候很静，在冰雪之下隐隐能听到一丝呼吸，一脉心跳。进而，仿佛还能听到万物的呻吟、哀告和呼喊，那声音似乎在说："让我们活下去吧——也许我们不配，但让我们活下去吧！"

　　这当然仅仅是时间玩弄的一个循环游戏，一个季节罢了。即使仅仅如此，这一年一度的冬天也足以使人绝望。它每次降临的时候，都仿佛比上一次更漫长、更难耐、更让人产生怀疑：所谓春天是不是一种传说？是不是由于自身的痴愚造成的某种心理幻觉？是不是只有那类内心精神紊乱、神经过于敏感的人才执信的虚无蜃景？一句话，春天是假的，而只有冬天才如此真实。

　　诗人说这些话的时候，我听着。我们坐在一辆吉普车里，司机把它开向博尔塔拉。而这条路，正是一条充满恐怖感的坦平公路干线。这条路比诗人有名，它标在地图上，叫乌伊公路。

　　"这不是什么公路，"诗人冷酷地说，"这是一条谋杀汽车的流水线。"

　　我惊异地望着这位诗人的脸，想起来，这里的确发生了无数次相撞、擦伤、流血、颠覆……比全世界的宫廷政变还要频繁一百倍！每次事件发生的时候，都令人目瞪口呆，痛得揪心；可是一转眼，事件还没处理完，人们就恢复常态了。生活按照既定的轨道发疯地向前猛冲，谁也拦不住，预谋着下一次的谋杀发生。

　　许多可怕的事带着神秘的意味儿就发生在这上面，令人记忆犹新：

　　一个极其爱护自己脸蛋儿的女人，她每天晚上都涂上厚厚的护肤膏入睡，她这才对明天放心。她决不允许她的丈夫用亲吻这种方式破坏护面膜，她觉得脸比生命重要。可是当人们把她的尸体从大型油罐车下拖出来时，她珍爱的脸完全找不见了。

　　还有一位母亲，她年轻时算过卦。"你将有三个儿子和一个女

儿，"卦师说，"女儿命硬，可是三个儿子，都难呢。"后来她老了。果然是这样。一个儿子死于绝症；一个儿子夭折于武斗枪战；第三个是司机，一辆拖挂和他会车前几秒钟，挂钩脱开了。几千公里的长途中，恰恰在这一秒之间发生，比一切谋算更精确。那位老母亲从此再没有产生过任何与命运抗争的非分之想，她笃信宿命。

"她服了。可是你呢？"诗人问我。

我从反光镜里看到自己的脸，无可否认，那是一张很像脸的脸，有象征意味儿，有底蕴，脸的后面藏着丰富的内容，似乎里面还有一副更深邃的脸。我回答他说，我也像那个女人一样珍爱自己的脸，在这个问题上，天下的人都一样，不分美丑，谁都不会遗弃自己的脸。我不漂亮——谁都这么说，这句话是个盾牌，挡住你，不许你挑剔他的长相。可是你只要说他长得和另外一位比他略强的人不相上下，他就会愤怒地惊叫起来："什么？我怎么会像他那么丑？！"

"嘿嘿，"诗人笑了，仿佛他的恶毒心得到一点满足，"人都是这样，人从来不能抛弃自己。"

说话间，车窗外变得灰暗起来。渐渐连前方的路面也看不清了，仿佛冬天的旷野村树都忽然被一只手泡进奶瓶里，愈泡愈浓，这时我们才知道是雾，起雾了。

车行得很慢，像拖拉机那样谨慎。周围弥漫着如烟似云的东西，压迫着你，贴近着你，笼罩着你，就像大自然阴暗潮湿的思想——这些由无数银灰乳白的微粒集合团聚起来的庞然大物，严肃有余，根本不活泼地充塞住了道路和旷野，缓慢、迟滞。

雾在远处的时候，你还能看见它。它有一股弥散的美感，一番朦胧的诗意，一派优雅的无形。诗人说："这是一些体重超常了的笨旧的云，被天空开除，掉到了地面。"

但是在眼前，你就什么也看不见了。仿佛它根本就不存在，而是你自己的视觉出了问题。这种视觉上的被蒙混，容易使人产生出思想的怠惰和麻醉，生出一种舒适的满足，头脑变得像午睡起来那样笨重，缺乏想象的空间，懒洋洋地生锈。你努力睁开眼睛去辨识它的时候，往往会感到徒劳无益，你很难穿透它们，那些密集的麻灰色的斑点。

周　涛
散 文 精 选

每一个微粒，都是钢钎在顽石上凿一下时留下的斑点，使人丧失记忆力。

灰白色黏液状态逼得更近了，使车子陷入了它的重围，驶进了它的迷茫隧道。五米之外，有无莫辨。汽车打开了夜行灯，但是不行，灯光只能穿透黑暗，却无力解释这种灰白色的晦暗。灯光像一根绳子一样软弱地耷拉下来，垂落在地上。

前面发生了车祸。

无声的混乱在我们眼前晃动，一些惊愕和恐惧的动作在雾气中完成或停顿，嘈杂的声响被雾霭给没收了，使眼前这一切像无声电影的镜头片断。当时我曾走出车外，发现所谓公路已经成了一条够标准的速滑跑道。公路两边的灌木、枯黄的草丛，还有一些脱尽了叶子的高树，全装饰了茸茸的雾挂，像是旷野在过圣诞节，于冬季严酷的凄凉中竭力造成一番虚假的灿烂。

后来，车子行驶到快到玛纳斯县的公路拐弯处的时候，我被颠醒了，我坐直了身子问了一句：

"咱们这是到哪儿了？"

"坟地。"诗人回答。

我看见公路左边是一片林子，右边是一片坟地。无数次收获的季节过去了，这片林子竟还没有被好大喜功的县长砍伐掉，这很奇怪，像一个光天化日之下的奇迹，暴露着，危险得令人担心。而那片坟地，飘零着一些碎纸片，一两处旗幡，还有荒草秆儿和烂砖头。有些隆起的新坟，有些塌陷的或被牧羊人踏平的旧坟，带着一番落寞的敌视，隔路对着那片树林。一股死者对于生界的无可奈何的怨恨，从那些坟头间氤氲升起。

　　　　风的小号在四季里吹响
　　　　它吹出四种音符

我看到诗人的身体晃了一下，他仿佛被什么东西击了一掌。

博尔塔拉像一节盲肠，它就躲在大地的腹腔里。

这条公路大干线，就像一根大白肠子，蠕动着，传送着——各种东西：汽油、大白菜、土豆、羊皮、芦苇、牛羊肉……通过各种触手或吸盘，送进城市——这个消化一切的"胃"里。然后又通过这根大肠，分送到各个城镇和村落，分送到每个毡房或院落的细胞里。

无论是营养还是粪便，都通过它。

社会就像一个人体那样循环运转着。

它吸收，也排泄；它忙碌，也生病；它有时候敏感得被针扎一下都会尖叫起来，有时却连得了癌症都毫无知觉。

在很多方面，社会和一个人体是完全一样的。它很自然地就运行起来了，它也会有病；它能自我观察到很多外在表现，但它看不见自己的内脏；它有海岸线那样弯曲的嘴唇、大都市那样的五官和外表，但它也有排汗的毛孔和屁眼。

而博尔塔拉，正像那节盲肠，它必须从主干线往里拐三十公里才会蓦然出现，不然，你别想找见它。

诗人说他和这个叫着蒙古名字的地方有一种极其疏离、陌生的缘分。这么说有一些奇怪，他说，但的确是这样一种古怪的关系，缘分有时候比毫无关系更能令人产生陌生感。"这样吧——"诗人打着哈欠说，"咱们各自讲一个有关博尔塔拉的人或事好不好？解闷儿。现在我先给你讲一个。"

我上小学的时候，我们班的班长是个十全十美的家伙——他长得俊秀，成绩优良，老师宠爱，而且他爸爸当时就是这个州的州长。有一次植树节我的红领巾被风刮走了，我去追，在戈壁里迷了路。我绝望地坐在地上哭了，他来找到我，把我带回去。他救过我。

可是我一直恨他，恨他的十全十美，还恨他到处受宠。他从小就受到漂亮女孩们的青睐，他也很会向她们献殷勤；他的衬衫总是洁净的，身上飘着一股高级香皂味儿。我觉得世界上的好事全让他给霸占完了，我想揍他，可是没他力气大；我想在班上故意捣乱，可是他几句话就把我震慑住了。他有与生俱来的政治天才，很会管理人。我小时候就被这样一个家伙无形地压制着，我承认我嫉妒他。但我的嫉妒

周 涛
散 文 精 选

对他毫无影响，他根本没把我放在眼里。

若干年后，我听到一个消息，说他在再教育时冒险修理坎儿井，被塌方给埋住了。

这个人肯定是死了。但是我总觉得这家伙没死，只是调走了，说不定什么时候还会突然出现。

所以对于关系不大的人来说，死去的人和一个从你身边调走的人是完全一样的。

那个人的父亲是博尔塔拉的州长，这使我从小就记住了这个从没去过的地名。我总是模糊地感到，那是个产生王孙公子的发源地，一种神秘荒凉的误区。

诗人说，他想起那个人就觉得奇怪，那是个生来就准备统治别人的人，结果，他比谁都率先离开尘世。假如他能预感到自己注定的结局，他还会把自己弄得那么十全十美么？

"很好，这个故事。"我说，"现在该我了。"

我第一次到博尔塔拉，是八年前的事。那次，我陪一位历史学硕士，住在军分区。分区政委听说从北京来了一位硕士，立即率领党委一班人匆匆赶来。那时，硕士还是个新鲜名号，偏远地方的人还没摸出深浅。政委一进门，看到屋里只有两个三十多岁的人，就开始不停地环顾四周，甚至打开壁橱看看，嘴里不停地询问："硕士呢？硕士在哪里？不是说他来了吗？"

我告诉政委："喏，他就是硕士。"

"他？"政委看着那位三十多岁衣着随便的客人，眼神立即黯淡，原来眼睛里溢满焦急、兴奋的光彩全不见了。"我还有个会。"他懊丧地低语了一句，便起身告辞了。

硕士对我说，政委非常失望，他原以为"硕士"是一个白发飘逸的老头儿，他一定以为"硕士"比中央委员地位更高。"真对不起政委，"硕士摊开双手很遗憾地说，"咱们竟是这样——有碍观瞻啊！"

诗人听了，朗声诵道：

我们地位很高。

我们地位很高地生活在盲肠里。
我们不懂的东西很多。
但是从来没有人说过我们有不懂的东西。
这多好。多么让人幸福。

诵毕，诗人显得无限轻松，情不自禁地用沙哑的嗓子哼起一支歌来："我们的祖国多么辽阔广大，它有无数田野和森林……"

这是纯种的爱国主义。我想，诗人一边哼着这支歌，一边一定正观照自己的灵魂，他会经常对自己反躬自问的。我认识他已经很久了，但是总琢磨不透他。他与众不同但有魅力，他有魅力但无从把握，他犀利到了不能不伤人的地步，像一柄思想的剑，光芒诱人，可是接近他的时候，要格外小心。

诗人是人群当中的为数极少的一类怪物，也可以说是一种精灵，为数极少。这种物种究竟是怎样起源的？怎么碰巧产生的？怎么神奇而又稀罕地遗传的？至今科学尚未找到明晰的答案。生物学也好，人类学也好，精神病理学也好，都没找到。几千年来，诗人们层出不穷，在人类的各个角落制造出大量的奇怪现象，引起一代又一代人的好奇。可是关于这些人，迄今为止科学只找到了一个词——"灵感"，结果，这个词比诗人更古怪、更无从解释。

这的确是一个奇怪的现象：他们并不是最有知识的，然而他们却最敏感；他们并不是最有地位的，然而他们却最自尊；他们并不是最强大的，然而他们却最勇敢；而且，他们或许并不是最贫困的，然而他们却最痛苦。

"诗人啊……"我胸腔里突然感到一丝痛楚，仿佛刚有点明白什么旋又跌进更大更深的困惑之中。

人间为什么要产生你这样的怪物呢？上帝捏造人的时候为什么忽略了你产生出来的偶然可能呢？

世上的一切职业都是有用的：农夫耕耘是为了获得粮食；工匠出卖劳力和手艺是为了挣到钱；将军和士兵可以用来击败和杀死国家的反对者；国王用来管理民众；屠户的一生专门研究怎样一刀捅中猪的

071

心脏；哲学家用来解释他早已脱离了的世界；歌星用来取悦耳朵，他们其实是一些耳朵的情人；教育家们手挽手，把儿童的天性围困在课堂的泥沼里不让出来就算成功了……

但是诗人有什么"用"呢？

难道他的用处就是没有用吗？

思想？不，思想家已经想过了，在思想家的家里，那幽深的独宅，不许任何名目的小偷潜入。

艺术？更不，艺术家应该是一只羽毛华丽嘴巴乖巧的鹦鹉，一群可人、依人、慰藉人的可爱小猫，而不是怪物，更不是头发披散、眼珠凶狠的东西。

颂歌？哦，这倒是。一个进士、举人、赶考的秀才们落脚的广场，这里四通八达，有施粥棚，不时有黄衣内臣出来宣读补授的官职，大家心不在焉地背诵诗句，望眼欲穿——

看来，在人世间，有一类人活着就使别人感到危险，还有一类人活着就仅仅是活着；另外有一类人专门让别人弄不清自己为什么活着，还有一类人至死也不明白最简单的道理；最后有一类人什么都不干却仿佛什么都干了，还有一类人什么都干但是等于什么都没干……这真是太有意思了。

那么诗人呢？

诗人是现实这坦荡平滑的肚皮上的肚脐眼儿，它是接联母体的唯一痕迹，是历史镶嵌在现实上的一个不透风的装饰性窗口，是每当现实裸体时便露出来观察的"第三只眼"，这是一只独眼，且有眼无珠。

一只没用的眼睛。不能察言观色，不会看风使舵，不能挤眉弄眼，无法传情递恨。完全没有用处，一点儿用处也没有！但是没有肚脐眼儿还行吗？你见过没有肚脐眼儿的人吗？因此，现实也不能没有肚脐眼儿，不能没有诗人。事情就这么简单，有诗云：

天若无情，
为何降雨？
天若无爱，

为何飘雪?
天若无怒,
为何发雷?
天若无气,
为何行风?
天若无智无识,
为何日月星辰?

天行健,
天道无常,
天眼常开。
天在上,
仰之弥高如晤伟人,
垂首思之如察自我。
逝者如斯夫,
吾每日三省吾身,
吾将高驰而不顾。

"我并不盲目骄傲,以至不承认某种比我伟大的东西存在……"
是这样吗?还是不是这样呢?

"今天将不再产生思想伟大的启蒙哲学家,"诗人突然用残忍的口吻说道,"精神已经被先哲们穷尽了。所有穷思冥想的现代人都是白费心思。今天的世界和历代都不同,谁都没有能力预知它、把握它、洞穿它,只能适应。谁真正能适应它,谁就了不起。"

"适应,懂吗?谁能比这个世纪更伟大呢?是吧?对不对?"

诗人叹了口气,像个孩子那样可怜巴巴地望着我,同时有一瞬间显得很衰老,仿佛他一生中所有的难题都压在他身上,压得喘不过气来,然而又不得不抖擞起精神来去对付未来的难题。

我没有回答,我想着。

周　涛
散　文　精　选

　　我觉得这番话不像是他的话，而像是现实借他的口提出了这种武断。这是极致命、极老练的一击，如果是思考不深、功夫不到的新手，这一击足以致命，他将永远别想再站起来。可是对我就不同了，这些论点早已被我翻来覆去地预想过多次，是被推翻了的。

　　我是那么老练。

　　在思想领域里，已经很难有什么新奇的或世俗的力量能够打倒我，它们顶多只能给我提供一个对立面，以便让我更完美地丰富自己。我的老练里有一种坚硬的固执，像牛角一样的物质，但是它却能生长，长成各种弯曲的、尖锐的形态。特别是这坚硬的物质里充满了空隙，它有不断地接受和流通血脉活力的本领……我简直记不清这种东西是什么时候在我体内成熟的了！

　　幸甚至哉，我的老练！

　　后来，我突然想起去年的某一天，我在兰州大学的留学生楼采访过一位德国女青年。那个女留学生是特里尔人，所以她的乱七八糟然而充满生气的房间里，有一幅小小的马克思像。

　　"他是我的同乡——"那姑娘向前伸出一只跷起大拇指的手，跷起的大拇指朝后，正好指着她那张有雀斑的脸。

　　她丝毫也不漂亮，而且不性感，显然是一个普通极了的德国姑娘。但是那一双蓝眼睛咄咄逼人，毫不躲闪地直视着你，里面流露出对古老东方帝国后裔们的藐视。她说："他曾经在你们这里被崇拜，现在好像吃不开了，是这样吗？"

　　她的藐视和质问里，有一种说不清是正宗马列式的还是道德式的嘲讽意味。但是我能感到她对思想蒙昧状态的愤懑和谴责。

　　我当时没有回答。

　　我是中国人，我承认我不习惯异性的这种直视的略含挑战意味儿的目光。在这种非常自然的坦率面前，我感到了对虚伪的长期适应已使我显得脆弱；我面对说假话的眼睛已经习惯了，一旦面对另一类完全不同的瞳孔，竟突然发觉自己内心毫无力量，仿佛对方是个男子汉而自己才是个娇弱的女子。

　　我拿起那幅画像，望着像上的那个人。这是一幅从懂事起就熟悉

了的画像。我丝毫也不了解那个德国人时，就接受了他。雄狮般的鬈发，宽阔智慧的前额，浓密而又磅礴的大胡子……这是一幅圣像。

我天经地义地接受了他，不需要思考和研究。我隐约记得在很小的时候，在脑子里曾经闪掠过一星罪恶的疑问："我们中国人为什么要让一个德国人当老师呢？"而且，当我不得不承认"我们的毛泽东没有他伟大"时，我幼小的鼓荡着狭隘民族主义或爱国主义的火苗的心灵，受了一点挫折。从那以后我就再没有产生过任何非分之想，全心全意地崇拜了他。说来惭愧，我至今还没有读过一篇原著。

我拿起那幅画像看着的时候，才发现，这幅熟极了的头像我以前其实并没有仔细端详过。现在这么一看，看出一些异样的味道来：他真美，马克思。似乎世间再也找不出比他更适合做圣人的面孔了，那样无与伦比的雄伟和神圣，尤其是那双眼睛，透射出人性的光芒。

真的，当时我很惭愧，为我的盲目和蒙昧，也为我作为一个读书人而至今没有能力与这位伟人的书达到共鸣。当时我的内心还有一种痛楚，撕裂似的，隐隐作疼，有点催人泪下，仿佛我有什么对不住他。

真的，任何一位伟大人物所构筑的科学理论大厦，对于常人来说，都是迷宫和神殿。你既不可能穷尽它，也不可能洞悉它，只能敬畏在其宏大辉煌的灵光下——不，敬畏在其传播者庞大的身影下。这正是哲学思想的力量，它往往要比那些显赫一时的王朝坚固百倍。

我们以无神论者的优越感俯视着虔诚得五体投地的朝圣者，我们甚至怜悯他们。但是，难道我们精神的至高处就没有雄踞着一位神吗？难道那位神凑巧会是我们自己吗？

我们听着一位歌星故作深沉地唱"跟着感觉走……"于是像发现了新大陆似的发现了自己有感觉，傻乎乎地也跟着唱起来，仿佛今后在人世间有了什么靠得住的东西。我只需要告诉你一个常识你就明白了：狗是跟着嗅觉走的，你还能跟着感觉走吗？

　　风的小号在无遮无拦的
　　旷野上吹响……
　　它在鼓吹自己生命中的声音

周　涛
散　文　精　选

　　"唉，"诗人说，"咱们也真是，良辰美景，捶胸顿足；狂风暴雨，悠然沐浴。"他说他就像是博尔塔拉这地方的人，就这么活过来的。这辈子终身厮守着一块被世人遗弃的土地，也因此遭受着那些优越的人们的客气而又礼貌的轻视。他说我们本来没有罪，却带着地域的烙印，蒙受着养育我们的土地河流所带给我们的难以磨灭的耻辱……"啊，可是我无法否定自己！"他说，"你呢？而且我也无法否定那些与我血肉相连的事物，我将因此而惶惑终生！"

　　诗人接着又说，他的话语里充满了自我表现欲，像是在争辩："可是我有良好的求知欲，我的体格健美，它曾使我在年轻时出类拔萃。我的手，对啦，我的手比一般人进化了半个世纪，修长高洁，充分显示着人类的美德！我观察事物的眼光炯炯有神，如猫窥鼠，如虎搏兔。我最为伟大的一点是，胸中有一条永不枯竭的激情的大江河，它每天清晨时分都以奔腾汹涌的活力撞击我的胸膛，使我醒来，让我振奋，洗涤我的良知，使之如圣人那般十全十美，也使我的雄心胆略包天容地令拿破仑望尘莫及！"

　　"啊啊——哈哈！"他陶醉地大笑着，在幻想中豪迈而又舒畅。

　　我说，你有时候那么忧郁、自卑；有时候又这么狂放、骄傲。你在感情的这两个极端上闪电般地移动着，毫不松懈地占据着。而且，你一点也不疲倦，半点儿也不造作，似乎只有在精神的这种极大的落差和起伏中，你的生命活力才能得到迸发。你这种人，可能是天才。但是我不是，我不是天才，只是个普通人，一个真正的普通人。不不，这决不是谦虚或作假，不是天才并不是什么过错，普通人又有什么不好呢？几乎所有的人都是普通人，同时所有的普通人也都是圣人——至少具备成为圣人的条件。从人的意义上讲，没有什么天生特殊的人物，所有的人都是圣婴，也都是时间的弃儿！苍天赋予我们的权利是平等的，地平线给予我们的起跑线是平等的，一切不平等的或暗中不平等的现象都是人为的、强加的，人间没有比这更大的卑鄙！

　　我说我们应该这样对世界大吼一声：假如平等——你敢吗？

　　诗人冷笑了，他说假如凭着每个人的能力、体力、智力在这个世

界上平等地谋求生存，今天的很多家伙们，明天就会沦为乞丐！

只是……我当时心想，诗人也好，我也好，还有大量的别人也好，大家都——心照不宣罢了。谁要是愿意把我当傻子谁就愿意吧，我们不傻，我们心里更是清楚透了，保持缄默比胡说八道难多了。

我得承认，仅仅为了学会保持缄默，我花费了二十余年的光阴，而且还没学到家。难得很呢，口舌之快是人的天性，更是思维敏捷的人的天性，克制它，在舌头上安一把"牛头牌"保险锁，是多么困难的一件事！小时候我们牙牙学语，牙牙学语我们都有过小时候……每学会一句话、一个单词都直接源于父母口授。我们学的话里带着乡音，含着父母的体温。我们每学会一句新话都令父母高兴啊。但是谁能想到呢？谁能想到当我们全能学会的时候，反而不是为了使用，恰恰竟是开始学习保持缄默的时候了。在这个基础上，我们开始学习说假话。往往这时候，我们成熟了。成熟了？离死近了罢。

"亲爱的朋友，我们有时候还配算人吗？"那天深夜，诗人忽然翻过身来冲着我的床头说。我睁眼躺在黑暗里，我说我还以为你睡了呢。博尔塔拉的夜很黑，仿佛这地方离太阳休息的地方比乌鲁木齐更远。躺在这样的夜色里失眠，非常容易触摸到或感觉到一个巨大虚假物的存在；我觉得它很近，有点毛茸茸的或湿乎乎的，它的脉搏在极端的宁静里亮铮铮地响着……你一感觉到它，就立即意识到白天的荒谬，夸张明显的演戏的成分和社会组织着意修饰、提示的痕迹。这时你就明白了，白天的一切活动，一切努力，其实都是为了抹煞这个巨大虚假物的存在和威胁。而它却是无形的、冷酷无声的、有极大耐心的。它就渗透在空气里，暗藏在天空中，每时每刻，存在并冷笑。

黑夜每天都降临，不分地域，不分季节，它和白昼平分占有着时间、空间和人类。

它之所以是黑色的，那是因为它代表着死亡的力量，代表着永恒和神秘。月亮是它的胎记，星星是它的族徽。

它较白昼强有力得多啦！

而且它比白昼更美、更丰富、更难洞悉。每当黎明时它都是像潮水似的稳稳退去，并不慌乱，相反每个夜晚都是强有力地占领……

周涛
散文精选

忘掉它！

摆脱它！

谁不对它怀着恐惧和不安？

人们用一切努力去占满时间，白天工作，晚上睡觉，竭力造成没有一个空闲想它的一生。但是徒劳呵，或迟或早，它在你的前面等着，很有耐心地让你一头撞在它的怀里——让你的生命——欲望啦，烦恼啦，痛苦啦等等麻烦，彻底归于虚无。

它正是一个灵魂的收容所。

也正是一座尸体的垃圾场。

它多忙啊……

"谁替它干活？"想到这儿，我在枕头上独自咧嘴笑了。那么多灵魂需要公正判别分类，那么多尸体需要化解投胎，工作量好大呢。这些活儿全靠上帝一个人干，所以上帝肯定是一个风尘仆仆拿着扫帚的清洁工老头儿，穿着旧袍子。

这黑暗的慈父，这光明的公仆，阿门！

我因此而以为上帝是存在的，佛也存在，真主也存在。如果有一个傻瓜硬要问我这些看不见的神灵究竟在哪儿？我实在懒得和他争论，而且不屑于向他回答。

在精神中，在灵魂里。这些人造的而反过来雄踞人类思想之上数千年的伟大幻影，正是善的愿望、真的渴求、美的理想！

在这完全不存在的伟大幻影上，凝聚着世世代代、各个种族、高贵卑贱、琐碎低下的人们的共同一物：良心。人类的良知，历经千载而不朽，饱受战乱而不灭，这难道还不能构成一种存在么？"肉体是精神的唯一而真实的神庙"，是这样，正是这样。

而他们的话，人间叫作"神话"。真诚的至理就是生活中的神话，然而它无形也无家，只能在心灵里生生不息。

夜半醒来，每个人都应该像个哲学家。

孩子问："站在乐队前面的那个人，拿着一根棒在干什么？"

母亲答："你看见那些乐器了吗？它们发出了各种不同的声音，那个人就用小棒把它们搅匀了！"

那么，关于博尔塔拉有什么好说的呢？

我不能无视一个自治州的存在，不能仅仅把它写在标题上，作为招徕读者的商标。那样太过分了，太狂了。我毕竟去了一趟，小住十天，我有责任写写它。当然，要简洁。

第一，我觉得博尔塔拉变化很大，甚至可以说变化惊人，但是我没有参与过促进这个变化的过程，所以我无话可说。我不了解它，我不能在短短几天内就了解一个城市，哪怕是博尔塔拉这座精致秀气的小城。我并且还不了解那些所谓的报告文学家们究竟从哪儿得到了一副好牙齿和好胃口，能在短暂的时间把一座大城市或好几座大城市吞下去，并且毫不费力地消化掉！

这些家伙真不愧是一些文学巨蟒！

第二，我有一天偶然路过城里的一家小咖啡馆，坐进去喝了一杯。那个店主是位年轻人，带点学生气，他的眼睛和举止都很文明，待人接物也有分寸，使我有一种身在江南的错觉。在他身上，我感到了某种时代的进步。

也许他并不想要代表博尔塔拉，但是我从他身上感受到的进步的意味儿，却要比在这个州的领导那儿感到的多。

究竟是谁更能代表一个地方呢？

第三，我们去了阿拉山口，那是一个以每年有半年时间在刮八级以上大风而著名的地方。风花雪月里的风，在这里找到了王位，当上了暴君，以每隔一天出来巡视一番的勤政方式君临天下，骄狂纵横，发怒发癫，这是一位嗜酒的君王。

所有的树都匍匐着，紧贴地面顺着风势往前长。粗壮的树干像一根烧红拧弯的铁棍子，在离开地面半米的距离兀然折向一方，与地面平行，铺展开扁平的枝条。有些像孔雀开屏还没开直的样子，但是更像太和殿白玉石级下一片跪拜叩首的清廷众臣。

这些扭曲的树，这些适应环境的树，从小就扭了，它们习惯了顺从和跪拜风势，忘记了天空。

天空成了一块洗得发白的干净的旧衣服，上面隐隐留下几道浅白的印痕——那是风在拧干它时留下的折迹。

> 周　涛
> 散　文　精　选

　　地面上有一种被清扫过之后留下的秩序，一股被强暴浸淫之后留下的宁静意味儿。什么似乎都在，都完好如初——山还故作庄严地坐在那儿，没有被刮跑；鹅卵石也圆满着或椭圆着，没有彼此撞碎。

　　但是总有什么发生了变化。

　　即使在这个没有一丝风的日子，人来到这地方，总有一种异样的感觉，一种莫名的警惕，还有荒凉。

1991 年 5 月 23 日改完于乌鲁木齐

隔窗看雀

它总是拣那些最细的枝落,而且不停地跳,仿佛一个冻脚的人在不停地跺脚,也好像每一根刚落上的细枝都不是它要找的那枝,它跳来跳去,总在找,不知丢了什么。

它不知道累。

除了跳之外,它的尾巴总在一翘一翘的,看起来像是骄傲,其实是保持平衡。

它常常是毫无原由地"噗"的一声就飞走了,忽然又毫无原因地飞回来。飞回来的这只是不是原先飞走的那只,就不知道了。它们长得看起来一模一样,像复制的。

它们从这棵树飞往另一棵树的时候,样子是非常可笑的,那是一团中途划着几起几落的弧度,仿佛不是飞,而是一团被扔过去的东西——一团揉过的纸或用脏的棉絮团儿什么的。

它如果不在中途赶紧扇动几下它的小翅膀,那就眼看着在往下栽了,像一团扔出去的东西在降落的弧线上突然重新扔高,它挽救了自己。

它不会翱翔,也不会盘旋,它不能像那些大的禽类那样捉住气流,直上白云苍空之间,作大俯瞰或大航行。它是一个现实主义者,从一棵树到另一棵树,从一个楼檐到另一个檐台,与人共存,生存于市井之间,忙碌而不羞愧,平庸而不自杀。

周　涛
散　文　精　选

　　它那么小，落在枝上就是近视眼中的一个黑点，连逗号还是句号都看不清楚。低飞、跳跃、啄食、梳理羽毛，发出永远幼稚的鸣叫，在季节的变化中坚忍或欢快，追逐着交配，有责任感地孵蛋和育雏……活着。

　　它是点缀在人类生活过程当中的活标点：落在冬季枯枝上时，是逗号；落在某一个墙头上时，是句号；好几只一起落在电线上时，是省略号……求偶的一对儿追逐翻飞，累了落在上下枝时，就是分号。

　　和人的生活最贴近，但保持距离。

　　经常被人伤害，却总也不远走高飞放弃贴近人时的方便，所以总不见灭绝。

　　它们被人所起的名称，是麻雀。不知道它们彼此之间是不是也认为对方是"麻雀"呢？

　　瞧，枝上的一个"逗号"飞走了。

　　"噗"地又飞走了一个。

领略巫山

夜四点,船至巫山县,泊住让我们下。

巫山县幽暗地踞于伸向码头的近百级石级上,它正湿淋淋地等着我们。它唯一用以迎接我们的是,这场堪称豪华的滂沱大雨。

这才不愧是云的巢穴、雨的卧室,否则哪里能下得这样豪华,这样浪费,这样不懂得节约和心疼?在深夜的淡黄光影里,无数的雨点直射江面,你眼见得那江面就一耸一涌地升高了、增厚了;而高高的石级就成了妇人的洗衣板,一层层的水在上面摔打、撞碎,然后聚合成溪,从高阶上一阶一阶收不住脚地往下跌滚;山,黝黝地古怪,湿淋淋仿佛快泡塌了。

伞少人多。与叶公共一伞,瞬时已成半干半湿之人;石级甚高,急而之下携叶公狂窜,一口气连跃数十阶,仓皇进车,方见叶公面色煞白叫苦不迭:"这小子想把我累死!想停也停不住。"这才想到叶公年近六十满头华发,虽筋骨强健异常,毕竟经不住这样拖泥带水没命似的逃窜,只好暗自惭愧了一分多钟。

是夜宿于巫山县人民武装部,雨仍下得时缓时急。仰卧于木板床上,望着些墙边棚顶的雨痕水迹,听夜雨低诉,闻隔壁鼾声,实在觉得出一股潮湿凄凉异地为客的滋味儿,而这滋味,全因这些雨声勾扯出来。

你就很容易地理解了七百年前赶考的秀才或赴任的官吏,因豪雨

周　涛
散 文 精 选

受阻，歇在这样一座长江边上的小小山城，夜半秉烛，孤馆吟诗，便不料得了独具神韵的名句，大约是"君问归期未有期，巴山夜雨涨秋池"吧。那秋池，你可以想象为院中的一个小池，也可以恍然意会为整个长江或东海……致使数百年后你又偶然遭遇这样的意境，馆驿大异、人事全非，雨却是同样的——豪华而著名的巫山云雨。于是那秀才品味出的两句滋味便自己走出你的唇舌之间，如亡魂之入新体，使你茫然不知此身与七百年前赶考秀才相距究竟有几尺之遥。

你几乎觉得一伸手，就能拽住那人的袍子问："君即李商隐乎？"只是不去拽，听任那秀才足声渐隐于雨声，大珠小珠淅淅沥沥滴里嗒拉的声响，就走了一夜。

醒来，天是空旷清凉了，而残雨还在檐前、瓦上、阶畔发出一些闲响，格外有乐感。人武部的院子，门面不大，像一个旧时商贾的小私宅。内庭却深长。晨起立于楼上阳台，四顾皆山，山色青苍仿佛离得很近。正面那座山昨夜横卧雨中的沉沉黑影，现在露出真相，一条大鱼脊背似的横拱在那里，晴空之下，正有一大群含着阴影的大朵白云贴着山脊结伴飞渡。这就是巫山的云，难怪名闻天下了。它有一种超然世外而又贴近生活的气度，有一种笼盖着你而又关切着你的意味儿，还有一种主人翁的劲头儿和是风景又不像风景的自然态度。

而巫山县城的早晨，充满了此起彼伏的鸡鸣犬吠之声，不知那些鸡犬躲在哪里，却听得那鸡鸣之嘹亮、犬吠之慷慨就近在咫尺。山城小小，本来就生得如蜀人之紧凑，加上四面环抱着山，回声就格外大，和声的效果就特别好。这些朴素且充溢生命活力的喊声，有一种气息和魅力，能唤醒隐藏在人体深处的精力和生活欲望。它一点儿也不噪人，相反却能造成寂静和空旷的气氛，比大都市里高音喇叭播放的那些破烂迪斯科优美多了，对人身心的健康也有益得多。就这个意义上说，一切自然的声音均不能随意被人造的声音所替代。

这一天的计划原是游小三峡，因暴雨而山洪猛涨，船不能行，故放弃。巫山县的同志们便安排我们去看进小三峡的峡口，叫龙门口，离城不远。

决没有想到这峡口竟是如此气势夺人。

两岸峭壁之下紧紧夹着一条暴怒了的江,凌空一桥极高迈,衔通两峰。

先上桥,凌空俯看桥下,略目眩。江水从狭壁中挤出来,有夺路而去的勇猛、劈山救母的气概。两岸危崖隔江怒视,像两个守关的大将在互相埋怨对方放走了江流,却谁也不肯靠前一步。

桥高十余丈,如一扁担搭在两山肩上。峡口风动,似乎一颤一颤的。桥栏及人腰腹,扶之下望,犹觉胆寒,若坠下去,无一可生还。有鹰盘旋在桥下,顺逆于动风,遨游于峡壁间巡视江面,似无所事事。峡壁高而苍鹰小,江水怒而苍鹰满不在乎,令人神往。

然后下桥,立于江岸边,桥已高不可及,江却骤然眼前了。三两只游船,用铁链系于码头,随波涛颠荡起伏,如树不胜风力,顷刻即拔之而去。江中怒浪奔腾,目不可追,时有浪峰轰然立起,若江中有一怪物拱出,凸起如一屋。然后坍塌深陷,又耸起。真奇景,大家无不喝彩!

立江边,水因暴涨而溢于脚下,随浪涛涌动而伸缩。时有不及防者被水捉湿脚面,于是年轻些的女子便与此巨兽做儿童嬉,逗着逗着就被迅速移动的漫水捉住脚,一声尖叫。那江水也不笑,退回去,唰,就被一往直前的主流拽回去,一眨眼不见踪影。水和水面目难分,谁知此水非彼水耶?

大家情绪甚高,或拍摄,或投掷石子,或静观怒浪一泻千里。有人望见隔岸累石间有一小狗初试犬威,赶得几只老山羊四下逃窜,跳跃于乱石间,那小狗凯旋得意洋洋,有如占了便宜的一年级小学生。

那人就独自莫名其妙地笑起来。

人问:"你笑什么?"

他无法说明,因为那一幕好笑的情景已经过去了,诚如此浪一去不复返,谁也没法让它再退回去从眼前重流一次。

第二天,乘船离开巫山,沿长江而去。

1988年6月23日

游太保山记

那天究竟是怎么不知不觉就走进太保山的呢？本来只是晚饭后，散散步，却不料与这座山邂逅，一步步地走进去，被巨蟒吸住的青蛙似的，从黄昏暮色一直转悠到星光垂地，坐也没坐一下，竟不觉累。

事后桦吹牛说，凭着他的后脑勺就能感应到哪个方向该去，哪个方向没意思。桦是诗人，我相信诗人的后脑勺胜过相信某些人的眼睛。

两位女士却说，咱们和这座山有缘，连问都不用问，那山好像是自己走到面前来的。

其实是最先看见一个人模样古怪地从那个方向行来，因为远，看不清晰，只见那厮行状落拓不羁，留着长发猛髭，正大张四肢旁若无物地横行。

我说，你们看那个人，猜猜是痞子还是艺术家？

大家说，当然是画家了。

话音未了，那人已近咫尺，突然蹲在一个饭馆门前，抓起弃在地下的脏菜剩饭，傻笑着填进胡子里。这时才看出，大约是一个神经病人，形同乞丐，然决无乞丐之卑琐。远远望去却有精神高扬四肢伸展之艺术家风采。

众人叹曰：所谓艺术家，在有些时候正是远望如精神病人近看似乞丐罢了。精神上高扬舒展，未必物质上也高扬舒展。不过既要舍身饲艺术之虎，也就顾不了许多。

然后顺着那人来的方向走过去，不远，就见到耸立的牌楼，上面的匾额里正坐着三个打禅的和尚似的"太保山"三个字，非常书法。古雅的石级像韩信当年一般从牌楼的胯下钻过去，一级一级升高，隐没在山林间。

　　阶畔颇清爽，有闲坐游人五七个，树间挂着两笼画眉。人是悠闲稳坐，两只鸟却叫得鸣啭清亮，仿佛是在参加通俗歌手大奖赛，坐着的一排老人是评委。凑近细看，这两只"歌手"确是不凡，全生得体态饱满，孪生似的眼睛上面的眉——真是宛如画上去的一般，还留着笔墨痕迹！画眉，画眉，原来并不是白得的名目，禽鸟野兽之类，有几个是配长出眉目的呢？

　　这就引到了牌楼下面，两柱楹联，一块古匾。读了说明，果然为古时一位官员加封太子太保后在此修建。太子太保这名目，也还算好听，比英雄模范积极分子听起来有味；虽说明知是封建皇帝为了诱人替其效力所设的名目，但是不滥，所以还有点小魅力、小余味。山上有座武侯祠，据说有些规模，堪与陕西关中的、四川成都的，并提。

　　好吧，大家说上上看，没趣就回头。本来咱们只是散散步，又不想游山。至于武侯祠，这几个人里没一个是当丞相的料，何况现今也不是三顾茅庐的年代呀。诸葛亮要在今天，别说当丞相，就是谋个区上干部，也得往县人事部门跑断几条腿。坐在茅庐里干等，没门儿！所以说，诸葛孔明那一套是过时的经验，他当不了当代青年的楷模啦！还是李贺比较清醒，他早就看透了："试往凌烟阁上看，若个书生万户侯？"

　　但是云南的这座太保山，你不佩服不行。满山是古木苍翠，新草盎然，仿佛专等着修名祠古刹，作公园胜地。特别是黄昏时分，光亮未尽而人迹简约，山林谷径空静，就像正等着你。"你将怯怯地不敢放下第二步，当你听见了第一步空寥的回声。"你若是半途折回，就对不起这一片若谷的虚怀，这一番专设的宁静。何况，石级是那么曲折有致，又那么长短适足，缓缓登上去，只要不急，并不气喘。

　　树还是天然的好，所幸这山的树都是天赋；树是天然的而且古老的就更好，那两棵老榕树，还有数棵古樟，看过去就让人肃然起敬。

087

周　涛
散 文 精 选

那些裸露出来的苍迈粗大的根须，令人不能不觉得它们的岁数肯定比这座山的岁数还要大。这种树，与其比为老人，不如说是活着的一部无言的地方志；它们站在这半山上，什么没看见呀！它们长得既高，浑身又都是树叶的耳朵，空谷回音，风作信使，什么没听见呢？只是不说，静静地站着，让自己更高、更粗大，直至奇迹般地躲过斧斤，最终成为战胜斧斤的伟人一般的树。这就是生命的伟大状态。它们原先也是普通的籽种，一般的小树，但是最后它们留存下来，以非凡的毅力和侥幸跨越了时间，矗立成一座呼吸着的巨碑，纪念着生命的耐力和仅存。有时候，仅存就是伟大。

路上遇到些亭榭，有水泥亭，有木头亭；水泥亭不好，木头亭还好。最好是简朴的草亭，像宋人山水画里的，方可搭配在这等山中作景，不至败坏。

还遇到些游人，寥寂无声，三两或孤独，百米可逢。石上有少年坐读，有男有女，然不混杂；径上偶有老人缓行，中山装、灰白头发，望之儒雅。

我们边走边猜测道，在这座山上读书的少年，长大要是考了大学或留洋，思乡的心绪一定格外的浓重。从这里读出去，什么样儿的繁华能俘虏了他们的心呢？山野的气韵一旦渗入骨髓、透彻肺腑，就很难再适应别的生存环境了。人生可不敢像树那样扎根呀，那是种下了挪不动的痛苦。

往上一拐，松柏森森地拥簇出一座山门。红墙琉璃瓦，青砖古梁木，倚着山势显出居高的威严，甚有皇家气象。若是脑子里一走神就会以为是在北京的什么历史古迹间行走。这时暮色已经从山下跟上来，涂染得松柏更乌，山门更幽深；仿佛你一眨眼，就会在山门旁闪出一位黄袍主持，垂首弯腰，一手捻着佛珠一手掌在胸前……他本来是应该站在这个位置的。穿过这座历史隧洞一般的山门，眼前现出一片平敞，建着一座漂亮的公园。沿山的崖坡上有回廊，站在回廊上俯瞰，山下景致清晰——如烟的晚色正在山谷游移，仿佛正迟疑着不知从哪条路上山更快捷；重叠的山丛环环相扣，接合的天衣无缝，全都青翠无穷地把目光诱向更深处；路是白色的，洁净地伸进丛林和山坳，被

遮蔽或现出一段;山谷里正躺着一座学院的全身,主楼、花圃、环形道路和附属建筑,在俯瞰时全躯摊开,历历在目如一张设计图纸,使人看出设计师的构思。

象脚鼓和铓锣的声音从山下传来,隐隐约约、慌慌忙忙,宛如一个低嗓子和一个高嗓子、一个慢性子和一个急性子在一块儿走着、叫着、嚷着、吵着,去宣布什么消息或发布什么动员,混杂出一种沉稳的节奏和躁动不安的情绪……这才想起,泼水节快到了。

借着最后的天光,桦正盯着回廊柱子上的一个齐眉处看。"这儿有一首诗",他说,好像是用指甲刻上去的,浅白印痕,字也歪歪扭扭,没有署名。诗云:

月圆人孤独,
清酒不知味。
今宵虽沉醉,
明日还伤悲。

"清酒",桦说,瞧这个词用得多雅。

我说当然,"酒是大自然的血清"。这话不是我发明的,是老诗人绿原的一句神释。

女士们却认为,月圆的孤独不是月的圆满,而正是孤独的圆满。

禅乎?警世恒言乎?醉话乎?失恋青年之颓语乎?雪泥鸿爪,题空留白;暮色天光,人去廊空;不谐韵律,决非书法,藏之名山,刻于朽柱;心有灵犀,望之悚然。

这光景,几个人已经觉得与这座太保山"神遇"了。

那么武侯祠还去不去?大家说:去!又不远。结果一看,亏是去了。

光那坐守着红门的老头就不一般,长得和古人一模一样,那份气象,不是城市里看自行车的老头们所能比的。里边那才叫幽静,没有一个游人,只有我们。暗香浮动月黄昏,保山城外柏森森;鹦鹉架上闻人语,金鱼缸里游灵神。彼景俨然员外宅,此刻恍惚聊斋身;若是

周　涛
散　文　精　选

孔明真有义，漫拨瑶琴论古今。一步一步，听着自己的足音走进去，我几乎可以酿出这样一首律诗来，因为这地方只有古诗才堪相配。生着绿苔的铜炉，月下黝黑波亮的池水，题着杜诗的古色古香的墙壁，还有厚重的高门槛，镶着石子的小径和满园的奇花异草、古木苍枝……它整个儿酿成一个氛围，造就出一种文化，这就是中国古代文化独有的气味儿，它超越了孔明个人的意义，而是，重现一角缩影。

我不由感叹道："所有的这类高级大庙，都有一种深藏的境界，没有学识阅历读不懂！"

"什么？高级大庙？"桦盯着我笑起来，"你还真会用词，能当'超级市场'那么管这叫'高级大庙'吗？这是祠，不是庙，还不是庵，也不是观，懂吗？"

"这谁不懂。"说完，我也哈哈大笑起来。

"转了一大圈儿，能管人家叫'高级大庙'，真行，真行……"桦一路摇着头，自言自语。

下山时，全黑了。在森森的树、黝黝的山里穿行，很有情调。至山腰处，兀然现出一片城郭、万家灯火，正平展展地摊撒在眼下脚底。近在眼前，却和我们身处的山林形成鲜明的反衬，仿佛两个世界。

"尘世……"心里蓦地蹦上这两个字来。

大家都站定，看着眼下的灯火。一片星光垂落的灯海，霎时感到陌生了。

可是，它正在无声地招回我们。

吉木萨尔纪事

自我跨过了四十岁这个人生刻度以后,外貌上的变化非但没能使我悲哀,反而常使我暗自庆幸。我从小眉发混沌不清,绝非智者之相,这不免使我沮丧;不料,中年秃顶竟使我额角初开天庭饱满起来,每每镜中端详自我,总觉那片茅草初开的旷地如白岩石一般醒目,反射出银子似的太阳的光芒……故尔有时被女诗人赞为"智慧的白岩石"时,自觉也比从前聪明了好几倍。

但是,外貌的现代化并没有能够遏止住内心退往洪荒世界的步伐。我在精神上是衰老了,我不得不承认且哀叹的是,在岁月无始无终的攻击侵掠之下,我精神的柱子倍遭侵蚀。或许是这样:在时间面前人人平等,女人丧失的仅仅是容貌,而男人,衰老的则是内心。最近我忽然发觉,青年时期经常占据我内心的诸如梦想、憧憬等诱惑我朝前走的那些念头,全不见了。我还记得那些念头,花儿一样明媚、鲜亮,盛开在路的前头,看它们一眼就有浑身的劲头。那全是些有毒的罂粟花,火红灿烂,像血光一片。

现在我只有一种蓝色的花,在内心里平静。这种花的名字就叫,回忆。我已经没有什么梦想和憧憬了,这很可悲,然而并不可耻。因为假如这个世界在你四十岁的时候就已经对你失去了魅力,那这决不是你的过错。我的朋友杨牧已经先我去做,他可能是比我衰老得还要快。他已经写了一本回忆录了。我读着这本长满了蓝花的棘草丛生的

周　涛
散文精选

东西，就感到一股人生的荒凉。无论是对苦难的回忆还是对苦难的达观，苦难都是苦的。它那根本的苦味儿并没有改变。但是在回忆过去最不顺心的日子时，我想也并不是没有生趣和可爱的东西。

我讨厌那些白白胖胖却成天把痛苦挂在嘴边的家伙，好像连感觉不到痛苦也是让他们吃了多大的亏似的。他们永远不会吃亏了，他们不仅在现实中占有了幸福，也在精神上占有了痛苦，双料的占有使他们永远立于不败之地！

为此，我决计在写这篇散文时避开一切可能让读者感到晦气和压抑的东西，剥掉笼罩在那段回忆之上的政治气候的乌云，去还原生活本身蕴存着的情致、生机。

请读者相信我曾经有过的乐观天性！

黄土大道

那天，有一个人从长途班车上下来，穿过肮脏丑陋的吉木萨尔县城。他东张张，西望望，垂头丧气，两眼怅惘。然后，他走向一个陌生人，问了问路，就照直朝着那条通往乡村的黄土大道走去。

那个人就是十六年前的我。现在我还记得当时问路的两句对话。我说："请问到国庆公社的路怎么走？"那位陌生的吉木萨尔人瞄了我一眼，伸手指着黄土大道说："一个牛吃水端直子你就往下下吧。"我道了谢，于是就像老牛饮水一样不抬头地照直往下走了。

在十六年后的我看来，十六年前的我出现在早春的黄土大道上蹒跚而行有一种意境，有一种辉煌。很像现在时兴的某种现代画所要极力表达的意味：一个孤独的旅人带着自己被歪曲的灵魂，在空旷无垠的荒野上低头而行。黄土的道路蜿蜒曲折，迷蒙的太阳温暖淡黄……这可以是一幅黑白木刻，因而太阳就是一个黑洞，一只神秘的独眼。荒野以原始的线条粗犷地展开，那个孤独的人正置身洪荒，手足无措。

但是十六年前的我却并没有感觉到这样一幅画面。他只看到，道上留着各式各样的深浅不一的辙迹、脚印，被貌似温暖的太阳之下的寒气冻得硬邦邦的，就像一些车辙和鞋底的复印件。他一步一步地走

它们被人所起的名称,是麻雀。不知道它们彼此之间是不是也认为对方是"麻雀"呢?

瞧,枝上的一个"逗号"飞走了。

"噗"地又飞走了一个。

过去，脚冻得有些痛，但并不感到孤独。田野被翻耕过，露着黑壤和积雪。天暖了，地还冷，周围还显得非常空寂。

那时我正好二十六岁，正好刚刚丢失了一个装满无价之宝的皮箱，我两手空空去探望已经分别两年的父母——他们已经被开除党籍下放在这儿当了两年农民。真不知道这两年他们是怎么过的。我满心疑虑地往前走，想念和悲凉把我的心情搞得沉甸甸的，怎么也快活不起来。

土路真长。在大地的这条裸露出黄色筋肉的弯曲伤口上，除了足迹的践踏，绝无植被和生物。这就是人类行为留下的走向——车辙印破坏和蹂躏的土路，它正冷冷清清地伸向远处的灰蒙蒙的树霭，根本没有尽头。

我又回到这黄土大道上来了，很好。

"很好。"十六年前的我像是和一个什么巨大的东西赌气似的，恶狠狠地冷笑着。心里反而产生了一股很充实、很坚硬的力量。他顺着黄土道路来寻找他陌生的家，这是人间留给他的最后枝桠，他对抗生活的最后堡垒。因此他就知道了，为什么只有在黄土大道上艰难行走着的人们才特别珍惜血亲关系和氏族力量。人间的空旷和艰难，唯有他们体验最深。他们没有社会。

他一个小时又一个小时地在这条路上走，一边走一边想着自己，想着母亲，想着这条极有人生象征意味的辉煌土路。土路的确辉煌，尤其是这吉木萨尔的土路，初春的土路。这么一条不起微尘的，纯铜一般坚硬细腻质地纯朴而且泛红的土路。积雪还在给它镶着边儿，衬出一点冷峻和凄凉；灰蒙蒙的太阳的光芒往上再一泼，那生硬的土路就仿佛要扭动起来……它诞生过你，它负载着你，在世间的一切道路都抛弃你的时候，它收留你。

他有一点感动，还有一点悲伤。他想，正是在这样一条土路上，自己曾经是一只满脸皱皱巴巴浑身红不拉叽只有八斤重的小老头；一只可怜的小落水狗；一个吃奶的怪物。后来他成了一个穿着红肚兜儿的光屁股的哪吒三太子，剑眉大眼貌似神童，莲身藕臂冰肌玉骨，似乎事事皆会于心却连一句囫囵个儿的话也说不清。再后来他成了万人嫌、惹事精，像个脱毛待换的半大公鸡，除了骨头没有二两肉，不知哪儿来的精神四下里乱窜。终于，他长成了一个人，身高七尺有余。天下英雄谁敌手？拔剑四顾心茫然；时不利兮骓不逝，以手抚膺坐长叹。他碰了壁，吃了苦，遭了冷眼，长了冻疮，世路千条我无路，华灯万盏我无家……他知道了这世界不是好惹的，不好惹就不好惹，它让你拔剑四顾心茫然，它让你四处感到压迫却找不到挺剑而刺的地方……他还得回到这条土路上来寻找自己的家。

　　土路非常亲切。因亲切而辉煌而富于历史感而唤起我心中潜藏着的原始的土地情结。由它引导着是令人再踏实不过了的，从它的泥土上走进一座自己的家门是再亲切不过了的。在土地上走，有一股醉人的懒洋洋的力量从地底下传递上来，通过脚掌，穿透鞋底和袜子传递上来，顺着血脉和小腿的筋络往上走，升腾如雾，弥漫如气。它使人获得一种舒坦、陶醉和放松，进而胸胆开张、魂魄飞扬，什么也不再惧怕……

　　薄暮时分，他已经走到了一个村口的大石碾子上。他浑身发热，坐下来，想吸一支烟。

　　就这样，十六年前的我并没有在这个世界上完全消失，他依然是我的一部分。他的一个念头、一个举动、一个微笑或一次梦想……并没有被时间的风彻底卷走，而是留下来，留在我的记忆里，刻在我的大脑沟回间。在记忆的那片伟大神秘的山谷里，他将永远存在，成为一个琴键，一轴画幅，一首诗的标题或一部专著里绝妙的警句，伴随我，直到我消失它们依然存在。无论现实的含义多么残忍，我决不相信我会消失。

　　黄土啊你应该作证，我的终点不是坟墓。

父　亲

　　父亲对每个人来说，都应该不是一个词汇，而是一团扑面而来的血统的气味，一座属于你的伟大的山峰，一个永远无法用理性去分辨是非的感性的百慕大三角，一位上天委任给你的命定的神……你无法挑剔，也无法选择。你的魂魄在茫茫宇宙间微粒般飘荡遨游，无根无

脉，浑然不知；但是你将因为他被显影，你将因为他被捕捉住，被固定下来，被囚禁在母亲幽暗温暖的子宫里，等待重见天日的时刻。

父亲，就是赋予你生命的人。

但是你却从来没有感谢过他。

你反过来占有了他的精力，剥夺了他的时间，消耗了他的生命，可以说，你毁了他的一切，而且，你还任意地埋怨他，利用他对你的爱泛滥自己的粗暴和任性。

难道，世界上还有比这更不合理的事吗？

只有父亲，可以这样。在他强大的时候，他庇护你、容忍你；在他衰老的时候，却耻于依靠你。而且，在人们不约而同地把一切美好的颂歌、养育的恩德奉献给母亲时，父亲微笑着，觉得理所当然。他丝毫不觉得自己也应该享受一点，常常是他倒觉得自己做错了什么。他完全不知道，在这一点上，他无意中又表现了真正男性的襟怀和品格。

我爱父亲。虽然我平常最恨他。

虽然每次和他在一起都免不了争吵、埋怨和发火；虽然他看不惯我尾大不掉、放任不羁的作风，我也看不惯他的主观、固执、农民式的自私和对权力的崇拜。

像许多人的父亲一样，我的父亲完全是现实人生舞台上的彻底失败者。但这并不妨碍我对他的爱，更不妨碍我对他无条件的承认，他是任何人也不能替代的。自从我成熟以后，我就从没有羡慕过那些有着显赫父亲的人。

父亲是一个失败者，虽然他从不认账。

在吉木萨尔的几年间，正是他失败人生的辉煌顶点。但是他并没有自杀。

我当然知道，他是为了我们。

……十六年前，当我坐在那个村口的大石碾子上吸烟的时候，有一个纯种的农民正远远地眯着眼朝我看。然后，朝我走过来，一直走到很近，站住了。

那农民穿一件黑布棉衣，戴了一顶破皮帽子，手里提着个筐子。

周　涛
散文精选

　　我看见了那个注意我的农民朝我走过来，但没在意。我在想，大概就是这个村子没错，还得打听打听，究竟住哪儿。

　　那个农民站在离我很近的地方，竟伸着脖子弯下腰凑到脸前来看我，而且，笑出声来！

　　咦，奇怪。我定睛细看面前的这个人。一张完全陌生的农民的脸孔在几秒钟之间骤然变幻，风霜雨雪，皱纹白发，劳累痛苦，希望孤独……几年分离后的风尘变化，在几秒钟内被揭开，剥去，还原，定格。

　　定格为那个原来熟悉的父亲。

　　"爸爸！"我一跃而起，高兴极了。

　　"信上说是这几天回来，我就每天到村口上打望。今天看见有人坐在石头上，可是不敢认。哈哈，果然是！太好了，太好了。"父亲说着，抄起筐子就领我回家。沿着满是残雪和牛粪的村子，一直走出去，离村不远处有一座孤零零的屋子，正冒出笔直的灰白炊烟。

　　朴素的柴门院落，孤独的土坯泥屋，在乍暖犹寒的天气里默默升空的烟缕，我的脚在雪地上咯吱咯吱地移动着，跟着父亲，像很久很久以前小时候的某一天一样，朝着那里不知不觉地走过去。

　　我对这座陌生的屋子充满了信赖。这就是这个寒冷的世间唯一可以让我得到温暖的地方。这没错儿，父亲不会错。这就是家，家就是父亲居住的地方。无论这地方被安置在哪儿，是石家庄还是北京，是乌鲁木齐还是吉木萨尔，我都将跟随它，寻找它。无论它是楼房地板还是土屋柴门，我都用不着敲门，用不着征求主人的意见，我有权不看任何人的眼色，睡觉、吃饭！

　　我父亲就这么一边拎着筐子朝前走，一边扭回头来和我说话："村干部给调换了一家上山挖煤的人的空房，借给咱们暂住，条件好多啦！"我跟着他，看着他的背，觉得有一股说不出的纳闷、奇怪。人的这一辈子是怎么过都能过去的，什么样的命运都能接受，什么样的生活都能适应。但有个前提，就是不能有太多自己的思想，谁有独立的思想了，谁先绝望！就说父亲吧，这个三八年的决死队员，这个五〇年准备出国的外交官，打过别人的右派，反过自己的右倾，一辈

子对党忠诚得没话说了，结果倒给开除了党籍，发到这地方安家落户来了……这可称是对忠诚的最好报应，当然也是对愚忠的应得惩罚。不过他不忠又怎么办呢？铁打的江山无缝可钻。

父亲是一个普通的人。所谓普通人就是那些没有力量支配现实社会的人，就是只能受现实社会的各种力量支配的人。这类人的一个最突出的共同特点就是，首先在思想上接受现实主导思想的指导和教化。相信报纸，相信宣传，坚信领导者的品格和诺言，笃信巨手所指的方向。而这，正是人生全部失败的根源。

多少年来，我总是力图以不含偏见的立场来认识父亲，解释他的行为，总结他的一生。结果我发现，根本不可能。我总是由于他在现实中的失败而低估他，而忽视了他作为一个人在本质上具有的优秀品质。我无法认清自己的父亲，谁叫我是他的儿子呢？

看着眼前的这个提筐子的人，我就想起少年时在机关院里与一群顽童舞枪弄棍鏖战正酣时，突然出现在楼前怒喝我为"疯狗"的人；想起星期天逼我帮他冲洗全家无穷无尽的衣物，水寒刺骨，手冻通红，而他不把最后一点肥皂沫冲净决不善罢甘休；还想起那个原先穿军官制服尔后穿中山装干部服最后又穿上农民黑棉袄的人；而且想起曾经风采翩翩然后神态庄重终于苍老迷惘成现在这个样子的父亲……我看到，从说话的声音到走路的姿势，还有身材和五官，还有习性和灵魂，我都酷似他。我悲哀地发现，无论是成功或是失败，无论社会环境是有利还是不利，我都摆脱不了他给我的模式，摆脱不了他对我的一生所注入的遗传基因。

我将一天比一天地趋近他，越来越酷似他，直到有一天，彻底成为另一个他。

新陈代谢，世道循环，如此而已。

所有的新叶和新花，都不过是上一代的花叶在新的季节里的翻版罢了。觉得新鲜，那不过只是"觉得"。

…………

就这样，我已经远远望见柴门外站着一个又瘦又矮的女人。那就是父亲的妻子，我的母亲。母亲也望着，朝我们走过来，一边走，一

周　涛
散　文　精　选

边用她的手擦眼睛。待到走近，她只叫了一声我的名字就哭起来。

在早春无望的寒冷薄暮中，母亲的哭声使人心碎，并且使碎了的心渐渐凝固成一块水泥疙瘩那么硬。

漫长的冬天使母亲的头发变得灰白，炊烟般在冷风和哭声里飘散，在多皱的额顶纷披；而母亲又是那样瘦小，那样善良。

这不是逼着这位瘦小女人的儿子怀恨在心吗？我想，我们虽然四散它乡，无立锥之地，却在默默忍耐中滋长着仇恨；仇恨像卵石一样，暗藏在心里，总有一天伺机报复这冷酷的一切！不信，你等着。

我似乎很平静地笑着，却本能警觉地回过头来，环顾了一下周围：空无一人，只有野地里凄凉的枯树，向空中伸出无望的指爪。只需要一眼，我就把这景象记住了，再不会忘。

当我走进家门的一瞬间，我听到，黑暗像幕布一样，"唰——"在背后骤然降落。

村夜听风

你是跟着我跨进这个门槛的，磨得发白的木头门槛。这是几乎每一个女人一生中总要跨过的东西。这就是生活里的刻度，或是生命成熟的标志，界限和季节等等的含义都在这可怜的门槛上了。

你也许没想到，你竟是在这样一个门槛上开始了新的生活，告别了自己的家门，成为那里面的一个陌生的成员。

你挽起袖子在一个花花绿绿的脸盆里洗手，你听见我母亲用怜悯而略带评价一只羊腿的口吻说："看看这胳臂瘦的……"

你按照规矩和我母亲一起去拜访几家村邻，农村妇女的狡猾的奉承方式是极力装扮得更土更傻。你还没跨进门，她们就满脸堆笑故作惊讶地叫："哎呀呀，城里的鲜花来啦……"

你还看了我父母早已为你收拾好了的一间作为新房的屋子。里面摆着一个双人床，铺着干净的被褥和毛毯；然而墙壁上却结满了霜，水缸里的水结了浮冰……这是一种怎样的"寒冷的温暖"呵！

我也正看着这个被一盏煤油灯的光亮所照耀的家。两年来，我已

经习惯了煤油灯，我已经忘记了电灯。

这是个一明两暗的农家屋。一进门就见屋里堆着柴草，安着灶火；灶火用来做饭，还烧左边房里的土炕。房顶上没有糊纸，露出一排被烟火熏黑的椽子；椽子上悬着几个用木杈做成的钩，用来吊装鸡蛋和咸猪肉的篮子。

我想，这就是我家。我一点儿也没觉得我家有什么变化，虽然在社会的现实面前，我的家庭已经彻底灭顶，一败涂地，毫无振兴的可能，但是我的家还在，我家的人都活着。他们的语调笑声，他们的习性气味，那种特殊的骨肉情感，生命活力和温馨生动的一团光热，活泼泼地在我身边洋溢着。它并不因为政治上的落难和困顿，收敛自身乐观的天性。这就是，我在人世间航行的船。只要我的帆还在，舵还灵，只要我的船还能够载着我漂浮，一切险恶的风浪都不是致命的。

我一点儿也没觉得我家有什么变化，而且，我一点儿也没觉得我这个吉木萨尔的家有什么让我难堪的。政治的史无前例的巨掌，一下把我们打进了另一种环境，不管它的用心有多么恶毒，我却有幸体验了更朴素的生活。一种环境和一种环境之间，有着无形的深刻的墙，虽然同在一个大地上，却有时终生难以逾越。这回，我可是没费劲就穿越过去了，我不知我该谢谢谁。

"爸爸，你猜我最担心你什么？"我一边问着，一边很快又接着回答，"我最怕你想不开，自杀！"

"哼，我怎么会。比这困难的时候我也经历过，我还会那样！"父亲说。

但是你以女人的细致，看见父亲眼神和嘴角上一闪即隐的凄楚和阴郁。你甚至觉得，这位老人肯定不止一次地想到过那样。在那时候，有一种十分美丽并谦虚的名称，叫"学习班"，然而那实质是奥斯维辛集中营的汉译。那是一座学习自杀、鼓励跳楼、劝人上吊的学校，那是一所慈祥的监狱。从那里出来的人，肚子里都像是被安装了窃听器，连心思都被控制在俘虏的轨道上了。

即便在偏僻的吉木萨尔乡村，想起这三个被赋予浓重血腥气味的美丽字眼，也让人不寒而栗，也让人充满被控制着的感觉。

周涛
散文精选

岔开话题，父亲话还是很多。他说："你弟弟回来时，呆头呆脑的，变木了。十四五岁就插队，回来都不敢认。结果在家住一个礼拜，又叫我给喂活了。看那脸，铜盆一样圆鼓鼓的，放光！"说罢，得意地大笑。

"你可不行，太瘦。"父亲指着我，"怎么解放军农场不给吃饱肚子啊？光让干活还行吗？这次回来，主要任务就是给我好好吃。"

他用右手一个一个地点弯左手伸开的指头，数点起来："已经杀了一头猪，自家养的。肥肉炼了油，瘦肉腌在缸里，等你回来吃。她不吃猪肉？不怕，咱们还喂着羊嘛。还有鸡蛋，多少斤？对，满满三篮子，不够再从村里收购，很便宜的。你妈喂着一群鸡，鸡也下蛋。粮食尽够吃。菜，我就在队上管卖菜记账。咱们还养了猫儿，不养不行啊，有老鼠害人呀。"

数完了。"还有什么？"他问母亲。

母亲轻轻地笑着："这就够我侍弄的了，还有给你做饭。"

土屋柴门，红泥火炉。父亲的口气还有那么一点领导干部似的，说起解放军农场，就像说起什么老部队或老朋友那么亲切、放心。他不知道，那时候的解放军已经变得和从前的解放军有点不一样了。何况我们这类不穿军装的学生……我暗想，现在是世道大变啦。

只有这温暖的土炕，没变。

一只脸上巧妙地勾着对称脸谱的黑白花猫，卧在母亲身边打呼噜，表现出一派两耳不闻窗外事，一心只读耗子经的样子。

窗户外边的小院落里，隐隐传来猪的哼哼唧唧声，间或夹杂着轻微短促的尖叫，就像小孩子撒娇时发出的一声"嗯——"；还有鸡的喉管里滚动的叽叽咕咕的声响，翅膀扇动时的碰响。

无边的黑暗已经笼罩了整片大地，这时的寒风是冬天的尾巴，在空旷的深夜里不停地穷扫。扫呀扫，像个爱扫地的肮脏老婆子，嘴里发出呻吟一般的唠叨声。有时，它溜近人家的墙根下偷听一阵，听见没有它需要的内容，就用它的臭脏指头"嘭"地弹下窗户纸，溜走了。然后它用它的烂扫帚一撑，撑竿跳一样，飞上另一家的茅草房顶，在上面跺脚、打滚、学狼叫、装鬼哭，直到把那家的孩子吓醒，"哇"

地一声哭起来，它才心满意足地飘然远去。

在无边的黑暗里，在人们被恐怖压抑着的想象中，它游刃有余，格外精神。它原本无形的力量只有在黑暗的协助下才能在人们的想象中变幻无穷，被赋予千奇百怪的形体。它喜欢这样，它需要这个。

整个村子都熄灭了。

每座房子都像一艘船，沉沦在黑夜的波涛里。它们全都麻木地、谦卑地陷落，渐渐被彻底埋葬——仿佛从来没有存在过。

这时，你像一只鸟那样钻在我的臂弯里睡意正浓，而我却在假寐，似睡非睡，听着窗外村野的风响。

肉体的风暴过去之后，身心变得大海那样平静。是一处海湾，沉静明澈的海水稳稳地在大陆架上晃动。偶尔在这平滑的筋肉下面，在血液深幽莫测的地方，闪过一丝痉挛。那痉挛从极其遥远、非常原始的角落发射出来，尖锐、敏感，像一根带电的游丝、一只快乐而又痛苦的精灵，一瞬间就击中遍布肉体的每一根经络，使之颤栗。然后，也只一瞬间，它消失了，谁也别想再找见它。

哦，这才是肉体的上帝，永恒的主宰！

在黑暗中，我将笃信你，也只能笃信你。当一切都沉沦陷落之时，当你还不曾麻木、谦卑之时，记住：生命，我是你的崇拜者。

猫的本事

本来，猫可以统治人以外的整个世界——我这么想；只是可惜它被造小了——假如当初它的形体被造成牛那么大，那它就不会成为人类脚边的驯顺之物，而会成为消灭人类的大地主宰。

我这种想法，是在我看到我家的这只勾着黑白脸谱的花猫时产生的。它正在土炕上打哈欠、伸懒腰。在这一刹那，它咧开猛兽特有的黑嘴，露出尖利的牙齿，展示出豹子一般柔韧有力的细长身躯……四个伸直的软蹄上图穷匕见，充满杀机。

谢天谢地！我想，亏是它造小了，不然，被追杀得四处乱钻的将不是老鼠而是我们人类了。我这不是偶然突发奇想，也不是没见过猫，

周涛
散文精选

而是因为回到吉木萨尔家里几天来,我已经接连目睹了这只花猫惊人的能耐,它的确令人惊叹不已!

只有在农村,猫的重大作用和高超本事才能如此一览无余地被发现、观赏,而且分别以正剧、喜剧和暴行三种形式演出。

第一次,我家的猫成功地扮演了正面英雄形象。那天黄昏,我们全家坐在土炕上闲聊,而猫,蜷卧在广阔土炕的一隅昏昏沉睡。

黄昏是农家美妙的时刻,尤其是闲坐在温暖的土炕上。夕阳在窗纸上涂染着最后一点淡黄,有一种明亮的安详对暗淡的转换所表现出来的礼让。时光在这个时候像一位谦谦君子,它似乎有一刻停留,有一种仪式,像在等候什么,并不匆忙撒下这一切就走。

然而在这种美妙的时刻却有一种不美妙的东西悄悄蠕动,不幸被居高临下的土炕上的我们同时发现了:一只老鼠,正顺着土墙根悄悄回洞。洞就在墙角,可以看得见,那鼠,已经离洞口不远了。

看见老鼠的我们不会抓,会抓老鼠的猫却正在睡觉。急得我们直喊:"猫!老鼠——;老鼠——猫!"全忘了那猫听不懂人的语言,而老鼠听见喊声就会逃得更快。

不过,喊声还是惊醒了猫。它稀里糊涂东张西望,等它看见时,那只老鼠眼看着已经在进洞了。"嗨,来不及了!"父亲像看一场足球赛错过了绝好射门机会时的球迷那样,痛声惋惜。谁也没料到,猫就是猫,猫的本事竟如此大幅度地超越了人的想象。它从土炕的一隅到墙角的鼠洞,恰为这间房子的对角线,中间必须跨越横七竖八的我们杂乱的腿,必须在老鼠全身钻入洞口的一瞬扑出一丈开外。这太难了,但是它奇迹般实现了。它几乎是一个闪电,一个极快的念头,一个超现实的幻觉,用右前爪把完全入洞的老鼠给掏了出来!

看着这一幕场景,我目瞪口呆。说真的,在人类任何一种运动中,我从未看见过像猫这样矫捷不凡的身手。

有趣的是,没过两天,我又目睹一次这只猫逮老鼠时上演的滑稽戏,它像个小丑,简直可以说是笨透了。

那天是一只耗子在面柜附近折腾,弄出了声响。猫听见了,绕着面柜底下的缝又堵又掏,像和耗子捉迷藏。结果,那耗子爬上面柜,

不小心，掉进面柜里，全身成了白的。花猫不知道，还在下面费精神。还是父亲着了急，把猫抱到面柜上，说："老鼠在里面！"

花猫很固执，坚信耗子还在柜底，又跳下去寻。

父亲又把猫抱上去，就差把耗子抓住送给它了，它还想往下跳。如此三番五次，终于，面柜里的耗子白乎乎地一动，它看见了，扑下去咬住，弄得满身面粉，像掉进了石灰里……惹得我们大笑。

猫是挺有趣的。这个小开本的猛兽好像是专门为耗子而制作的，捕食的才能出神入化。然而在沾满面粉的化了妆的白耗子面前，它失去判断，固执犯傻，进化了几十万年的才能碰上了难题。细细想想，会觉得上帝心真好，他把老虎的祖师爷造小，让它依恋人，卧进人的掌心，成为"咪咪"叫着的可爱小动物，丝毫用不着害怕。这是上帝的恩赐，把最凶猛的变成最可爱的，袖珍老虎，它的厉害只是指向老鼠。这使我们在逗猫玩时，享受到了类似逗老虎玩的乐趣。

我家的房檐上有一个野鸽子搭的窝，这当然很吉利，是鸟类对善良人家的信任。窝不算很高，因为房檐就不很高。可以看得见，一对恩爱的灰鸽子很忙，窝里常传出小鸽子的叫声。

花猫常在屋檐下仰看，然而它这个特警队员对付不了空军基地，无奈，渐渐习以为常。一天中午，由于我的百无聊赖和恶作剧心理，一场在灿烂阳光下人猫合作的暴行，终于发生了。

当时我只是想逗逗那猫，馋馋它，并不想满足它嗜血的本性。我把一根粗木柱斜架在墙上，故意离那鸽巢很远，大约有一米多，我估计花猫够不着。

它像是打招呼征求我的意见那样，仰起脸朝我可怜地叫了两声，见我鼓励它，就立即行动起来，爬上木柱。木柱有点转动，它谨慎地维持平衡，杂技演员一样，上了顶端。它在上面观察一下，就扭回头来，看着我叫起来，叫得既委屈又让人怜悯。那意思很明白，是说："这么远谁能够着呀？这不是太过分了吗？"

我把那木柱朝上靠了靠，最多靠了几寸，我依然认为它够不着。

它从柱顶上立起来，前爪扶着土墙，这样，它离那窝的距离就又缩短了将近半米。"不行！"我看出了危险性，喊它。已经无法挽回了，喊声未落，它像美国职业男篮队员双手扣篮那样，一耸而起，两只前爪抓住鸽巢，凌空悬在下面，摇摇欲坠！它两目间已经完全没有一丝温驯和可怜，闪耀出一派果决、勇猛、精神抖擞的杀气和置一切危险于度外的野蛮！它用一只前爪抓紧鸽巢吊住悬空的身体，腾出另一只前爪来，伸进窝里，一掏，掏出一只羽毛渐丰的小鸽子。然后放进嘴里，咬住；翻身跃向柱顶，连滚带爬地下了地面，呜呜地叫着，在墙角吃起来。

我后悔莫及，暴行已经成了恶果。我辜负了灰鸽夫妇的信任，致使花猫咬死了它们的独生子女。在完全慌乱、失控的情绪下，我顺手拣起一块石子，从十几米外一扬手，准准地击在花猫的嘴上！这一下是太准太狠了，打得花猫一蹦跶起老高，扔下鸽子落荒而逃，怪叫着有好几天没回家。

但是小鸽子还是死了。

罪责在我，我用了很多话向父母检讨，求得原谅。然而，我怎么能得到那对灰鸽子的原谅呢？它们咕咕咕咕的叫声，使我黯然低头，产生出一个良知未泯的战争贩子应有的悔恨。

结论：不能小看猫。猫虽然是人温顺的、可爱的奴仆，可它却是老鼠的克星，鸽子和平生活的破坏者。它的兽性一旦发挥出来，本事惊人。

那么，由这样的结论，我们进而还可以生发出一些什么样的联想呢？当然是关于人。在人的社会里，有时那些重要的人物产生了一个念头，就会把木柱架过去，诱发一部分人的兽性；当暴行发生了，他又会顺手拣起一块石头，扔过去，打击这部分人……和我对花猫做的一样。

麦　子

我想说，亲爱的麦子。

我想，对这种优良的植物应该这么称呼，这并不显得过分，也不显得轻浮。

我而且还想，对它，对这种呈颗粒状的，宛如掉在土壤里并沾满了土末的汗珠般的东西，人类平时的态度是不是有些过于轻视和随便了呢？

它很美。尤其是它的颗粒，有一种土壤般朴素柔和不事喧哗的质地和本色。它从土壤里生长出来，依旧保持了土壤的颜色，不刺目，不耀眼，却改变了土壤的味道。这就使它带有了土地的精华的含义。特别是它还保持着耕种者的汗珠的形状，这就像是大自然给予我们的某种提醒、某种警喻，仿佛它不是自己种子的果实，而是汗珠滴入土壤后的成熟。

这一切使它更美。麦子，它是如此的平凡，然而却是由天、地、人三者合作创造的精品。它使我们想到天空的阳光和雨水，想到土地默默的积蓄和消耗，想到人的挥动着的肢体……所以有的民族在饭桌上面对面包时，会产生感恩的心情，感激这种赐予。所以还有的民族把麦穗作为了族徽，以表示某种崇信和图腾。麦子，它还可以使我们毫不费力地想到镰刀、饥馑、战争、死亡等等之类最关乎人类生存的问题，但是面粉不容易使人想到这些。这就是麦子掩藏在朴素后面的那种深刻的美。

我是一个热爱粮食的人。因此，我非常乐意在春天的吉木萨尔翻弄麦子。我们住的地方没有面粉厂，也没有粮店，庄户人只能分到麦子，到一个河上的磨坊去磨成面粉。

连续几天，我和父亲把一麻袋麦子倒进院里架起的一个木槽里，然后倒水冲洗。我们选的是阳光非常明媚的日子，也没有风。晶亮晶亮的水珠儿闪着光芒，渗进麦粒中间，慢慢升起一股淡薄的尘雾；有一点呛人，仿佛使人闻见去年的土地散发出的温热。然后再倒水，搅拌，冲洗，直到一颗颗麦粒被洗出它本来的那种浅褐色的质朴，透出一股琥珀色的圆满的忧伤。然后晾晒几天，再装入麻袋。

我看得出来，麦子的色泽里含有一种忧伤的意味，一种成熟的物质所带有的哲学式的忧伤。这种忧伤和它的圆满形态、浅褐色泽浑然和谐。与生俱来而又无从表述，毫不自知而又一目了然。正是这，使它优美。

周　涛
散文精选

　　于是有一天，我们起得绝早。我们向邻居借来了一头驴和一辆架子车——这像是农户人家的一个重大行动似的，很早，我们就把装麦子的麻袋搬上驴车，朝磨房去了。

　　我和父亲坐在车上。我驾驭驴车的才能无师自通。我很想驱使那匹毛驴奔驰一番，以驱散田野小路上的那种寒冷的寂静；然而父亲不允许，他害怕"把人家的驴累坏了"。磨房相当远，农村的早晨也相当漫长，我们的驴车仿佛慢吞吞地走进了一个久远的童话故事。驴将突然开口说话，告诉我们它原来是一个公主（大队书记的女儿），被磨房的巫婆变成了驴，只有从遥远的城市来的勇士才能破那妖术，它就会还原成人。于是沿着这思路幻想下去，满满两麻袋麦子会在公主手的点化下成为金子，一切都很圆满和快乐……在农村天色微明的田野上，一切景致和氛围都酷似原始的童话或民间故事。只是驴低垂着头，丝毫不准备回过头来对我们说话。

　　当时，我突然觉得我和父亲像是两只松鼠，或是连松鼠也不如的什么鼠类，正运载着辛苦了一年收集来的谷物，准备过冬。我们所如此重视的两麻袋麦子，其实正相当于老鼠收集在洞里的谷物。我感到了滑稽，有点哭笑不得，人一旦还原到这种状态时，生存的形象就分外像各种动物了。

　　这就是我们的麦子，一粒一粒的，从田亩中收集回来的养命之物。颗粒很小，每一粒都不够塞牙缝儿的；但是我们就是靠着这样一些小颗粒，维持生命，支撑地球上庞大众多的人群发明、创造、争斗、屠杀、繁衍、爱憎……不管人类已经进化到了何种程度，它还在吃麦子——这就够了，这就足以说明人类依然没有摆脱上帝的制约，依然是生存在地球上的无数种类生物中的一种，而不是神。

　　被小小的麦粒制约着的伟大物种啊！

　　假如有一天，大地突然不再生长出麦子，那该怎么办？这虽然是杞人忧天，却并非毫不可能，因为我这种年龄的人经历过一次大饥馑。我因此而懂得，源源不断的粮店会突然没有面粉，母亲会对没有吃饱的儿子说"少吃一点"，乞吃者会骤然间遍布城市的各个角落，人们会为了一个大饼而去抢劫……这就是麦子的威力和制约，在这个意义

上，麦子就代表了上帝。

磨房终于到了。

磨房里没有巫婆，有一个老头儿。磨房是那种最古老的中世纪式的，靠河水带动，在轰隆轰隆的沉重响声中摇摇晃晃，像一排老人的牙齿，已很松动。这是一座架在河上的木头磨房，里边大概除了碾子，好像其余的全是用木头制成的。木杆、木柄、木轮，因年久而被磨得光滑油亮，渗着乌黑的手渍。和看管它的这位老头酷似，它俩都一样是年久失修的、松动勤勉的、喉咙里呼噜呼噜带响的。

我们的麦子就倒进这令人可疑的陈旧作坊里，缓慢迟重地在这生活的水磨上被磨损，被咀嚼，被粉化。我想着那一颗颗麦粒被压扁、挤裂、磨碎时的样子，想着它们渐渐麻木、任其蹂躏的状态，有一丝呻吟和不堪其痛的磨难从胸膛里升起，传染给我的四肢，我真真实实地感到了我和它们一样……和这些麦子一样，我正在一座类似的生活的水磨上，被一点一点地慢吞吞地，磨损着。

然而水磨却在唱着一支轰隆轰隆的雄壮的歌，用它松动的牙齿、哮喘的喉咙，唱着一支含混不清、年代久远的所谓进行曲……这就是我们每一粒麦子的命运。

我就是麦子。

我正面临着古老民间故事一般的现实。

我芬芳的、新鲜的肉体正挤在历史和现实两块又圆又平的大石盘间，在它们沉重浑浊的歌声中，被粉化。

我欲哭无泪，欲喊无声。

因为我就是泪水和汗珠平凡的凝聚物——麦子。我将一代代地生长，被割掉；成熟，被粉化；被制成各种精美的食品，被吃掉；然后再生长。

这一切都是因为我没有感觉，没有思想。我是圆的，颗粒状的，人们把我叫作"麦子"。只有一个诗人这样称呼我，他说：

"亲爱的麦子。"

周　涛
散文精选

一匹难忘的猪

　　我起了床，在院里刷牙。天气十分晴好，阳光刺目而又温热。屋外裸露着泥土的墙根，已经蒸腾起"日照香炉生紫烟"般的热气。是啊，我想，是春天啦！春天的农家小院里，充满了生气。

　　我家的院墙是用各种荆柴和树枝围起来的。猪圈和鸡窝并排垒在右墙下，左边是菜畦。猪圈里只有一头猪，是半大的小猪；鸡窝里有十几只鸡，母鸡居多。靠窗的房檐上有参差不齐的木橼子伸出，其中有一根较长的木橼子上用粗绳悬吊着一只篮子，不知是干什么用的。

　　刚刷完牙，就见到一只母鸡咯咯地叫起来，急着要下蛋。那褐黄母鸡东张西望，似乎有些犹疑；偏起脑壳想了想，终于下了决心。一跳，先上了鸡窝顶；然后鼓足勇气扑喇喇扇着翅膀飞起来，一下竟飞了十几米，奇迹般准确地落进了粗绳悬吊的篮子里！篮子在房檐下晃来晃去，那只鸡，却安详地卧下去，悠然自得地下起蛋来，像个吊床上的产妇。

　　这不是把鸡养成篮球了么？我想，而且还投得挺准，每次总能留下一粒鸡蛋。我母亲不是一个幽默的人，而且没有这种创造性，她老人家怎么想出了这么奇妙的养鸡绝招呢？我一问，母亲也笑了，说："咱家的鸡呀，就是怪。放着鸡窝不下，偏要飞起来高空作业。那个篮子就成了专门给它们下蛋的啦，还引得别人家的鸡也飞进来下。"

　　"村里人也都说周大老家是怪，"母亲又说，"养啥活啥。夏天闹鸡瘟，家家死鸡，就是周大老家的鸡非但不死，还飞进篮子里下蛋。掘上个猪娃子吧，也精神得不行，长得还比别家的猪漂亮。别人的猪都卧在地上哼哼呢，周大老家的猪娃子一向就在门口上坐着，和狗一样！"看得出，母亲为此显得非常幸运和自豪。当然，一般说来，猪没什么了不起的——我也这么认为。蠢猪、脏猪、猪猡！猪很难让艺术家产生爱而把它塑成青铜雕像矗立在中心广场，它只能作为猪排以佳肴的诱人形象被端上盛宴，让人们用舌尖品味，牙齿咀嚼，肠胃欣赏。猪是哺乳幼崽最多的也是最常见的动物，但人们从不用它作为母

爱精神的象征。人们吃它,但是瞧不起它。这真是个倒霉的东西,在人眼里,它只是一堆能活动的、会哼哼唧唧的肉!

比如我吧,吃了它们几十年了,要是算一笔账,恐怕至少吃掉了几百头猪是有的了。但是吃得有滋有味,吃完了照样蔑视它,从来不屑于区分它们之中的任何一个和别的有什么不同,更不会记住被我吃掉的是哪一头猪。猪还有个性吗?猪就是猪!就像白菜就是白菜花生就是花生一样。

但是这家伙——在我刷完牙回屋拿起一本书时——发现随在母亲身后堂皇跨门而入的竟是一头猪!我觉得这简直是乱了朝纲,起而轰之,那小黑猪噘嘴瞪眼,坚持不走。小眼睛一直以轻蔑的神情注视我,不时发出哼哼声,好像不服气,在哼哼着说:你算老几?你有什么权利撵我?

母亲说:"让它待着吧,已经惯出来了。"

惯?我们从小就是母亲惯的,怎么它也叫"惯"?这一个字,突然使我意识到了这头小黑猪在这个家里的重要地位。两位老人被发落到这里,平时儿子四散,孤独凄凉,膝下养了这么个大活物,也是一份生趣。难怪惯养得和猫狗一般呢。

拿这眼光一看,果然这猪是不一般了。它浑身黑亮,皮毛干净,身躯滚圆娇憨可爱。和周围的猪一比,简直超群脱俗,称得起有几分俊秀了。我几乎怀疑它是猪八戒家族的嫡传子孙了,很快就喜欢它,叫它"黑猪"。父亲也很喜欢它,只要端出盆来给它拌食,它就兴高采烈拿头拱人的腿,像狗一样摇尾巴,活蹦乱跳地围着人转,就差不会喊口号了!何况它还小,小东西即使是猪也一样天真烂漫。

闲居无事,便和弟弟到村外一条小溪沟里捞鱼玩。溪不宽,一步可以跨过;也不深,手臂可以触底。可喜的是水极清冽,人在溪边走动,可以看见惊起的泥鳅在水草里四窜。于是我们制成捕蜻蜓用的三角网,提一个桶,在溪边消磨一上午时间,便能捞半桶泥鳅。可是这指头粗细的小鱼没经济效益,提回家里,养之无益,倒之可惜。一打眼瞅见小黑猪百无聊赖地瞎转悠,突然来了主意。

拿出一条泥鳅,扔过去,在它嘴前蹦跳。它嗅嗅,抬起小眼睛望

周　涛
散文精选

望我，满心疑虑，不吃，再扔一条，还是不敢吃。看来猪不杀生，那好，把它的食盆拿来，倒点汤食，然后抓一把泥鳅放进去。泥鳅游窜在汤食里，小黑猪吃起来，吃着吃着，它突然一愣，边嚼边抬起嘴来，看那盆，隐隐有波动者，便扎进嘴去追。咬住一条，就摇头晃脑，有时不小心泥鳅又钻回水里，就喷着气再捉。它尝着了味道，吃的汤水四溅，呱呱作响，嘴巴伸在水汤里不时地猛抖。逗得全家人哈哈大笑，好像在欣赏表演。不一会儿，一桶泥鳅告罄。

捞鱼这件事，一下就因为小黑猪而从无意义的闲玩变成了有意义的劳动。我们便每天去溪边捞泥鳅，把喂猪当成一天中最精彩的观赏节目，弄得周围的农民感到不解，他们议论说："周大老家用活狗鱼子喂猪！"

后来母亲说喂鱼喂出毛病来了，小黑猪不管吃什么，都要翻江倒海瞎折腾，以为有鱼，结果弄得撒食。

有一天，父亲被分配去队里看场，远远望见一群猪成进攻队形缓缓移来，渐近，父亲猛地一声吆喝。见有埋伏，猪群纷纷向后逃窜，独有一猪，不但不逃，反而泰然行至队前带头，边走边回头哼哼，猪群马上重整队形跟随而来。父亲细看，原来是我家那头小黑猪，它不慌不忙，胸有成竹，不断回头用猪语鼓励同伙，自己却故意表现出一种随便而大方的样子，像人在请客做东时的样子差不多，它表现了一种猪的潇洒和庄重。好像它认定，它的主人看场就等于今天它请客。这显然会使它在猪群的地位迅速得到承认。不料，父亲虽被开除了党籍，却仍然满脑子大公无私，在小黑猪即将被确认领袖的关键时刻，一点面子也不讲，坚决地用木棍把它们轰走了。

这使小黑猪很委屈，用一天半的时间对父亲表示疏远和装不认识，大概它想不通这件事为什么那么不通猪情。

父亲把这件事告诉了我们，大家都很奇怪，说猪蠢是没道理的，猪连后门都会走，这几乎已经达到了人的相当智力水平了。

可惜的是，我在吉木萨尔只住了十几天，没有能更深入地了解这个油黑发亮的偶蹄动物丰富的内心世界。临行那天，它竟像一只狗那样尾随着我走了好久好远，小眼睛里充盈着对泥鳅贪婪真挚的怀恋。

之后若干年里，我们家的人还谈起它，这是唯一的一头我们自己喂养大的猪，提起它，我对猪所怀有的厌恶心理就不知不觉地消失了。虽然它早已被吃掉十几年了，我却仍然觉得它还活着（精神不死？），活在吉木萨尔农村我家住过的离马厩不远的低矮农舍院门口。

其实猪是挺有意思的，假如你了解它。

难怪哈里·杜鲁门曾宣称："不该允许不了解猪的人当总统！"为了在这篇纪念猪的文章里显得庄重些，我特意对它用了"一匹"。

印　象

后来，一座谦卑的村庄终于在我的视野里消失了，消失成一个残碎的梦，一个不可靠的传闻，一团渐渐远去了的声响……仿佛，只是一扭头的工夫，它就不见了，好像从来就没有存在过似的，从我们全家人的生活里消失了。

我不知道您是否也有过这种类似的体验，对于一座您曾经生活过的村庄，那种难以磨灭的淡忘？那些荒凉的、贫穷的，那些丰富的、色彩烂漫的，小小村落和孤独家门像黄昏和暮霭那样，被你淡忘却融入你的心境，离你远去却泊在你的灵魂。是的，从那之后你也许再没去过一趟，再没去看过它；也许也很少对别人谈起它——它没什么可炫耀的，何况你总在怀疑它是否真的存在过，或是随着你的离去它也就消失了？说到底，你恐怕还是不敢去看它，你害怕珍藏在记忆里的这个艺术品被另一种现实击碎。

我也始终在怀疑，怀疑我的记忆是不是对它进行了艺术提炼和加工？它是不是为了欺骗我或安慰我，把那个村庄给美化了？那些焦灼的痛苦的日子，那些挣扎的无望的岁月，为什么没有留下痕迹？那些喧闹一时的貌似强大的政治力量，为什么变得无影无踪，而一座可怜谦卑的村落却扎了根似的抹不去、拔不掉？

谁更强大？

"谁更强大、有力而永恒？"我不得不这样问自己。

说老实话，无论是导师、哲人，还是算卦者、预言家，谁也看不

周 涛
散文精选

见明天。说看见了的，不过是猜测和吹牛。谁都只能感受着现实，而现实带着天然的无法改变的痛苦；谁都只能怀念过去，过去是一坛逐年发酵的酒。我不相信世间有神奇的超人，我只相信神奇的命运和生活以它的流向所做的安排。

吉木萨尔是一个渺小的地方，关于它，最近有一个流传的笑话。

说两个吉木萨尔人到了广州，昂然欲进某豪华饭店，被拦住，问："你们是哪儿的人？"答曰："吉木萨尔。"问者不知，以为是哪个非洲国家，便问另一个："你呢？"另一个回答说："一搭里的（意为一块儿的）。"问者听为"意大利的"。"原来是外宾，请进。"

我们的荒唐的吉木萨尔人被编派的这个故事，显然是不真实的。但是把这样的揶揄指向吉木萨尔人，却应该承认是真实的。吉木萨尔是那样荒寒，这个当年成吉思汗威震中亚的军事重镇，历史上闻名的北庭都护府，早已度过了它豪华的岁月。它威风凛凛的青春一去不返，现在像一个可怜虫，躲在当年的遗址旁边浑浑噩噩，种地、挖煤，偶尔也有淘金的欲望和梦想。它的县城和那时的很多县城一样，肮脏、凌乱、愚蠢、呆板。这就是本世纪七十年代初叶的中国政治、经济、文化所造就的县城，一个十字路口，一座语录牌楼，一尊领袖塑像，一个只有带着老茧一样厚皮的又冷又硬馒头的破食堂……任何一个外人到了这里，尤其是冬天，都会觉得到了地狱的门口。我相信，即便是汉唐时期的县城，也绝对比它美好得多。面对这样冷漠无情、愚昧傲慢的县城文化，你不能不从心里发出由衷的哀叹、彻骨的怜悯：人们啊，你们这究竟是怎么生活的呀？为什么，你们活得如此卑贱无知、肮脏麻木，难道你们天生就是这样缺乏生气的一群？

我不想诅咒你们，相反，我深切地同情和理解你们。那时，你们不是自己，你们不是你们，你们貌似行动着的活人，实质只是口号的盲从者，一群夜游症患者。你们像木偶一样被牵动着，却完全不自知。嘴巴徒劳地张开又合上，发出震耳欲聋的无意义的轰响，手臂和双腿、大脑和精力都消耗在木偶的活动和斗争中了。

可悲，我也是木偶。那时我没见到不是木偶的人。活着而没有生气，活着而没有自由，那是一个多么荒唐的木偶年代啊！

谁告诉过我们？谁提醒过我们？

历史学家呢？哲学家和诗人呢？法律和人类几千年积累起来的文明呢？他们都干什么去了？

有多少借口和理由，也不能洗净蒙在上层建筑领域上的耻辱。这耻辱是这样的深重和深刻，它将穿透时间，引起今后一代又一代后人的惊讶、提问和愤怒。

只有这个谦卑的村落对历史不负任何责任，谁也怪不着它。它坐落在这偏远的地方，它的默默无闻和任何时代的错误无关；而且在任何时候，它都以土地、道路、日出、鸡鸣、五谷杂粮、野草芦苇……拥抱人们，温暖人们，让人们生存。它半是自然，半是社会，一切时代的热潮和影响也会涌涨到这盲肠似的角落，使之发生变化。因而我没有说这里的村民都是超然世外的君子隐士。

他们在我的印象里已经十分模糊了，我记不起他们的脸孔，只记得一些被太阳和土地混合的力量所染出的肤色，记得被一种村野生涯塑造出的气质——蒙昧未开的混沌样子。他们的眼睛里没有光芒，射不出智慧所造成的眸子清澈分明的光亮。他们的眼睑总是低垂着，遮掩着什么卑微的东西。

他们非常习惯于向别人借东西，要东西，尤其是向他们认为富有的人。他们对痛苦比较麻木，对羞耻感觉迟钝。一般说来，他们的嘴唇厚重地向前突出，鼻梁塌陷，颊骨有一种无法掩盖的暴露感，前额杂乱。

然而他们却是非常精明的、现实的、会盘算的。谦卑和精明构成了这种弱者的双层防御体系。谦卑使人可怜他、同情他、进而愿意帮助他并对他失去警惕性；精明却使他一步步地接近目标，绝不放过可能得到的好处。在他们衰老的时候，他们是彻底谦卑的，他们会让人感到土地一般谦虚厚实的质朴和仁慈。但是你注意他们的儿子，那些年轻的从农村生活中走出来的人，他们带着自己的文化和方式，带着这些特征，在社会生活中演变、改进、修饰，偶尔露出马脚，然后继续谦卑，直到——随着一个又一个现实的目的被达到之后，死掉。就是这种精神，这种伪装的韧性功利主义精神，从散布在中国的无数村

周　涛
散文精选

落里走出来，走向一切领域，占领一切舞台，弥漫着整个中国。

它将无往而不胜——这种精神，谁也别想战胜它，因为它本身就是一种腐蚀剂。虚假、衰弱和无耻，将一路腐蚀、吞噬过去，无法抵挡。

这就是我们终于在全世界造成了真正弱者形象的根本原因。弱者的彻底胜利必将完成彻底的弱者形象，这恐怕不是一代人所能改变的。呜呼，并不是对世界上所有的问题，都能够找出解决的办法来的，比如，积弱。

我这么写，也并不是在责怪吉木萨尔。它没有什么好责怪的，对这一切深刻的后果，它毫不自知也毫不理解。它是那样偏远、孤立，那样茫然自在。

直到最后我离开的那天，我也没能对它留下一个全景式的印象，它仅仅是一个村落，和北方的所有农村大同小异的村落。它拥有土地然而它简朴，它拥有四季然而它泥泞，它就是那样，你一扭头，就会感到它消失。

谁也别想在地图上找见它——那个村落，就像谁也别想在地图上找见自己的家。

　　　　　　　　　　　　1988年11月9日写于新疆乌鲁木齐

迁徙者的家园

走着走着哩，褡裢里的锅盔少哈哩；
走着走着哩，眼睛里的泪花飘满哩……
——民歌《五朵梅》

迁徙看起来仿佛是一个个家庭或个人命运的转折点，实质上却往往紧密联系着社会大背景的变化起落，折射出时代政治、军事、经济和文化的特征。于此大背景下的个人或群体的命运，便反射出某种特异的受难者或探险者的光芒，使个人命运笼罩上一层与恶劣环境搏斗以及创造奇迹的辉煌。

严格说来人类没有永恒不变的定居者，世上的一切事物都在变化着，迁徙只不过是一次明显的变化；严格说来西部也没有多少世居不移的当地人，自古以来，各个民族都在迁移中寻找家园、重建故乡。勒内·格鲁塞在《草原帝国》一书中有这样一节精彩之论："匈奴在把月氏逐出甘肃的过程中，引起了一连串的反应，这些反应在远至西亚和印度都能被感受到。阿富汗地区丧失了希腊化特征，亚历山大远征在这些地区所留下的最后遗迹被消除了；帕提亚的伊朗暂时承受了震动；从甘肃被赶走的部落已经在喀布尔和印度西北部建立起一个意想不到的帝国。在草原一端发生的一个轻微的搏动，不可避免地在这条巨大的迁徙地带的每一个角落都产生了一连串意想不到的后果。"

周　涛
散文精选

　　和古代的民族大迁徙相比，本世纪以来的个体的或较大规模的迁徙都是平稳和安全的。这说明，今人对迁徙和灾难的承受力已远逊于古人，同时也证明，社会的确是从野蛮走近文明。

　　在西部的所有迁徙者中，真是各有其不幸和幸运、悲壮和顽强。其中锡伯族的大迁徙是令人钦佩的，这数千人从东北奉命钺边西北，拖家带口，行程万里。百年来，锡伯人永远是战士。以小小一族处于各大民族之间，以其剽悍、勇敢、善于学习、勇于自卫的精神使各大民族不敢轻侮小窥。这是一支伟大的迁徙者。前一段我有幸参加了一次以锡伯人为主的各民族小型宴会，酒馆的小老板是维吾尔族人，锡伯人中有诗人、导演、全国摔跤冠军，还有从澳洲归来的音乐家，还有一位因车祸撞碎髋骨治愈后戴着钢架的乐观主义壮汉，当然，还有蒙古族、朝鲜族、锡伯族和杭州的漂亮女士。

　　这些都是迁徙者或迁徙者的后裔。然而这些人脸上哪儿有一丝一毫的悲伤呢？男的是一律强壮、热情、豪放，而且全都具有一副令人吃惊的好歌喉；女的也都文静、大方、善解人意、举止不俗。当悉尼归来的锡伯人拉响手风琴，用蒙语、哈萨克语、锡伯语和汉语唱酒歌和怀念故乡的歌时，雄伟而优美的歌声发自肺腑，令人热泪盈眶。

　　被车祸撞碎髋骨的人打起响亮的口哨，快乐忘形；他的头被我形容为"一截刚从森林里锯下来的松木墩子，正散发着生命的芬芳"；还有华肖昌这个政协委员，他说："我们是弱小民族，汉族是老大哥。"我纠正道："锡伯族是小民族，但决不是弱民族！"

　　他们听了欢呼起来——"干杯！"

　　那天晚上我非常兴奋，因为我又一次巧遇了新疆真正的精神和新疆的美！在一个很矮小的酒店里，在一群陌生的各民族朋友中间，远古的迁徙者与近代的迁徙者在西域会师了，歌唱与欢乐为任何别的地方所难寻！

　　谁说我们这里是没有文化的地方呢？我们的文化只是藏得比较深罢了。它不在舞台上、不在荧屏上，而是深藏在历史和每一位迁徙者的心里。它是一种久经打磨的真实感情，故尔不能表演，无法演出，只有在特定的环境际遇下，交汇碰撞出大真大美的光芒。

是的，命运交付给我们生存的土地是值得倾心去爱的。有一个从甘肃迁来的吴老汉，住在戈壁滩上，放了一群羊。在他的土屋柴门之外不远处，突然被测定为亚洲地理中心，东经87°20'，北纬43°41'，由新疆科学院竖标立牌。谁也想不到，整个亚洲的地理中心，竟是这个小小的包家槽子。

结果，吴老汉潜藏着的某种力量被唤醒了，他卖了羊，每天专心凿刻起大石狮子，他在这"无浪三丈风"的地理中心苦苦地，津津有味地凿了三年石头狮子。许多报纸报道了他。

这个牧羊人默默地在风沙里凿刻石头的举动，引发了城市里相当一些人的共鸣，他的顽强的"亚心守望"精神，他的对于某种不关生计的幻觉的妄念，成了人们对自己生存的这片土地难以割舍的爱的寄托。人们从吴老汉的痴情中，找到了一切迁徙者的归宿和家园。

也许吧，越是荒凉的地方，爱越是容易被凸现出来，信念越是像背水一战的决心那样决绝地耸立起来——一如中国西部那些挺拔不屈的山脉。

1999年3月5日写于新疆

天山的额顶与皱褶

> 这道通向克什米尔的山脉,
> 同时也是一条明确的人种学分界线。
>
> ——《沙埋和阗废墟记》

有一年,我这个山西人回老家去登五台山。我欣赏五台山的那种佛教文化的氛围,但缺乏认同的心理。我看到山上的那些碗口粗细的小松树,心里就不以为然,心想,这算什么松树。如果与天山的松柏相比起来,五台山的松树只能算小孩子。在那一次山顶环顾之间,我忽然领悟到,山也是有种族之分的。山的风范容貌,往往与临山而居的那些人的文化形态相和谐,甚至与他们的文字、面型、体格相融。这就弄不清究竟是山川河流影响了人呢,还是人工斧凿改造了山?或者是两种因素都有,千年万年,互相影响。人有气,山有灵,渐通渐融。所以辛弃疾才会有这样的妙句:"看爽气朝来三数峰。似谢家子弟,衣冠磊落;相如庭户,车骑雍容。我觉其间,雄深雅健,如对文章太史公。"

真是天下读山第一人。

若是读汉家山脉,可以说"登泰山而小天下",也可以说"五岳归来不看山",这不为妄言狂语。但是,中国大地上还有各个民族的山呢,该怎么说?

所以我想说一说另一种系的山，全长一千八百公里的天山山脉由东向西逶迤磅礴，贯穿新疆浩瀚的大地。这是一座有着突厥人面型，生就蒙古人、匈奴人、斯基泰人骨骼和血脉的伟大山脉。与之毗邻的山系个个不同凡响，个个独具风采，阿尔泰山、昆仑山、喀喇昆仑山，哪一座都不是矮子，而且哪一座都不是丑八怪，个个自成体系。

然而天山却是我们最容易亲近的山，它是西部山脉的众神之中比较亲近人间的一位。说它容易亲近，也无非是天清气朗的时候，登高临窗可以遥遥望见博格达峰的影子，云丝雪线，半空处横亘着一脉凝重而有质感的蓝色烟雾。海拔五千多公尺的博格达峰是众神中的小弟弟，也是天山之父派遣来观察守望乌城的少年王子，它蓝袍镶金，白帽抹红，英俊伟岸，不可一世。

若是你登天池，便可一睹其浓眉秀目。美少年，眼神一晃，摄人魂魄。若是乘飞机飞临乌城呢？千万记得坐在左舷窗边，降落前一刻钟，可以真真切切得窥天颜。的确是天颜啊，那是神的面容神的脸。永不融化的、干爽洁净的冰雪从它的头顶上倾泻纷披而下，如银的冠冕或头盔，也如白发三千丈直落胸腰之下。从冰雪之间透出峻峭的山体，岩石的蓝，仿佛钢的烤蓝，我谓之"钢蓝"。

你可以看到，它的鼻梁果然是高峻的，眼窝果然是深陷的，而嘴，总是紧闭着掩藏在浓须之下，一言不发。最伟大者，乃是它的额头，晶莹闪亮的白岩石一片高处的坦阔，是智慧的额，是勇士的顶。那是智者之相与王者之相的完美结合，是一颗雄性的头颅，冷峻威严但并不凶恶，就像泰戈尔的头，托尔斯泰的头，有一种艺术之王的风范。一个人平生只要有一次得窥天颜的机会，他就会终身铭记住这种伟大容貌，再也不会被人间的俗脸所征服。而且，他一定会在潜意识里要求自己长得接近那样，因为他见过了美。

然后就是皱褶了。天山的每一道沟就是它身上的一道皱褶，谁能数得清它有多少条皱褶呢？天山山脉分为北天山、中天山、南天山三部分，北天山1300公里，中天山800公里，南天山自汗腾格里峰向东，沿塔里木盆地北缘延伸。如此庞然大物的天山山系，光它的宽度就达400公里，那它的一道皱褶也足够我们流连叹赏了。

周　涛
散　文　精　选

　　距离乌城仅几十公里处，就是一道接一道的沟，这些著名的天然避暑风景区，就全是天山的身上的皱褶。白杨沟、庙儿沟、菊花台，还有许多幽深未名的美沟壑，全是风韵天成。这些地方现今称为风景区了，过去却只是游牧者的营地和牧场。在天山的皱褶里，只有这些光荣的牧人之子能够体贴它的冷暖，听清它的脉跳，嗅到它的体香。因为仅只是一道小小的皱褶，对我们来说也是太深太远太大了，步行者是难以深入和穷尽它的。

　　唯有骑于马背者与之和谐。

　　温暖的毡房与之和谐。

　　放牧羊群者与之和谐。

　　用粗糙的手在晨光中挤牛乳之老妇人与之和谐。

　　经典云："他在大地上安置许多山岳，以免大地动荡，而你们不得安居。他开辟许多河流和道路，以便你们遵循正路。"

　　如此才体现了人对自然的初心正觉，才显示了人对自然的尊重。最初的游牧人之所以尊重自然，大约源于敬畏和崇拜。但我相信后来是出于了解和理解，越来越多地熟悉了山川草原，意识到自己的生存方式和生产方式依赖于自然。

　　所以他们不伐木，不垦殖，烧牛粪和枯枝，而决不砍伐健康的松树、杉树（虽然他们在战争中砍伐人）。

　　美丽的天山草场就这样保留下来，还有阴坡上成阵的黑松林，还有遍地的野菊花、芬芳的蒲草……因为放牧，牛羊马驼吃草遗粪，使草场的土质肥厚油黑，加以草根的交织巩固，走在上面颤悠悠的，仿佛走在大地肥壮的肌肤上面。任何人夏日来到这里都会变得活泼开朗起来，像是童年的灵性重新回归了躯体。

1999 年 5 月 28 日

虫子，爬吧

你说虫子算一个什么东西？虫子有什么了不起？有谁能把虫子放在眼里？

可是，虫子在爬着，它在蠕动着、蹦跳着、缓缓飞行或快速移动着……虫子就是这样，它不管你是不是喜欢它，欢迎它，它就出现了，它甚至连看也不看你一眼，自顾自地向着某个方向游移，也不知到底有没有什么正当、合理的目的。

虫子爬得很庄严，很有一点绅士风度，它似乎并不认为自己是这个世界上最渺小、最可怜、最让人轻视的生物，看样子它们并没有意识到这一点（它们缺乏起码的、应有的自我批判意识，它们自我感觉良好）。

特别是它们竟然毫未感觉到另一种伟大的存在正从一米八的高空威严地俯瞰着它们，是好奇的关怀，也是可怕的威胁，它们丝毫没有感觉到，而且连看也没有一眼。自顾自，它们爬着。

有什么好爬的？傻家伙！

两座隆起的丘陵之上，是两根巨大的通天柱，柱上是写字楼；写字楼之上，是个似圆非圆的储水罐，罐上有一对黑白相间的圆球在转动，投射下两束含义不明的光（这两束光的名称叫"眼光"，虫子当然不会晓得）。

虫子没有理会这个庞然大物的存在，它依然在爬，而且似乎比较

周　涛
散　文　精　选

匆忙，反正它不是去幽会就是去觅食，除此之外没有什么别的好忙——这和我们人类大致没什么两样。也许在它心目中，俯察万类的巨物并不是什么生命，而只是一种风景，一座山峰之类的陪衬而已。此刻在世界上唯有它在活动。它并不觉得自己小，它正在地球上爬，正用它的爪子和腹部紧紧拥抱着地球，地球在转动，它在爬行，有什么理由认为它渺小呢？

各种虫子爬动的时候，那是姿态万方，各显其能的，看起来令人神往，有时候一不小心是可以使人入迷的。总的来看，虫子爬行的各种姿态比人丰富多彩得多了。

蚂蚁显得有点儿匆忙，但也经常有左顾右盼、犹疑彷徨的时候。它是一个坚定的种类，但勤劳坚定如蚁，也难免有"遇歧路而坐叹"，有团团旋转不知何去何从的时刻。所以，看看蚂蚁对我们人类是有启示意义的，因而也就懂了为什么自古就有"走路怕踩死蚂蚁"的人物。

金龟子会飞也会爬，它像一枚自己在地面上移动的小花伞。花伞上有黑斑点，底色深红，这种伞的工艺水平很高，印制雅致，一般出产在苏杭一带。它爬得沉稳，似乎因为它会飞，所以爬得不慌不忙，有闲适派的风格，也难免有一丝炫耀的味道。当然，它是美的，像一轮精致漂亮的图钉。

"图钉"在爬，旁若无人。它的小花伞对它来说是太大了，遮住了全身，只露出碎了的小米粒那般大小的脑袋，还有几根细脚爪。这就使它显得有些"鼠目寸光"了，它看不了多远，只能看到眼前的尺寸之地。可是它仿佛一边爬一边自言自语地说，"我看那么远有什么意思？我很美丽是吧——这就足够了"。

高耸于金龟子上空的俯察万类的那两道"眼光"，此时也不得不承认金龟子的自言自语是对的。尺寸有所长，万丈有所短，小小生物，何必强求都练就鹰的锐目呢？因为金龟子美丽，巨物的脚移开了，没有朝它背上踩下去，"眼光"想，让这枚精致的图钉移动吧，它多可爱。

实际上，在这人造的小花园不算太大的地面上，各式各样的小昆

虫也不算少,也许它们把这误认为"自然"了。

灰色的小蚂蚱爬得慢,跳得快,它显得营养不良,像一些灾区儿童,还像三年自然灾害时期的农村青少年。零星的灰蚂蚱不时从草丛里弹射出来,划出一个漂亮的弧度,固然是有一些"绝唱"或"最后的华尔兹"的意味了。它们已远不如其祖先那样强健雄劲、遮天蔽日了,就像今天的蒙古人已不复有昔时成吉思汗的赫赫神武。

跳吧,蚂蚱。可怜的、孱弱的蹦跳族的后裔,如今好比孤零寡群……

那么扯着一根线从树枝上突然出现在人脸前的"吊死鬼"呢?它让人讨厌,复又令人哑然生笑。谁教给它这一套鬼把戏的?这个家伙怪模怪样的动作和表情,的确有一种滑稽可笑的样子,它是虫子里的小丑、恶作剧者,也是胆敢向庞然大物的人类挑衅的自不量力之徒。

但它是虫子,你能对它怎么样?捏死它,让人恶心;何况它滑稽,还是绕开些走吧——"吊死鬼"胜利了。

虫子们顽强地在这个世界上爬着,从不气馁,从不灰心;与人共处,与人相争。它们短暂的生存有什么意义呢?何况它们大部分是丑陋的、蠕动的,于人无益让人恶心的,如能灭绝之,似乎对于这个世界也并不见得少了什么;特别是苍蝇、蚊子、蟑螂之类,灭绝之,世界会显得清爽许多。

可是请问谁又能灭绝得了它们呢?

造物主既然造了它,就有它生存的理由,也有它爬动的位置和空间。可是,为什么庞大的、凶猛的、美丽的生物反而纷纷消失灭绝呢?

答曰:因为大。

这时,"眼光"忽然从对虫子的怜悯转而生发出对自身的怜悯,是啊,人类不也是"生年不满百,常怀千岁忧"的么?人类之上,那双俯察芸芸众生的眼光又是谁的呢?在那双眼光里,人不是同样像一些蠕动的、爬行的、蹦跳的虫么?无穷层次的生物组成的链环环相套,一环扣一环,一物克一物,最后,最弱小的反而成了最强大的。恐龙只是体型大的虫子,老虎古人也称之为"大虫",如此,把这些渺小的虫子们放大再放大,说不定,你就又会看到再现的恐龙了。

周　涛
散文精选

"缩龙成寸"，斯言信矣。

"眼光"这时也不再自觉为俯察万类的、主宰万物的超生物者了，它降低下来，开始以平等的心去认识、观察它们，它甚至想知道它们在想什么……

在虫子的世界里同样可以遨游。

"虫子，爬吧！"他低下身来温柔地这样轻轻说着。

的确是天颜啊，那是神的面容神的脸。永不融化的、干爽洁净的冰雪从它的头顶上倾泻纷披而下，如银的冠冕或头盔，也如白发三千丈直落胸腰之下。从冰雪之间透出峻峭的山体，岩石的蓝，仿佛钢的烤蓝，我谓之"钢蓝"。

深秋去看俄罗斯

六月份通知出访俄罗斯的事，一下拖到了十月份。恰在这时，车臣战事乍起，恐怖分子在莫斯科制造多起爆炸案，当日的《晨报》头版头条，赫然登载的一篇报道，标题就是《恐怖笼罩莫斯科》。

孔夫子早就说过：危邦不入，乱邦不居。我母亲八十多岁，满头白发，深得此道，她说："咱们不去那个罗俄斯了。"我母亲一般说来总容易把外国的个别人名地名记成有中国特色的，比如克林顿，被她叫成"林克顿"。我笑着对她说："没事儿，他们炸不着我！"嘴上是这么说，心里其实也有些发毛。但是俄罗斯对于我毕竟是平生一遇的机会，莫斯科、圣彼得堡，耳熟能详却又素昧平生，它们是与我的生活多么有缘分却又是多么遥远的城市啊……"俄罗斯"，心中默念着这由三个汉字组成的异邦，我感觉到诱惑和牵引的力量远远地超过了恐惧。

"亲爱的，我来了。"

我在心里悄悄地这样说，仿佛是对达吉雅娜、阿克西尼娅这样说，也仿佛是对保尔康斯基公爵、麦列霍夫·葛利高里这样说。我熟悉的身影汹涌澎湃，他们站在我记忆的浪头上时隐时现，越来越近了……哦，我这时才明白，我灵魂中的情人和偶像几乎全在俄罗斯。

周　涛
散　文　精　选

第一日　莫斯科　晴天，颇暖

　　从北京到莫斯科，原先预计飞行八个半小时，结果提前一个小时飞机已经盘旋欲下，抵达莫斯科上空。

　　飞机正倾斜着，从舷窗望下去，第一眼看到的正是俄罗斯的容貌。宽阔的田野和森林正铺展开一幅颜色深浅不一的绿色大地毯，略有起伏波动，整体却浑然无垠，直达天际。莫斯科错落在这些森林之中，它此刻显得既不耀目，也不刺眼。拥有九百万人口的这座世界名城，半掩半露，似乎正淹没在大自然强壮蓬勃的生机之中。

　　我想起多年前飞临法兰克福上空时的第一眼，当时，我惊呆了。我没有想到大自然会以如此超过幻想的样子呈现出来。我也没有想到，原来童话就是真实。法兰克福的森林是墨绿的黑森林；而俄罗斯的森林却是驳杂翠绿间或透出一些褐黑和枫红的。相比之下，法兰克福的黑森林就像是假的，俄罗斯的森林更容易为中国人理解和接受。唉，一刹那间心中怎能不涌上一丝酸楚呢？土地，同是一个地球上的人类生存依托之地，我们是黄的，他们是绿的。从天空中俯看我们中国的城市，哪一座能与森林和谐相处呢？可怜的那么几行、几处、几小块的树木，只能叫木，不堪称林，更不敢望森之项背。

　　为什么？为什么我们的民族就不珍爱森林和草原呢？为什么就不热爱这最宝贵的、最美妙的自然财富呢？遥想秦汉以前，中国的广阔大地上也一定布满了这样的森林和草地，大自然当初必不曾亏待过我们。但是我们人太多了，我们是一个以农业立国几千年的民族，以家庭伦理为治国基础，因而又特别崇尚生殖延续，结果，耗尽了大地上的绿色财富。

　　延续到了我们这些人，只好眼巴巴地艳羡人家的上好森林。其实，我们也是很爱森林的啊，谁能不爱这么美丽的自然林野呢？

　　莫斯科就这么容易地抵达了。遥远时远在天边，近切时近在眼前，奥列格·巴维金先生——斯特拉斯得维捷，达瓦利西（你好，同志）——来接我们了。他出现在候机厅的时候，显得很高兴，但是当

外联部欧洲处处长刘宪平向他一一介绍我们的时候,他却变得有些拘谨腼腆了。巴维金此时成了我们在莫斯科唯一的俄罗斯朋友。他是一个看起来非常普通的莫斯科人,不高不矮,不胖不瘦,棕发蓝睛,算不上十分英俊但也决不能说不好看。

他驾车带我们驶向莫斯科,他的新型伏尔加在弯路上发出明显的摩擦声响。我们在飞机上已经将近八小时没有抽烟,现在仍不好意思抽。从机场到市内大约三十余公里,最后我们住在了俄罗斯国防部的宾馆里。稍事安顿,巴维金就开车带我们逛莫斯科城。莫斯科与北京时差四小时,北京的午夜,正是莫斯科华灯初上的时候。

坐在汽车上浏览莫斯科市容,那心情也是恨不能"一日看尽长安花"。先到列宁山,看万灯闪烁,百万人家愉悦天伦之乐;再到克里姆林宫和红场,著名的红场并不如想象的大,列宁墓也只不过是一间四方形小石屋那般大小,上书俄文列宁二字;另一侧标有1945字样的反法西斯战争胜利纪念碑,更是出人意外:它不是高耸的碑,而是平躺的一块碑,碑上有放倒的军旗和钢盔雕塑,还有一支不灭的小火炬。它显得那么近切可触,又同时让人感到肃穆庄严——庄严肃穆的事物并不一定非得高拔入云让人仰视。当然,在不远处还有一座骑马阅兵的朱可夫塑像,这位卫国战争的英雄生于战争、死于和平,他和这个民族一起战胜了不可一世的希特勒,而今被历史定格在这里。

反法西斯战争结束后的一年,我来到这人世间。半个多世纪的岁月里,我始终生活在第二次世界大战巨大的阴影里,恐惧与崇拜并存。因而,我的俄罗斯情结有一半来自战争,来自对正义的、强者胜利的崇拜。两次战胜欧洲战争狂人侵略的俄罗斯恰与这种崇拜暗合。我永难忘怀库图佐夫在获知拿破仑撤离莫斯科的消息时,以手掩面,长舒一口气,泣不成声地说:"啊啊……嗬嗬嗬,俄罗斯……得救了!"

一个伟大的民族是不需要经常提醒"爱国主义"的,因为祖国就在它的血液中,祖国就是生命。没有什么私利或部分人的利益能够超过祖国,也没有什么大人物的意志能够高于祖国的意志。

走过列宁墓的时候,中学学过的俄语忽然翻卷上来几句,我大声对巴维金说:"列宁斯卡亚,普拉夫达(列宁的真理)!"巴维金很高兴，回转头来对我会心一笑。他的小儿子米沙小声问他："他是不是懂我们的语言？"

这一天晚上，莫斯科是温润的，甚至比北京还暖和。莫斯科河的波光在黝黑的波浪上轻轻跳跃，这是一条大河，它仿佛是依恋这座城市的一个巨大灵物，静悄悄地、顺从地贯穿了莫斯科城。

这就是那个声名赫赫的莫斯科城吗？

森林绿地，大河奔流；红星钟声，赤都圣地。近百年来给了全世界的资产者以强烈震撼，给了全人类的无产者以光明希望的地方啊，而今安详静谧，而且有一种掩饰不住的凄清。

秋之落叶层层叠叠，在绿的草上、白的石级上随意洒落，点染着衰红与新黄。虽不免凄清，却衬托得这韵致极美，直是"落叶满阶红不扫"的外文译本。不时有遛狗的人从草地和路边上慢慢行过，孤独的形象更增添了些许艺术的氛围。

这就是莫斯科。它或许不如想象的那么繁华、那么现代化，但是却比想象的更美、更自然、更富于历史的沧桑感和人情味。它是亲切的、人间的，而不是幻想中的天堂：走近则碎，它让人慢慢在品味中越来越喜欢它。

第二日　托尔斯泰故居　晴暖，着衬衣单裤即可

早晨醒得很早，刚六点钟就起来了。一瞬间不知身在何处，拉开窗帘，隔九楼小阳台四望，竟是俄罗斯晓风残月。异地不同时，早晨却是一样的，都有一种欲醒未醒的、朦胧伤感的、凄清千古的气氛。因为没有了人的活动，再大的都市都会显露出其原始的一面。然后，渐渐被人的活动填满，于是又显示出它繁华热闹、匆忙忘忧的常态。

因为起得早，所以洗个澡。宾馆的房间很小，一个单人床，沙发、写字台、衣柜、卫生间之类倒也齐全，但就是小。在国内，宾馆房间一般都很大，但俄罗斯都是单人间，空间利用倒比较合理。

吃过早餐，去参观托尔斯泰故居。这个故居不是离莫斯科有二百公里的雅斯纳雅·波良纳庄园，而是莫斯科城里的一处别墅，托尔斯

泰把它买下来,是过冬时住的,也算"冬窝子"。后来我们到圣彼得堡参观冬宫时,我突然想到这一点,就问道:"既然这是冬宫,是不是还有夏宫?"讲解员很愉快地回答:"当然。"

我觉得我猜到了一种类似的东西,那就是一个民族游牧生活留下的印记。农业民族是一年四季定居的,似无冬夏迁居之分;清朝皇帝建承德避暑山庄,等于是"夏宫"。在这一点上,新疆的哈萨克牧人和俄罗斯的沙皇、清朝的乾隆皇帝,还有我们伟大的作家列夫·托尔斯泰,有着共同的习惯和印记。

瞧瞧吧,到了。

这就是托尔斯泰的家。

这是一幢楼上楼下共有十八间房间的俄式小楼,周围有花园、小树林、车房、马厩,坐落在莫斯科当年的一条作坊街上。院内幽静,偶尔有修缮的工人匆匆走过,好像托尔斯泰还在里面。

我们套上一种大毡拖鞋,以免弄脏了里面的地板,走进去,参观了托翁家里所有的房间。我忘了曾经在哪儿看到一篇文章里提到这儿是一处"简陋的居所",但是,我觉得一个作家(哪怕是托翁这样的巨匠)能在本世纪初叶就拥有这样的宅院(何况还不止一处),真可谓是"幸甚至哉"了。当然,托尔斯泰还不仅是作家,他还是伯爵。直到现在,我还想不出当代中国有哪一位作家能达到他这种生活条件。

有些中国文人老是爱讲"清贫淡泊",一边在讲,一边却削尖脑袋为谋求一点小利小官而奔走乞怜,真是恶心透顶、虚伪透顶!殊不知困境磨难可以培养人的奋斗精神,财富地位有时同样可以培养人的高贵、大气、悲悯、忘我的品质。托翁这个贵族伯爵,不仅写出了《战争与和平》那样深入沙俄上层社会的长卷,而且写出了《复活》那样充满人性的不朽之作。

《复活》恰恰就是在这幢房子里写成的。

在托翁生活过近二十年的故居里肃然慢行,令人目不暇接,仿佛四处仍然弥散着他生命的气息,好像一不小心他就会从哪儿站出来,白袍华髯,一双严峻而生动的眼睛直盯住你……所幸托尔斯泰这个大人物是简朴的,他喜欢亲自劈柴,还喜欢骑马、骑自行车。最有意思

周　涛
散文精选

的是，他喜欢亲手制作皮靴和皮鞋，做好了，送给朋友。我看到，他手制的靴、鞋水平相当高，似不亚于现在的名牌产品。托尔斯泰同时还是个高级鞋匠。鞋也是他的作品。

在他的故居通向二楼的楼梯拐角处，有一只标本熊，立在那儿，熊掌里托着一只木盘。木盘是干什么用的？

"来访的客人放名片的。"讲解员说。

大家都笑了，"托尔斯泰够幽默的"。这位高贵而朴素的哲人生了十三个孩子，其中四个孩子早夭，他六十三岁生的小儿子夭折后，对他打击很大。"不幸的家庭却各有各的不幸"，正是这样，在托尔斯泰的精神上，也经受过一次又一次不幸的洗礼。

参观完了——不，应该是朝拜完了托翁故居，我们一行人就去了俄罗斯作家协会。作家协会门前有一铜雕，是一匹长翅膀的马，比真马略大一些，铜胎绿锈，静静地站在草地上，像是想象的神马刚刚落地，刚刚回到现实的土地上。这当然源于一种古老的想象力崇拜，使人很自然地想起"天马行空"。这时马代表人的思维能力，自由奔放，纵横驰骋。但是还不够，人还要它更神奇，让它长上翅膀，飞上天空，这是灵感崇拜。

在作家协会与主席、书记、评论家、诗人在一起座谈，算是一种礼节性会见。主席切尼柯夫，身材高大，满头长发皆白，年龄约在六十余岁，一表人才，却略显疲惫。

说来惭愧，大家都是作家，此刻还都代表着两个泱泱大国，但是彼此谁也不知道谁，谁也没有读过对方的作品。这就是伟大的信息时代：表面的事物在飞速传递，一个网球手，一个歌星，一个时装模特儿，传递起来只需要脸孔、身材、动作等；然而深入心灵的无形之美的传递，却面临着那么多的障碍，几乎无法抵达。现在简直会令人生疑：过去那么多各种语言文字的杰作，它们究竟是怎么影响千百万读者的？有多少翻译家为之耗尽了心血啊，现在有几人还肯一字一句地干这件麻烦事呢？如此说来，昨天对于今天，又成了神话。

晚间在作家活动中心，参加为一位农村题材小说家兼新闻记者举办的庆祝晚会。这位四十岁上下的作家坐在台上的沙发里，有两位男

女主持人分别出来主持。会场是一个小剧场，可容几百人，基本上坐满了。来宾中不少女士预备了鲜花，准备在合适的时机上台献给他。

晚会时间很长，不时请台下的老作家上台讲讲话，间或演出小节目，然后由朋友们讲话，再放一段录像。每个人讲话都时间不长，且都是即兴的，看起来饶有兴味。后来据刘宪平说，其中有一人讲演时说："民主派可以夺得权力，但他们不能夺得俄罗斯！"言毕，全场掌声顿起。

这是我平生很少有过的"看会"场面，因为听不懂。但是尽管是看，也觉得人家在开会时处处体现出的文化和文明，与我们这个以会多著称的国家是太不一样了。人家的会，为了交流、沟通，尽量活泼生动，形式多样，让你不忍离开；我们开会，照稿宣读，重复套话，枯燥乏味，抹杀所有人的个性与水平（包括领导），而且故意拖沓冗长，使人如受重刑折磨。

会后参加晚宴。晚宴是自助餐，气氛很热烈。席间，有人高呼："为俄罗斯的、中国的最优秀的作家今晚欢聚，干杯！"于是便干杯，但心里却疑惑着："我能算中国最优秀的作家吗？"

第三日　莫斯科　下雨，起风，渐冷。需穿风衣

几乎每天都会有一些印象鲜明的事儿，比如早晨乘了公共汽车和地铁。

乘公共汽车给我留下很舒服的印象，因为既不拥挤，也不嘈杂，整个过程宁静从容，如同行云流水。没有人大声说话，连小声的也没有，公共汽车的车厢仿佛是一个婴儿的摇篮，受到所有乘客的小心呵护。老人、中年人，偶尔也有青年人，都静静的，似乎陷入了沉思。说话变得非常多余，甚至成为对他人的无端侵犯。

这种文明真令人羡慕。形成强烈反差的是国人那种在公众场合里的喧哗与骚动，唯恐被人忘记其存在的大叫大喊，唯恐上下进出时慢一步就吃大亏的逃难式的乱挤，就连下飞机，也是争先恐后！

公共汽车已经如此，著名的莫斯科地铁就更不用说了。那几乎可

周　涛
散　文　精　选

以说不是地铁,而是幽深的地下艺术宫殿。地铁很深,乘坐的电梯比较长、比较陡、比较快,站在坡度相当大的电梯上,看着眼前深邃的拱洞,不时还有一些青年或壮年男女顺势沿阶快下,那种姿势和场景特别可爱,好像在做无声的表演。过了好一阵时间,到了地铁候车厅,那种高敞和华美,浮雕和塑像,岂能不使人疑为艺术之宫呢?

地铁里算人多的地方,但仍然是寂静无声的。你可以看到一对青年男女相拥而立,甚至接吻,但决不大声说话或浪笑,旁人也视若无睹。这时,我忽然对文明这个烂熟的词,有了一点新的认识。

什么叫文明呢?在社会群体中,每个人都可以做自己喜欢的事,但不做让别人讨厌的事。当然,更不能做损害他人的事。在某种意义上,文明就是社会中的每个个体明智地享受自己应有空间的程度。超过了应有的空间,是个体对整体的侵犯;减弱了这个空间,是整体对个体的剥夺。

出了地铁,去看阿尔巴特街。这是位于莫斯科市中心的一条著名的街道,昔日为贵族聚居之地,革命后为高干、高知住。雷巴科夫写有长篇小说《阿尔巴特街的儿女》,故尔此街多为中国作家所知晓。历史悠久、大名鼎鼎的街道,对于不曾经历过它的沧桑变化的我们来说,仍然只是一条街道,和其他的一些大街没什么太大差异。

在步行街上买了一些纪念品,一幅有框的普希金绣像,一个古代勇士画盒,一个缀满各种时期纪念章的俄军船形帽。

是日中午,在俄罗斯作家中心的餐馆里享受了巴维金先生的盛情款待。餐馆很高雅,大厅里古典豪华,壁上挂有三张熊皮、一只驯鹿头角、两只鹿头角,组成带有浓烈原始狩猎图腾意味的情调;餐厅里四壁是具有现代风格的作家画,画的也都是作家,大部分是漫画,互相调侃,轻松幽默。午餐的味道很好,虽没有中国菜那么复杂多样,但吃起来非常可口。

餐后步行路过罗曼诺夫街,是一条小街,靠街有几幢住宅楼显得比较坚固漂亮。特别是楼脚外墙有一格一格的人头浮雕像,定睛细辨,竟有面熟者,原来是加里宁、赫鲁晓夫等人的像。巴维金说:"这是新贵住宅区。"浮雕所纪念的,都是曾在这儿住过的前领导人。

大家忽然感到，苏联也好，今俄罗斯也好，领导人毕竟还是住在与群众没有多少间隔的街上，这在中国人看来已经不可思议。

下午去参观克里姆林宫。在巴维金的车上，我看着车窗外的车辆和行人，忽然升起一个念头，就问巴维金："莫斯科人每天急匆匆地都在干什么？"刘宪平告诉了正在开车的巴维金，巴维金转回头来，笑着说："找食。"过了一会儿，巴维金让刘宪平问我："你知不知道'留波夫'这个词？"（留波夫：爱）

"知道，"我对巴维金说，"牙——留不留——姐帕！"（我爱你！）巴维金一听，乐了，转过身来跟我握手。

克里姆林宫前后共去了三次，外观甚佳，有滋有味。里面的印象不如冬宫来得难忘，或许是因为冬宫冲淡了克里姆林宫吧。彼时，微微细雨渐渐下大，雨中驱车，别有乐趣。大雨中，森林外有几个练骑术的人，一身骑师装扮，骑在长腿细颈的良种骏马背上，忽遇大雨，仓皇奔驰；还有草地上的零星遛狗者，原来悠然自得，现在也难免有几分狼狈。

巴维金的伏尔加驶向一座小山，沿山的路边摆着坦克、战斗机和大炮，特别是还有德国人的卍字标志，我问："咱们这是到哪儿去？"

"俯首山。"

"什么？福寿山？"我耳朵不好，听成"福寿"，心里纳闷俄国人怎么也讲起"福寿"来了。

"俯首甘为孺子牛的'俯首'，"刘宪平解释道，"是反法西斯战争胜利五十周年纪念堂，很值得一看。"

果然，俯首山是太值得一看啦，虽然时间不多，匆匆浏览，但给人留下的震撼却是永难磨灭的。我们有人民英雄纪念碑和革命军事博物馆，莫斯科有俯首山，这中间表现出来的两个民族历史文化渊源的差异是显然的。

纪念堂一侧，黑色的方尖碑如一柄竖起的倚天长剑，直刺云空；周围四角有四座护卫尖碑的古代骑士雕像，他们拱卫着它，就像保护着民族的胜利之剑永不丢失。一上来就是民族精神，而不仅仅是苏维埃精神。卫国战争是苏联红军打的，战争的艰巨与惨烈为人类历史所

周　涛
散　文　精　选

罕见，但是这一组雕塑强调了俄罗斯勇士传统，一下就体现了古老的民族凝聚力。

进入纪念堂，几个重大战役馆都是由立体油画造成宏阔、真实的视觉效果。立于拱形展厅前，眼前仿佛重现了当年的大战场面，历史的瞬间忽然凝固定格，移到了这里。它让人恍惚，以为误入历史的密室，惊讶于五十年前的一瞬。

逼真啊，列宁格勒保卫战；

逼真啊，攻克柏林的街巷战。

我们看不出一点儿丑化德国人的痕迹，更没有看到任何夸张苏军神勇的样子，所有的场景都表现出人类在战争状态下的坚韧和悲哀，所有的画面都弥漫着人类末日的氛围。同时，真正的胜利者不需要漫画和宣传画，只需要再现。

再往纪念堂深处行，便看到了那柄用玻璃罩着的"胜利之剑"。一柄悬垂着的利剑，俄罗斯式的、以伊利亚特那般惊人的臂力双手握柄方能抡起的宽刃宝剑，镶满红蓝宝石、把柄包金嵌银的镇国之剑，平生未见而梦中闪闪发光遥相呼唤的神话之剑，就这样出现了。

这剑的确太棒了。它浑身都在说话，但却寂静无声；它比一支歌更流畅，比一场多幕剧更集中，比语言更含蓄，它就是伟大俄罗斯民族力量的化身，是从无数代血与火的经历中提炼出来的。

是了，只有拥有这样一把胜利之剑的民族，才有资格说"我们爱和平"。不然，和平不爱你。和平就像天下所有的女人一样，只爱强大的男人。

第四日　莫斯科　晴

几天下来，对莫斯科的认识逐渐清晰了。令人倾心者，一是俄罗斯大自然的丰饶富丽，二是俄罗斯人的优秀文化素质，令人感佩且激荡心怀者，可以用托尔斯泰之《战争与和平》书名来概括，战争的文化与和平的文化，这一文一武的文化交相辉映、互相渗透、难分难解，构成了其诗与剑的历史文明。

上午乘地铁去跳蚤市场，一无所获。汉学家扎夫洛娃的儿子别佳陪我们逛了半天。他会说中国话，还有点北京口音，好像在北京读书。这是个很英俊的小伙子，还不到二十岁，带着不少的孩子气，似乎有点"乳臭未干"。他身上没有一点儿油滑气，也没有顽劣气，一上午他都认真地陪我们，努力去充当一个"见习翻译"和导游。这和我们现在有些玩世不恭的小青年一比，又是明显不同。

别佳的母亲扎夫洛娃曾在座谈会上与我们见面，这位倾心中国文化的汉学家显得有些病弱，行事拘谨、认真，她在翻译的时候紧张得像个小姑娘，鼻尖上直冒汗。

跳蚤市场上见到一幕有趣的镜头，当时吓我一跳。一位高大健壮的中年人忽然扑过去，把一个正在货摊上玩耍的十岁左右小男孩当胸揪住，一把拎在半空中，低声怒斥，仿佛一只发怒的老虎。而那小男孩，被拎在空中，不挣扎也不说话，两只蓝眼睛直视着中年人。

我问别佳："怎么回事儿？"

别佳说，德国人，他对他儿子说"给你说过不许随便动人家东西……"云云。我笑了，一是笑那金发蓝眼睛的小儿，遭到其父突如其来的怒训时的表情：临怒不惧，不反抗也不认错，双目直视，丝毫也不慌乱。何况那小男孩长得极好看。

二是笑他那个发怒的父亲，德国人的教子方式，也实在过于凶猛可怕了。他不让小孩动人家摊位上的东西，但是他忘了，刚刚在半个世纪前，他们德国人动了人家整个俄罗斯。

之后，按预定安排去克里姆林宫大剧院，看俄罗斯芭蕾舞剧团演出《胡桃夹子》。现场看芭蕾舞剧，平生又是首次，无端地竟想到"笙歌归院落，灯火下楼台"的诗句，还想到了京剧艺术的发生、发展和现况。因了同一种需求，在不同的历史文化传统下的民族，就产生了两种差别极大而本质相同的艺术：芭蕾舞和京剧。两者都不约而同地在脚上下功夫，一个用脚尖立起旋转、舞蹈，另一个则用厚底靴翻腾、跳跃。在这两种舞台艺术上，写尽了欧洲和亚洲两种古代文明的沧桑变化。

下午的计划是去俄罗斯作家别墅区，到《同时代人》杂志的主编

周　涛
散　文　精　选

叶廖缅科家做客。巴维金又开着他的车，陪我们去别墅区。

据说这一大片别墅区是高尔基当年为苏联作家争取来的，列宁特批，所以至今仍为俄罗斯作家协会使用。我看《人与事》那本书时，记得帕斯捷尔纳克曾在距莫斯科不远的地方住过，并且在那儿逝世。那地方叫别列捷尔金诺。

我觉得我们要去的很可能就是别列捷尔金诺，离市区不远，沿途也是大片的丛林，路边不时闪现出一幢一幢的俄式木屋，周围用涂成绿色的木栅栏围起。

别墅区非常宁静，小路上很少看到人。只有云杉、白桦、欧洲杨和灌木，静静地站在路边看着你，然后就是深秋时飘洒的满地落叶。这里的深秋静悄悄。在这个不事喧哗的城市里，你可以感到，人们各自都十分珍惜地享受着自己平静的生活，心里有底，不骄不躁。每一幢木屋里都宁静得仿佛没有人住，如果不进去，就想不出里面的内容。

到了叶廖缅科家，他笑着开了大门，让巴维金的车开进院子。他很友好，但他的热情并不过分。这个别墅很不错，可以让人充分享受田园生活，看来俄罗斯人的生活情趣与陶渊明颇多相近处。

叶廖缅科比我更高、更年轻一些，即使在俄罗斯人当中，这也是一位仪表不凡的男子汉。他长得像一个电影明星，但他的举止显得更含蓄稳健。我说叶廖缅科这个名字似乎挺熟悉，刘宪平说那不是他，是他父亲老叶廖缅科，出版过不少小说。

实际上今天我们做客，他家只有两个人，叶廖缅科和他的女儿玛莎。玛莎是莫斯科大学四年级的学生，她帮助父亲来招待我们，做菜、端菜，进进出出，兴奋活泼。很快，她便成了餐桌上的主角，叶廖缅科成了陪衬。

玛莎这个姑娘的活泼开朗令人耳目一新，她很兴奋，说话很快，有时达到上气不接下气的程度，需要停下来，长出一口气，再接着说。她表情丰富，无拘无束，非常可爱。看到她，令人想起托尔斯泰在《战争与和平》里描述过的娜塔莎，活泼的生命所充溢着的对世界的新鲜感无处不在，她在不知不觉间感染着别人，使人感受生命的美好。我原先深深钦佩托翁对少女娜塔莎的塑造和理解，现在我知道，在俄

罗斯的大地上,像鲜花和白桦树一样产生着这样的纯真少女,托翁不过是如实地把她们托出在作品里了。

在我们吃完饭、喝完茶、照完相时,老叶廖缅科夫妇回来了,当他看到焦祖尧送给玛莎的礼物——中国古代四大美女面人儿像时,老叶廖缅科童心不老,他捧在手上隔着玻璃罩偷吻了一下。而玛莎,正忙着在纸上记四大美人儿的生平介绍。

做客在愉快的气氛中结束了。后来在《突厥世界》编辑部见到了玛莎的妈妈,我们恭维她:"您看起来非常年轻漂亮,如果不是知道您有玛莎那么大的女儿,真看不出您有多大呢。"

她高兴得直笑,然后假装正色怨嗔:"是玛莎出卖了我。"

第五日　莫斯科　气温渐凉,需穿毛衣了

我们对时间的利用可谓充分,白天参观访问座谈,晚上逛大街。中国作协外联部欧洲处处长刘宪平是个不辞辛劳的人,每天领着我们到处跑,还要不停地为我们当翻译。他的名字不时从巴维金嘴里蹦出来,基本上每次都变成"吕仙瓶"。后来,通过几天的实践,我逐渐总结出一条原则,就是:路要跟着刘宪平走,衣服不能跟着刘宪平穿。因为刘宪平太耐寒了,连巴维金都穿了毛衣和风衣,"吕仙瓶"还是衬衣外套。跟着他穿,出去准挨冻。

在莫斯科,很快就发现以诗人作家命名的街道和广场,不但很多,而且都地处繁华区。比如著名的高尔基大街、马雅可夫斯基广场、普希金广场、陀思妥耶夫斯基雕像,都在莫斯科中心的醒目处。由此可见,俄国人对自己国家的文化名人是多么引为自豪和崇敬。

俄罗斯历史上不乏伟大的君主、领袖和统帅,还有科学家和探险家,然而未见得能受到如此尊崇和热爱。为什么呢?这里面的价值观是不是有些耐人寻味呢?

难道咱们中国没有自己伟大的诗人吗?难道早在普希金千年以前,屈子不曾行吟泽畔、李白不曾做盛世狂人、杜甫不曾以世上疮痍作笔底波澜吗?但是,他们的诗篇虽然流传千载,成为贯穿中华民族文化

周　涛
散　文　精　选

心理的血液，却至今没有得到应有的位置。北京的醒目处，找不到任何一位大诗人的塑像。

几千年的封建社会崇尚的是什么人呢？君王、圣人，甚至给无辜的"烈女"立牌坊，总之要抬举那些为巩固统治者的江山添砖加瓦的人。只是，一朝一姓的江山有长有短，整个中华民族的文明智慧却无止境。

这天又干了三件事：一、去参观了高尔基纪念馆。我对高尔基一向钦佩，说起原因来主要不是来自小说，而是两篇报告文学，《一月九日》和《列宁》，那真是好得不可思议，看完了他的，别人的再没法看。二、去《文学俄罗斯》《北方世界》《突厥世界》杂志社，听人转述了两个俄罗斯作家的对话，很精彩。甲说："在我的记忆中，不久前中国还非常贫困。"乙说："是啦，在我的记忆中，不久前俄罗斯还相当富裕。"三、晚上去看了一场马戏团表演。散场后，巴维金开车来接我们，结果他进车时碰了头，"咚"的一声。他回过头来自我解嘲说："看来伏尔加这种车还相当结实。"

第二天是十月十二日，按计划我们将离开莫斯科前往圣彼得堡。离开之前，凭窗再看看莫斯科，仍旧是看眼前景物，稍远的地方就没法看到；莫斯科也是很大的，虽然并没有多少高层建筑。对面的楼顶上，飞落了几只灰背鸦，想到几天来随处可见的这种鸟，忽觉有一种亲近之感。灰背，比我国北方的乌鸦略小一些，面目也比乌鸦小巧可爱一些。它们栖息城市，飞来飞去，不招人厌，也不受人宠；既保持了鸟的自由天性，又受益于城市的物质生活。灰背鸦是聪明有福的，它恰到好处，所以看起来无忧无虑。

你想，它要是生得太俊美、太善于鸣啭，那它肯定被人逮住，关在笼中，失去自由；它要是生得像黑乌鸦那样又丑又凶，叫起来既难听又不祥呢？又肯定为人所不容，赶出城郭，落荒而逃，去吃腐肉。

它两者都不是，它正好，灰茸茸的颈背和稍微小巧一点的身型，刚好让人怜惜。它的种群就这样在大都市生存栖息下来了，而且过得不错。

后来，我在阿尔巴特街的商店里看到了一种绒制的玩具灰背鸦，

造型很好，很俏皮，头上戴了一顶小红帽子，身上穿了一件浅蓝坎肩。我就把它买下来了，它会让我时时想起莫斯科的。伊犁草原上有一种红嘴乌鸦，很漂亮，我见过之后始终难忘，便把一本散文集叫了《红嘴鸦》；那么莫斯科的灰背鸦呢？至少已经写在这里了。

禽鸟是有灵性的，寻常鸦雀有不寻常之色泽，就更使平淡显出异样。我喜欢这样的事物：看起来普通，但极不平凡。

第六日　瓦尔泰　有雨，转晴

从莫斯科至瓦尔泰小镇，驱车行五百公里，一条公路相连，蒙蒙细雨阴晴，沿途之自然景象，使人浮想联翩。

公路两边，全是森林。

高大的云杉因为枝叶上泛有一层白霜而显出一种特殊的颜色，仿佛是染蓝了的绿。这种云杉高大、舒展，枝叶伸展开来，如同平展欲飞的大禽的翅羽。总的来说，这种树很像那种宽肩膀的高大男人，稳健挺拔，气度雍容。我觉得有一类俄罗斯男子是受了这种树的影响长成的，他们很像云杉，有一种旁观者的审视与威严。但是几乎所有的俄罗斯少女都受了白桦树的影响，区别只是有的更多，有的稍微少一点。白桦树，小白桦，树中的女性，亭亭袅袅，涉世未深，充满天真和渴望，却又泪眼蒙眬、叹息欲止。

在森林侧立的公路上驱车前行，似乎是在检阅树的兵种或集团军，那是无声的阵列，也是肃立的队伍和围观的少女、儿童。你确乎有时感到了某种交流，听到树丛枝叶间的低语，看懂有些树异样的目光，在某种情况下，这种交流比人与人之间的交流更能深入内心，也更难忘。通过树，也许可能帮助你更多地了解俄罗斯，因为我相信，现存的这个庞大的俄罗斯国家、城市、乡镇与人群，都是从这些森林中生长出来的。

就是在这条公路上，我们看到了当年德军逼近莫斯科时的地带，那地方竖立起一座标志，是一台真坦克。除此之外，昔时战火的逼迫与肃杀已不留微痕，树木依然翠绿，只有想象中《这里的黎明静悄

周　涛

散　文　精　选

悄》里的女战士一边奔跑，一边转身射出清脆的点射，树丛摇动处，她仿佛还在那里。

另外，还看到了伏尔加河。此处的伏尔加河没有想象中的那么宽阔。印象中，伏尔加河上桅帆如林，烟波浩淼，周围的地形起伏跌宕，岩石、裸露的土壤、码头、小镇和各色各样的人，在穿透云层的炽热阳光下颤动，充满了欲望和苦难。然而我们看到的是一条水流充沛而又清澈的河，它显得年轻，不够宽阔成熟，像个小伙子。巴维金解释说："你说对了，这是伏尔加河的上游。"

行车五小时，抵瓦尔泰。

瓦尔泰是个小镇，有两万居民，过去是一个驿站，沙皇从彼得堡去莫斯科，中途在此住宿。

美丽幽静的瓦尔泰湖坐落在这里，水面上浮游着野鸭，远望一片移动的黑点，无人惊扰；更远处，环绕着层层叠叠的树林，颜色浓淡深浅不一，间或出现一些小木屋，与周围景致十分和谐。

我们就住在湖边的宾馆三楼上，一人独立阳台四望，宁静极了，仿佛世界上的喧嚣骚动全被搬运到了外星球上，宁静得让人寂寞。我觉得这就是梭罗的瓦尔登湖，是独处者的归宿，也是修炼者的家园，还是潜心写作者的短期乐园，然而这份美妙与幽静却不是更多人能消受的，像我这样的凡夫俗子，住不了一月半月，就会发疯。由此可见，真美与真静只能让人得到片刻愉悦，若是长守着它，恐怕梭罗也难做到。人是种爱热闹的俗物，这是应该承认的。不用说十年面壁了，就是独住瓦尔泰这样优美的湖边一个月，亦非易事。我们害怕空虚胜于害怕恐怖。

天一直在下小雨，使瓦尔泰的美景更显凄迷。去小镇的博物馆和艺术中心与当地人士座谈，便发现这儿的人与莫斯科人略有不同，这种微妙的区别只能用小地方人和大都市人的环境不同来解释了。

城市对人的塑造和影响是深刻的，它使人更能适应复杂的环境和多变的人际关系，快节奏的生活几乎没有使什么东西能够长久地泊在人们心里。也许城市有缺点，但它仍然是伟大的，因为它是一种奇迹。

后来，在瓦尔泰听了这样一则俄国笑话，那是俄罗斯广播电台

《群众对话》节目中的两人对话：

问：你认为民主派现在对人民怎么样？

答：拴狗的绳子是比原来加长了，但装狗食的盆子却被踢得更远了。

第七日　彼得堡　下雨，转晴

正是这个多雨转晴天气，为我们抵达彼得堡时创造出一个小小的奇迹。

中午时抵达，天放晴。

整个彼得堡上空忽出一大轮彩虹，横贯全城，仿佛王后头戴桂冠，也像是以盛大的礼节在欢迎我们。固然这只是巧合，我们也值不得如此盛情，但巧合也让人高兴，至少彼得堡给我们留下的第一印象是彩虹高迈。

深入彩虹天桥之后，仰见天空，另有一番美景。浓厚如墨的重重雨云仍堆积在半部天空，云与云的裂隙间，放晴的天空亮出一角，如擦拭明洁的玻璃闪闪发亮。这光亮是浓云后正待缓缓移出的太阳发射出的，它正待移出，尚未露面，却已给浓厚云层的边缘镀上了灿烂的金边，如金似火，一派辉煌。含有大量雨意的浓云经这么一射，显得既水墨淋漓又火光闪烁；水火交融，笔墨酣畅，造就出一大幅天上神品。

一时间险些忽视了地上的彼得堡。

彼得堡有涅瓦河，河上泊着闻名世界的阿芙乐尔巡洋舰。涅瓦河水量充沛，可行大轮船，远远望之，河水似欲漫出堤岸。整个彼得堡就是一座水城，无数运河与涅瓦河贯通接连，把全城切割成网，用百余座桥梁连接起来，人口四百余万。

这座著名的城市街上似乎也不算热闹，没有多少行人，只见车辆匆忙来往。在国内见惯了喧喧人众，猛然到了这类城市反觉不像大城市。你看上海南京路、淮海路，何等人头攒动、气势夺人；不用说北京、上海、广州，就是省会也自有一番人声鼎沸、车水马龙的喧闹。

周　涛
散　文　精　选

可是堂堂圣彼得堡，包括莫斯科，却显得空旷寂静。城里那么多坚固的楼房，总让人觉得那些窗户里可能没有人；街道那么宽敞，却因少有人众而显得浪费。这时突然意识到，由于人口太多，国人平均占有的空间太少了。人的生存空间狭窄，就易产生压抑感和紧迫感，于是公共场合说话如叫喊，上车下车拥挤如逃难。还有，因为生存空间小，彼此之间无形地生出监视、妒忌、攀比、倾轧；独处的时间愈少，愈易丧失美感与想象力……这些都不怪具体的人，只能从历史的积习中去总结教训了。

彼得堡大街上时时可以看到一些石砌的坚固建筑，不少公共场合也多用大理石铺设地面。然而据我们观察，周遭几百公里之内皆平原，森林草原河流，沃壤千里，未尝见有山峦石壁。后来，巴维金告诉我们说，昔时彼得大帝建城，苦无石材，乃下令全国，凡进该城者，必携一石方允入城。听了这故事，我们不由地笑起来，似觉此办法有些笨拙，而且麻烦。继而想起我们自己生活的城市，周遭皆山，山多石材，又有谁认真用来铺街垒房使之坚固以传百年？办法虽笨，其心认真，所以值得学习。

此日又听得一则俄罗斯笑话，可堪一录：

一工人去某地找工作，老板问他："你会干什么？"

答曰："会挖坑。"

又问："还会干什么？"

答："还会不挖坑。"

第八日　圣彼得堡　时雨时晴，外冷屋暖

是日活动如下：

1. 看涅瓦河。
2. 去彼得堡大学东方系汉语中心座谈。
3. 参观冬宫。
4. 参观阿芙乐尔巡洋舰。
5. 逛涅瓦大街。

就这么五件事，也需要马不停蹄一整天，而且还有巴维金先生的汽车帮忙。印象最深的，当属冬宫。

冬宫外表上看起来不如克里姆林宫那么醒目，但是里面内容丰富、富丽堂皇，尤其是艺术品的收藏，令人目不暇接。这种地方需要连续数日有计划地欣赏观看，我们时日有限，只好走马观花。

冬宫果然是迷宫，如果一个人走进去，肯定找不着头绪。里面有白厅、暗厅、黄金厅之类，欧洲各国油画和雕塑荟萃，里面迂回曲折、柳暗花明，也是极尽古典之富贵。因为时期距今略近，所以比起我们的故宫来，沙皇的日子过得更舒适、更精致。故宫里的龙椅硬邦邦的，皇上的大殿冷冰冰的，那种日子也没什么过头，排场胜过实用。沙皇就不一样，他比清朝皇帝会享受，这证明资本主义比封建社会高明了一大截子。沙皇从法国定制的一辆包金马车，确是金碧辉煌，除了用马拉以外，全车的豪华富丽是现今任何轿车所难以比肩的。

沙皇会见外国元首的大厅也甚堂皇，穹顶雕绘与地面图案相对称，看来这种天地对称和谐的观念不仅中国皇帝独有，俄国沙皇也迷信这一套。在通往此大厅的走廊墙壁上，一整面墙上挂了上百名俄国将领的画像，这大概是沙皇乐意向外邦人炫耀的。看，这么多金肩红领威风凛凛的彪彪武夫保卫着我的政权、我的皇位，难道不是固若金汤、万年不坏吗？请问谁能推翻这样强大的权位呢？

说老实话，不用说当其盛时，即使现在参观遗迹，也觉得出当时的强大，然而，它确实是早就被推翻了。不仅是它，连推翻它的英雄也已不知何往了。与其说是人创造了历史，不如说是历史以其不可逆转的规律塑造着人。写到这儿，我忽然觉得有一种"白头宫女在，闲话说玄宗"的寂寥与空旷，在不可捉摸的历史黑洞与无法把握的未来空间之下，悲从中来，黯然于自身的渺小、短暂。

呜呼，阿芙乐尔巡洋舰泊在涅瓦河上，像个玩具，远不如想象中那么庞大。特别是，这次才听说当年炮轰冬宫是用的空弹，有响声没弹头，让人更感到天下之事的真伪难辨。"十月革命一声炮响"，并不是真的炮声。然而谁又能找到比这无声炮威力更大的炮呢？

世间的事就是这么奇怪，虚虚实实，正正反反，真真假假。有时

周涛
散文精选

真感到孤陋寡闻反倒是福气，知道那么多干啥？这世上的事知道得过来吗？就算你知道得多，你也敌不过你的老、世事的多变，很快你又变成无知的了。

现在想起那天早晨在彼得堡大学门口等候巴维金先生的那一幕，颇觉有趣。那时正是学生们赶点上课的光景，三个一伙，两个一伴，年轻的男女大学生们匆匆忙忙、生机勃勃，其中还不乏有留学生，黑人或日本人，衣着打扮各有性格，有随意的，有时髦的，尤以俄罗斯女孩之长腿细腰、金发碧眼令人叹美。

这就是人生"早晨八九点钟的太阳"，青春真是人生最大的财富。我们这几个年在五旬的外国人，吸着烟静看这一幕鲜活的景象，这半个小时可以称之为"彼得堡大学日出"。莘莘学子，英俊少年，不由人不想到梁任公之《少年中国说》，"乳虎啸谷，百兽震惶；鹰隼试翼，风尘吸张"，这一幕令人生出多少回忆和感慨，皆因我等已渐渐老去，迟早要被这些活蹦乱跳的一代，挤到坟墓里去。

祝时代赐福于你们，也愿你们无愧于前贤，迟早，世界在你们手上。

巴维金来了，又带来一则笑话：日本人访俄，参观毕，俄国人问："你们最喜欢我们做的什么东西？"

日本人答："最喜欢你们的孩子。除此之外，凡是你们用手做的东西，都很糟糕。"

"孩子不是用手做的。"巴维金提示道。

第九日　普希金纪念馆　下雨淋湿，洗澡以去凉气

在俄罗斯的大地上，出现频率最高的人是普希金。无论是首都、名城、小镇，凡有人群聚集处，必能看到普希金的雕像和画像。在莫斯科街头，我坐在车上看到有一幅灯箱彩照是毛泽东，是红军时期头戴红星八角帽的照片，他那时很英俊、忧郁而又坚毅，侧面冷眼回望。我当时大喜，如遇故人，说："看来俄罗斯也还崇敬我们的毛主席嘛。"结果刘宪平给我浇了一头凉水，他说："那是一家中国湖南菜餐

馆，用毛泽东做广告呢！"

听了这话，有些丧气。

但是普希金却被视为俄罗斯的象征，看得很高。这次参观普希金纪念馆感受尤为深刻。普希金的故居就在彼得堡，也就是现在参观的纪念馆。这位只在人世间逗留了三十七年的天才诗人，身上还有一部分黑人血统，他的外曾祖父是非洲人，来自埃塞俄比亚，先为仆，后因受宠信提升为沙皇大臣，所以埃塞俄比亚总统海尔·塞拉西访俄时也很得意，说："很荣幸，我们也为世界贡献了一位普希金！"

普希金死时，留下了面模，在纪念馆存放着。看那张石膏面模上留下的普希金遗容，栩栩如生者，面貌坚毅安详，似乎也和鲁迅遗言说的一样，"一个都不宽恕"！看那最后的面容，确乎有圣者形象，普希金是一个年轻的巨人，望之令人肃然，有皈依感。

他的家是很大的一幢楼，还有花园，讲解的小姑娘在说到普希金的四个儿女时，那声音就仿佛在唱歌，她说："普希金给子女起的都是最常见的俄罗斯名字，你们听，玛莎、萨沙、瓦沙、格里沙——"

她仿佛在唱歌，直到现在我耳畔还清晰地回荡着那四个节奏鲜明、清脆如小银铃般的名字。

是的，普希金是伟大的，他就是俄罗斯的良知、天才和永难磨灭的童心，人们纪念他、热爱他，那是因为不管时间过了多久，人们总能从他这里找到起点、认定归宿，不管世界怎样变化旋转，普希金让心灵平静。我可以引用几节哈尔滨女诗人李琦的诗《望铜像》来证明这种看法，她曾去俄罗斯访问一个月。

在这陌生的国度里
你们是我
青铜的亲人
迷惘的顾不上优雅的时代
越来越多的
是钞票的读者

周　涛
散　文　精　选

　　　　然后从死亡中回转身来
　　　　变成铜像默然无声
　　　　从此面对苍茫与寥远
　　　　成为纯粹的精神

　　这正是一位异国诗人献给普希金的诗，毫无疑问，普希金已经成为全世界人类良知的亲人，包括他的决斗之死，也成为正义、勇敢和善的象征，成为俄罗斯精神的组成部分。如果普希金因浮躁狂乱而杀妻，俄罗斯乃至全世界还会热爱他吗？

　　普希金决斗而死，李白醉酒捞月落水而死，都是真正天才的诗人之死，成为人类对待死亡的浪漫而又美妙的传说。永远的童心便是永恒的诗人，即使对待死亡，也充满了勃勃生机。这两位大天才在我心目中总有一些相似处，一个从非洲走进俄罗斯，一个从中亚走进唐帝国，他们自身就是早期人类文化交融的产儿，因而那天才的奇异光芒照临千载，永如亮星！

　　参观后，俄罗斯科学院院士斯卡托夫先生接见了我们。斯卡托夫院士是一个身材魁伟、气宇轩昂的老人，大约六十多岁，但看起来仍然仪表堂堂。

　　我当时不揣冒昧，提了两个问题，院士都认真作了回答。

　　一问：普希金在当时生活的主要来源靠什么？当时有没有稿费？

　　院士答：普希金是上层社会的人。你们看到，他住的房子很大，非常大，而且他有十五个仆人。他写字台上放的摇铃，就是用来召唤仆人的。他当时拿稿费，可以说他是俄国第一位拿稿费的作家。他的稿费非常高，他靠稿费生活，但他的开销很大，所以他生前是负债的。他死后，沙皇替他还清了债务，还给了他的四个子女很多抚恤金。现在他的后代因为他的名气也很有钱，有的在英国有豪宅。

　　普希金的手稿，有流散在外国的，沙俄时曾用一百万美元买回他十五页手稿，现在这里收藏有普希金的全部手稿。他只活了三十七岁，他死后四年，欧洲发明了照相。

　　二问：普希金生前是否已有这么大的名气？

院士答：他生前影响已非常大，大到已威胁到沙皇。有个说法就是丹特士挑衅决斗是沙皇授意的。一位欧洲评论家说："普希金对于俄罗斯来说，就是一切。一切——不是多少，而是全部。"我们认为这个看法是准确的。

会见结束后，博物馆的女馆长拿出一个大签名簿让我们题词留念，我写了这样的话："在普希金的眼神和嘴角上，有着全人类共同的哀伤与骄傲。"

女馆长一边听刘宪平翻译，一边用俄文写在题词下面。她说："啊，您的题词像诗一样！"我心想，我本来就是诗人嘛。但刘宪平说，主要是因为他翻译得好。彼此彼此，相视一笑。

下午参观俄罗斯博物馆，看了不少名画，援引几例，并加几句观感，回味共赏。

一、伏尔加河上的纤夫

从小便知道这幅名画，今天始见到原作。原作很大，如真人直逼面前。不由想到罗中之油画《父亲》，都是坚韧、苦难的象征。苦难是人类生活共同的源头，耶稣不是受难者吗？无论什么时候，苦难是最能超越语言、种族、宗教而引起认同的东西。

二、给鞑靼王回信

我很喜欢这幅油画。画面上传出阵阵哗笑，一群武士围在帐外，口授给鞑靼王的回信，对强敌嘲讽、轻蔑的表情传达在各种不同的人脸上，性格鲜明，豪迈轻松，使人不由得也仿佛参与其中，充满对这些英雄的亲近感。

三、与鞑靼人激战顿河上

俄军与鞑靼人河上激战，其时，俄军已持火炮枪械，着统一军服；而鞑靼人手持弓箭弯刀，乘羊皮筏与俄军近战。河面上的近战场面危机四伏，双方都处于高度紧张、惊恐的瞬间。河岸不远处的高坡上，群骑拥簇着鞑靼王，俯视战场，有君临沙场之概。鞑靼人好像就是蒙古人，其骁勇之状，并无贬损。

四、教会的盛宴

可怜的、饥寒交迫、衣衫褴褛的教民鱼贯而入，手端牛羊猪鱼鸡鹅佳肴，面呈菜色；宴会厅的大餐桌上，等级分明，都在痛吃猛饮，丑态狂态毕现。有一教职人员站在阴影里，面露鄙夷愤懑之色。这种揭露，今天仍未过时，仍是一幅朱门酒肉、路有冻骨的社会反差。

五、九级浪

黑色翡翠倾坍如冰山，浪高船小，风云驰骤。帆樯如纸，人命如蚁。大海被风暴催激发怒，勃然变脸，露出凶猛的一面。这是幅名画，流露了人对大自然崇高力量的敬畏。

六、俄军与车臣人之战

今日车臣战事，原来早有历史根源。这幅画的战争，大约是本世纪初或更早一些。俄军被画在对面山上，人小，颇滑稽；车臣人却占据了大部分画面，成为主角，而且一个个显得生机勃勃，很有气概。俄人不懂"三突出"准则，若遇到中国国情，定被视为"长敌人志气，灭自家威风"。然而俄人懂真实，知道唯有真实才是艺术之生命。

七、猎归（青铜雕塑）

雕塑不大，然造型准确，栩栩如生。一猎人纵马驰归，两臂各抱一只小虎，所猎经历，给人留下无限想象空间。

八、伊利亚特

古俄罗斯三勇士，所处年代不详。三勇士戴头盔、持宽刃剑，腕悬狼牙锤，鞍旁置盾牌，所骑骏马皆雄壮威武，长鬃泻地。其中伊利亚特最为闻名，长须铁甲，剑矛并用，足具古骑士之风。在冷兵器加铁骑时代，几乎各国都有这类伟大的武士典范，怀想彼时战争，有如体育斗狠争勇，比之现代化战争有规则、有风范。两勇相斗，不涉无辜，真是比现代战争还要文明、有人性得多。所以我一直羡慕古代骑士，幻想若生在彼时，我必是武功超群、扶弱济贫的大骑士。

彼得堡三天已将结束，俄罗斯之行也近尾声。晚餐时，巴维金拿来一瓶伏特加，说："为中国最伟大的诗人干杯！"我纠正道："不是伟大的，是一位渺小的诗人。"巴维金又纠正道："不，每个诗人都应该认为自己是最伟大的。"

这就是文化差异。我真的有那么谦虚吗？

赘　语

　　从十月六日到十八日，来去十三天的俄罗斯之行就此匆匆结束了。又回到莫斯科，又回到北京，又回到乌鲁木齐。一切都按照原有的形态运行着，一切都很平静。现在的世界似乎越来越接近了，你所经历的历程已不再会引起周围人们的惊讶，九十年代末的中国比八十年代又有了很大的变化。见惯不惊，它渐渐成熟了。

　　而我也觉得脚下的土地与遥远的世界差距缩小，仅仅十几年，生活变化的速度超过了梦想。这一点毫无疑问，经历过五十、六十、七十、八十年代的人们对此看得清清楚楚，他们对过去记忆犹新。

　　我丝毫不怀疑我们近十几年的某些方面超过了俄罗斯，尤其是城市建设、立交桥、高速公路和高层建筑等方面，一眼就可以看出来。这是非常值得庆幸的，也是过去所望尘莫及的。这说明只要不去束缚中国人的创造力，凭中国人的聪明智慧和适应能力，是可以达到世界先进水平的。

　　物质的文明总是比较容易达到的，精神的文明却很难一蹴而就，这是我这次俄行印象最深的感受。在整体国民素质、人的文化修养、整个社会的精神文明层次方面，我们，还差得很远。

　　我们还应不断地向别国学习，除了先进的科学技术，还有更深层次的东西，值得学习。不然，我们会像一些改革初期暴发的万元户一样，在新的一轮竞争中被淘汰出局。

1999 年 12 月 22 日写完

此日正值冬至

和田行吟

> 因为我觉得一个人若生活得诚恳,他一定是生活在一个遥远的地方了。
>
> ——梭罗《瓦尔登湖》

许多事情,起因都是非常偶然的。

大概是因为你来了,所以我才去了那个从未打算要去的地方;也正是因为你同我一起去了,所以我才对那个遥远的素未向往的地方有了今天这样的梦幻般的深爱。

我曾在离它很近的地方生活了很久,但是我忽视了它,我想,让那个坐落在昆仑山一侧同时还坐落在塔克拉玛干另一侧的孤僻家伙在那儿呆着吧,我才不去呢。我受够了遥远的喀什噶尔的折磨啦,我只想远远地品味它,静静地回忆它,如此而已。好多人都离开了那里,我为什么要专门再去拜访它呢?我又不比一般人更傻。

我怎么可能想到它在公元一九九三年的秋天对于两个诗人所产生的意义呢?我又不是神。是偶然救了我,它给了我这样一次机会,使我在当今纷乱的世界上看到了一个真正而又实在的梦。这个梦和我心中渴望的一个梦境是那样和谐一致,甚至因为超过了我的想象而显得不可思议。

你来到新疆的时候恰是秋天。

你来的时候事先在北京并没有敢抱着什么太多的奢望。

你面对着新疆幅员辽阔的地图沉吟数日，最后由于一个极其偶然的、微不足道的因素而决定独自启程去喀什噶尔。

一系列的偶然挑动了另一个久待诱发的偶然，于是，我们两人一起飞向了喀什噶尔。和田呢，就已经静静地、早有预料地准备接受我们的参拜了。

一切就是这样，很不平凡。

诚如你在信中所说的那样，"这次新疆之行，可以称之为伟大了吧？回来的当天夜晚我几乎无法入睡，一个月的如梦似幻的行旅，使我有一种来不及咀嚼的慌乱与兴奋"。

怎么能不慌乱、不兴奋呢？如果经历了这样类似朝圣般的行旅依然平静如故，倒头便睡，那不是成了一头蠢驴了吗？慌乱对于你是肯定的，兴奋对于我是难免的。我远远没有料到，和田以那样丝毫不作表演的天然风貌，如此深刻地征服了我们。

我们像两条找到自己池塘的鱼儿那样，终于呼吸到了水中的空气……行吟的鱼，行吟的鱼是什么样子，我们当时就是什么样子。

可惜这一切都结束了，任何一种重复都不再能重复。只有用回味温习，用笔记录，用诗吟味……或许还能留住一部分痕迹。

因此我看梭罗《瓦尔登湖》时，一眼就瞅见了藏在里面的这句话："因为我觉得一个人若生活得诚恳，他一定是生活在一个遥远的地方了。"他早就看到了，他也早就等在我们前面了，他可能早就料定会有两个人匆匆赶路时一头撞在他事先埋好的这块路标上。当然，他不会料到，结果却是两个人哈哈大笑，不仅毫不沮丧而且无比欣慰。

有人说过了，这多好。这远比自己在戈壁上埋设一个路标无望地苦等后来者要好。这就像猜中了人生的一个谜语那样令人愉快，使人感到人的存在中所含有的连续性和一贯性，从而不孤独。

和田正是梭罗说的那种"遥远的地方"。

噢，对了，经过这次行旅之后，你要是再听到或唱起那支"在那遥远的地方，有一个好姑娘"的歌时，你的意会和领悟还会是从前的样子吗？你肯定会这样想：所有的人都不会明白，这支歌是专门为

周　涛
散　文　精　选

我的。

　　所有的事情都如同按照心灵要求的那样发生着，自然，真实，令人难以置信，就像塑料城里的人看到鲜花怒放的原野、煤矿井下的人呼吸到一口清冽的峡谷松风。一切的美妙都是太平常的，又都是心灵所要求的，恰好又是现实的城市中难以寻觅的。而这些，竟然都在那儿，在那个默默无声、仿佛根本就不存在的地方。

　　诗的伊甸园啊，诗就是这样！

　　我忽然产生一个奇想，如有可能，把和田搞成一个诗的特区，让全国或全世界的诗人、爱诗的人、具有诗的要求的人，都迁移到和田，把全国性的诗歌刊物也办到和田，让诗在昆仑山下得到一块养生之地，让美有一个自己耕耘、创造的地盘。假如这样，有可能为中国创造一个诗的圣地吗？当然弄不好也可能毁了这地方，把一切都搞得乱糟糟。奇想只能是奇想，何况已经有过试验——六十年代几十万上海支边青年移居新疆，不正是以诗的精神感召的吗？当时多么壮观，当血已经燃烧起来时，要紧的是让它渗入土壤，长出奇花异果。

　　可惜，一次理想主义的试验夭折了。

　　记得坐在飞机上翻越天山的情景吧，飞机似乎没有动，它像是停留在空中。舷窗外是云层，云层之下是一片脊骨嶙峋的群山尸骸。它们与其说是站立着，不如说是身材高大地倒伏着，它们的倒伏有一个趋向，就像一次整个兵团被集团屠杀后留下的遗迹。所有的皱褶里，都足以深藏着一些不为世人所知的故事。从飞机上俯瞰下去，尖锐的峰脉纵横交错，像等待着的一片刀锋般青光闪闪，阴险而令人胆寒。

　　然后天渐渐黑了，夕阳正是最终在这里沉落的，它沉落时，西天一片血光。

　　在机场接我们的，是"经常性的工作"，他像一个德国将军那样寡言，他肚皮隆起，微微含笑，把我们让进一台车里。

　　他为什么叫"经常性的工作"呢？你有些奇怪。那是因为他当副司令的时候，有人早上见面问他："怎么样，昨天晚上，老婆子'喂江'了吗？"他很谦虚地笑一下，说："噢，那个嘛，经常性的工作。"

　　车子驶进喀什的时候，你看到了，那些神秘的建筑和奇异的人群

隐现在灯火和尘雾中，恍惚迷离，宛若梦境。那一眼，我相信你是终生难忘的，那是怎样的一种异样啊。可是我，正是在这座古城堡里生活了八年，喏，那就是艾提尕尔礼拜寺，十五年前我的家就在这座中亚闻名的大寺后面……我无限感慨，它唤醒记忆。我想起我当时在这里生活时的样子，就像是在凝视远处的另外一个人，"那是我吗?"我将信将疑。逝去的岁月就像是假的一样，就像是你为自己杜撰的一部虚拟的长篇小说一样，如果没有这些还存在着的证据，那就连自己也不敢确信。

噢，喀什噶尔!

久违了，咱们有十年没见面啦! 十年一觉扬州梦，春风十里扬州路。十年一觉梦不短，人生十里未走远。回过头来，我觉得自己依然是当初的那个远去异乡的少年，我似乎什么也没改变。

我是一个远赴西天取经但却空手而归的人，什么经也没取上。但是我饮了那里的水，吃了那里的无花果和葡萄，真正的"经"渗入了我的身体，成为了我的一部分，真正的经是看不到的，它与我同在。

喀什噶尔的夜晚让人慌乱和兴奋，夜气里隐含着某种并不明示的含混意味儿，骚动着潜在的生命气息。夹竹桃、无花果、葡萄、石榴以及各种艾草的香甜味，新鲜羊肉在烤灼时撒上盐末儿和小茴香弥散出来的浓郁烟香，馕坑里烤出来的小麦香味，异语唱出的婉转歌声和吐曼河混浊流水的低语声，混杂在夜色掩盖的尘土里，仿佛空气里含有营养。挟带着这各种芳香的尘土，像水一样漂浮着，流动并浸透在夜色中，悬浮、超越、升起、降落，升而为暗夜之云，降而为地母之粒。

这种"芳香的尘埃"，正是喀什噶尔的一大特色，尤其在夜色之下，尘埃便变成了雾似的迷蒙，造成了喀什和和田独有的"魔幻现实主义"色彩。正是它，使人心旌摇荡。所以我早在一篇文章里说过："喀什是不可解的。你可以看透乌鲁木齐可怜的五脏六腑，但你看不透喀什那双迷蒙的眼睛。喀什有一种更深厚的东西，一种更典雅、更高贵、更悠久的东西，那种东西不能确指，却时时处处存在着，弥漫着，让你感觉着，仿佛渗透在空气里。"喀什就是喀什，它永远不会

周涛

散文精选

是莎士比亚、曹雪芹或托尔斯泰，但它有可能是纪伯伦、萨福或汉姆生。

有关喀什的我的经历是非常漫长的，远不可能在今天的这样一个夜晚讲完。谁也没有料到的是，当晚，屈全绳将军来看我们时，已经为我们设计好了一个走向——去和田。这个事先未曾料到的设计，使我们此行达到了终极目的，一切都比预想的完美。屈全绳是我的老领导、老朋友，他说："如果没去过，应该到和田去看看——和田人民更辛苦，一天要吃二斤土，白天不够晚上补。但是和田还有更多美妙的东西，应该去看看！"

就这样，和田行吟开始了。

汽车在通往和田的这条公路上行驶的时候，我的记忆就一点点地苏醒了，好像这不是一条路，而是一条以汽车为磁头的录像带，很多我过去在这条路上活动过的图像，开始为我单独放映了。

……那个水闸旁边有一座小桥，小桥前后始终有赶毛驴车的维吾尔族乡民，他们对汽车呈现出漠视的状态，过去如此，现在仍如此。时间并没有怎样改变他们。那个桥的后面，应该是一座白杨林和沙枣林环绕着的农舍，现在还在吗？啊，竟然还在！……枯水期的河滩中央，剩下一股浑红的水流，沿河的淤地上仍然生长着茂盛的丛柳、芦苇和茅腊，这种景致在秋天的熏染下显出异样的凄清，仿佛秋天故意留在这里的一幅照片。每年它都留一幅，每一幅都是上一幅的复印件。

……离英吉沙县城不远的一条路，永远在翻修，只有这一段似乎总也修不好。而出了英吉沙城，汽车跃上一个高坡，右侧就会看到一个人造水库。我想起来当时造水库的县委书记，名字叫徐殿维；莎车是藏在一个岔路口的正前方后面的，高大的林带层层布防，同样高大的沙丘近在眼前，仿佛醉倒林墙之下的一个攻城巨人，再没见醒过来；泽普永远是不引人注目的，它总是被人一掠而过，它的位置留不住行旅的脚；叶城得天独厚，它是通往昆仑山的最后一个绿洲驿站，也是一位最漂亮的告别征夫的新嫁娘，它给人的印象是从不流泪，只是咬唇微笑……

然后通向和田的是一个漫无边际的大戈壁，崭新的柏油路在如此

空旷的戈壁上简直是太奢侈了，驱车独行旷野，心胸何等阔大！一侧是昆仑山，另一侧是塔克拉玛干大沙漠，公路像一条银色缎带，专门为你铺设。你放开了跑吧，你永远不用担心碰上什么红绿灯！但是，我们左顾右盼，还是难见昆仑山的面，它那么高大，离我们又这么近，却连影子也望不到。远远地，只能望见一些小山脉——昆仑山的脚趾，也只能望见一点矮小的沙丘，大概是塔克拉玛干的游动哨。

在这样两个巨物之间，和田从容地铺展开了它那块绿洲的绒餐布。它的宁静生活的诗意，就在于它是生命禁区和死亡之海之间夹着的一个偶然而又悠久的生存。仿佛是昆仑山这个巨人撒了一泡尿，那就是分成好几股流向塔克拉玛干的雪水。在这泡尿流向塔克拉玛干大渗坑的一小段路程中，养育了皮山、墨玉、和田、于阗、洛浦、策勒、民丰等等县市村镇，几百万人口，数千年历史，就是在这样一个短暂和偶然的空间里，被孵化出来。

你甚至愿意把这看作神的着意安排也无妨，一到这里，离神就近了。

没有什么哲学比这里的存在本身更具哲学意味，更切近人类的生命本质。

在两个庞然大物的峻厉的死神面前，生命啊，你星罗棋布，你莺歌燕舞，你一副赏花归来马蹄香的潇洒，一派乱红飞过秋千去的轻盈！和田啊，你的名字就是宣言，就是诞生，就是至高的哲理，就是至美的史诗，因为你的额上就刻着这四个字：热爱生命。

让病态的人和病态的艺术去呻吟、去自命不凡吧，让那些梦游症患者和精神病患者去争抢他们的梅杜萨之筏吧，我们远离这些，我们到自己的土壤里寻求疗救的功效，我们相信，生命的和艺术的伊甸园就在我们自己的土地上。

你和我，我们是在这样一种普遍的文化环境下来到和田的。那就是在"艺术和人的精神已空前沦丧的时刻"，"普遍存在的正是一种精神上的软弱，残酷的现实又几乎是在蹂躏着这种软弱"，在这种赞美自杀并进一步引诱自杀的空气中，我们到这样一个毫不时髦的地方来，并不是为了制造时髦，而是为了生命的健康，人文品格的确立。我们

周　涛
散　文　精　选

会在这里找到力量、信心、自尊和挑战者的风范!

我的朋友,你当时应该注意到了,和田市中心的一座雕塑,第一眼就给我留下很好的印象。那是一个戴羊皮筒帽子、赤足、手拿砍土镘的维吾尔族青年农民的雕像。也许在艺术上还不够精美传神,但是作为这座城市的标志,却是唯一的、不可更换的形象。这是一个劳动的、大写的人,生气勃勃,充满开拓者的自信,他确实有一点像一位昆仑山下的新愚公,一锄一镐,一点一滴,一花一草,一生一世,从禁区和死海的缝隙当中拓展家园,创造生活!

他所创造建立的和田地区这一系列绿洲,当然不是世界上最繁荣、最漂亮的地方,但肯定是最艰难、最令人惊叹的地方。他用汗水赢得了这一大块绿洲的今天,是值得尊重的;他没有放弃这块看来难以生存的地方,而是把它变成美丽的家园,这样的人是值得钦佩的。在今天这个以背叛土地为时尚的时期,在今天这样以出卖尊严为荣耀的社会,真正的垦荒者的品格,变得比金子更珍贵!正是他们,和大地一起成长!

我想,应该在这个农民的雕像下镌刻上这样一些文字——"那条越过茫茫荒野直达高山密林的漫长大道——是谁最先将它踩出来的?人,一个首先来到这里的男人。他来之前原本没有路。"

和田的美丽是出乎我们预料的,而且是远远超出我们预料,它的美是真正的田园之美。

怎么可能呢?我甚至在想,这样一个被世界几乎遗忘的地方,它怎么可能美得如此自在、独立、静寂呢?要知道,今天是一个新闻媒介瞬间可以传遍全球的所谓"信息时代"呀,可是它,却如此默默无闻地独自美丽着,被喧嚣的世界彻底给遗忘了。嘿,谁能想起它来呢?

据说在沿海宾馆的服务小姐连太原、银川这样的地方都舍不得承认她知道,她们对那些自报家门的人冷冷地说:"我不知道有这么个地方。"如果是这样,和田对于她们,恐怕和外星上的某一块新命名的石头一样陌生了。当然,这没有什么,她不知道和田并不等于和田不存在,更不等于和田不美丽。那个小姐以后可能发展进化到连中国这么个地方她也不知道了的地步,她只知道毛里求斯呀、日本呀这些

那些神秘的建筑和奇异的人群隐现在灯火和尘雾中，恍惚迷离，宛若梦境。那一眼，我相信你是终生难忘的，那是怎样的一种异样啊。

地方，那也由她好了。

如果一株三叶草一定要自命不凡的话，那么生长了五百八十多年的无花果王就该寂静了，连一片叶子也决不随风翻动。

这棵五百多岁高龄的无花果王正在和田。

我的朋友，你当然记得那天。

那天，我们穿过了葡萄的长廊，一路上两侧全是树的仪仗队，偶尔我们停车，与站在葡萄廊下的几位田园大臣——携筐采摘的妇女、长髯老者、黑睛儿童们抚手问安，我们像视察古代田园的帝王那么幸福，我们具有诗意的仁慈和贤明。

瞧，葡萄的长廊是何等隆重的规格，藤架遮蔽住所有的道路，交错的藤蔓织起阳光的筛子，秋风染醉的葡萄晶莹蒙尘，串串累累使人发愁不知该运往何方……当我们来到一座庭院时，那古朴又典雅的舒适建筑立即让我联想到了古代喀喇汗王朝（黑汗王朝）的王室行宫。

简朴，明净，高贵。

所有的植物和花朵都因有幸生长在这里而显得宁静和有教养。

纤尘不落的黄土小径也因经常洒扫和高贵的王靴而变得洁雅。

守园的老者穿着敞怀的白袷袢，紫铜色的胸骨硬朗健旺，他的谦恭使他愈发古老，仿佛是黑汗王朝留下来的最后一位侍从。时代没有改变他，他仍然一身古风。

他像一棵老树那样为我们打开了幽禁另一棵比他更古老的树王的园门，我们小心翼翼地走进去，像是参拜一个皇帝那样满心都充满着虔诚。

我朝拜一棵无花果树。

无言而伟大的正是这类生命。它从一棵平凡的植物，变成了神灵。谁说不是这样呢？正如伟大的《福乐智慧》一书所说的那样，"他意欲什么，就创造了什么，说一声'有'而万物齐备"。

我们走进它浓重芬芳的荫庇之地，嗅到了它的躯体散发出来的气息，那气味，既含有植物的特有清芬同时又超出了植物，我甚至觉得嗅到了一位内慧而外美的完美隐士或古代贤哲的气味，那是思想和肉体混杂的气味。它为了更多地承受阳光而遮住了阳光，于是在它之下，

周　涛
散 文 精 选

造成了一个幽暗的、盘根错节的空间。土壤是潮湿的，散发着绵长悠久的霉味儿，腐败的气息里烘托、孕育出深厚有力的生命力；粗大的根节盘绕纠缠，仿佛蟒蛇的巢穴，旋绕的根划出蛇行的弧，寂然凝聚；斑斑绿苔宛如铜锈，记录着时间爬过的痕迹……而正是它，思想的果实累累！

它掉落在地下的腐烂了的果实，散发着酒的香味，随便拣起一枚新落的，也比别的无花果好吃。

环绕着这棵无花果王的，是一个完整的花园体系，木瓜独自散发着清香，葫芦架上悬垂着一颗颗远比老子的头颅更大的葫芦，至于各种花草，至于石榴、葡萄、苹果和梨，都拱卫着这棵五百年的王，谦恭无声！

你远离我眼外，却近在我心底。
在先他是一切领袖之首，在后成为众先知的封印。
你创造了空间，却不占有空间。
你没有行止，永醒无眠。

《福乐智慧》里的这些诗句，正像是专门写给你的。我们所参拜的这个生命之王是无言的，它的确不需要说什么，它所要告诉我们的，都已经由生命本身表达了。什么也没有生命重要，和生命相比，言论无非是一些唾液溅湿了的声音，美貌不过是一瞬间的肤浅表相，至于其他的那些短暂的东西，更是不值一谈，唯有生命，应该成长。最终一切之王都是生命之王。

我当时想，无花果之王啊，假如让我活到你五分之一的年龄，假如让我活得能够有你这样的健康，我也会成长为一个生命之王的，我也能创造出生命的奇迹。想到这里，我有些热泪盈眶，继而马上生出另一个念头：问题不在于"假如"，而在于生命本身能不能不断地洗涤自己，从而战胜时间的损耗和污染，使自身长成应该长成的那么大，这才是困难的呢。

这个念头使我苦笑了一下。

很久以来，我都没有在这样的田园中穿行了。田园是如此美妙，生活是这样简朴、清新、欣欣向荣，这使我们的心又回到了少年时，我的感觉和初心苏醒过来，像春天那样新鲜明丽，它使我又重新爱上了这一切！

也许这一切都是秋天制造的假象，它用季节的短暂的美迷惑了我们，但我们愿意相信。赶着毛驴车的农妇或老翁成为路边一景，他们在铺了花毡的驴车里盘膝而坐，兴致勃勃地去乡里赶一趟集市，那种安憩舒适的表情是令人羡慕的。任何地方的老人也没有和田的这些维吾尔"田合翁"美，这些老人太漂亮了，太有风度了！他们完全不像一些庄稼人，而像一群坐在驴车上的隐士和哲人，雪白的长髯、浓眉和高鼻梁，还有深邃的褐灰色眼睛，还有庄重安详仿佛思考终极问题的那种神态，都使他们显得不凡。

不知是一种什么样儿的力量，把这些平平常常的田园老者造就得这般艺术，每一部胡须上面的面孔几乎都堪称是一座泰戈尔的雕像！

当时我们曾要求一位坐在马车上的老人，希望他的一家人包括他的马车和马，与我们合影。这位"贤哲"是随和的，他以高贵的方式答应了我们的请求，仿佛恩赐给了我们一个机会。我们一路上就这样总是荣幸地和一些农夫合影，我们把小轿车停在路边，央求过路的农夫留下尊贵的画影。他们所乘的车辆无疑比我们落后了至少一百年，他们所穿的袷袢也远不如我们的西装和领带时髦，他们的身份和级别呢，就更不能与我们相提并论，但他们是令人神往的，让人热爱的！

瞧瞧，农夫的胸骨坦然露出被阳光镀染的铜色，健康的胸膛衬托出白色银须，有了飞瀑直泻岩石的坚韧与灵动，苍松白雪，飞瀑青岩，正是生命所应该具有的最佳状态！

我一直感到奇怪的和不解的，是当今社会何以能把那些扭捏作态、倚门卖俏当作美，我很难理解。而真正的健康的美，譬如和田农舍边大量存在的这些自然光辉的生命，却被视为粪土。

社会正在制造一类新的、符合标准的"美"，它有力地取代着真美，改变着时尚。

科学疏远美，政治蒙蔽美，而商业行径和手段，伪造美。只有真

周　　涛
散 文 精 选

实，是美唯一的藏匿之所。

美是不自知的、浑然自在的，因而美同时还一定是淳朴的。

当我们与一位黑胡须的中年男子照相时，他始终轻微地笑着，任凭我们怎样发问，他都一言不发。他并不算美，但他长得古怪，他矮小，眼睛机敏而神情迟钝，脸上混杂着苍老与活泼、忧郁与快乐的复杂。他像小孩儿那么单纯、顺从，又有老头的沉默和哀愁。天知道我们当时怎么选中了这样一个人，似乎有一种神秘的东西驱使着。最后，一位当地的青年人告诉我们说"他是一个哑巴，可怜得很"，我们才忽然醒悟了。

他并不是不回答，而是不能回答，他只能用微笑和顺从来回答我们，他是一个终生悲苦的角色，但是他有善良的微笑。很久之后，这个哑巴悲苦的脸上露出的笑容，像一朵荷花残败的叶上滚动的一滴水珠那样，浮现在时间之波的水面，让我难忘它的凄清之美。

哦，善是这样悲苦，它比美更难以生存。

这一切表面寻常的事物，都毫无疑义地会同时命中你和我的心，使之发出震颤。虽然我当时不曾与你交换意见，连眼神也不曾交换，我就知道了你的感受。只有对诗的理解，才能沟通对这类寻常事物的理解，这是诗的神秘甬道所在，也是诗的永恒力量源头。

自那之后，我们对和田的田园认识深入了一层，我们从赞叹渐渐进入到一种虔诚和敬惧，似乎不约而同地感觉到了某种超然于上的神秘力量，唯恐亵渎了它而遭惩罚。那种超然的力量是谁呢？我们怎么能知道。但是优素福说过，"他为万物提供了食粮，他却不吃"，"他喜欢谁就让谁成为英雄"。还有，他把宇宙间的四种要素，变成了人体之内四种颜色不同的液体：红色要素血液，黄色要素胆汁，黑色要素浓液，白色要素黏液。

那个神秘的力量是以这样的眼光来观察世界的，他说："太阳回归，走回原来的位置，从双鱼之尾，走进白羊头顶。"

对于这一切，我们不能不有所觉察。

谁都不能否认，在某些方面，我和你是常敏锐的一类人。

所以，无论在和田河大闸的龙头上俯视碧水滔滔，还是在布满卵

石的河滩上寻觅偶能幸遇的和田羊脂玉，面对昆仑的馈赠我们不敢贪婪，我们只拣了两枚鹅蛋状的圆石，带回家做个纪念，我们没有资格捡到价值万金的凝脂美玉。

特别是一条受惊的小蛇蹿出草丛，惊慌地从我们脚下掠过，爬下卵石渠坡时，一位朋友捡起石头击打它。我无端地感到了惊恐，我当时喊了声："别打……打蛇不吉利！"但是我的话音未落，朋友的一枚卵石却已经击中了它。

那条小蛇在渠坡上抖动了一下，随即滑入水库里，它游了起来，头部扬起在水面之上，身子在波流中扭动前进。

水库里的水非常清澈，可以清楚地看到那条蛇的身后渗出了一片血红，在碧水上漂浮。一会儿，小蛇不见了。

大概是沉下去了。

后来你对我说起这件事，你说，"你当时脸上流露着对不祥的预感"。你看出了我在害怕什么，我害怕什么呢？我害怕那个超然的神秘力量，还害怕一个生命的灵性对那个力量的控告。

对那些自由的野生小生命，我是不敢伤害的啊，哪怕是一条蛇呢。

和田著名的地毯厂和玉雕厂并没有给你留下什么突出的印象，这我可以看得出来。因为这两个厂子给我也同样留不下什么。

地毯已经变得相当昂贵，这种田园的绒餐布挂在农舍墙壁上的时候是一种风味，踩在阔佬脚下的时候就成了一种炫耀。维吾尔族姑娘们用心手织出的美丽图案，原来本是对爱情的献礼和创造，并不是专为出卖的商品。现在，对美的编织已经成了道道工序，它不再是葡萄架下的诗意的七彩阳光了。

玉雕给我的印象是庸俗的。天然的美玉，出于石，载于水，从昆仑山的深处出发，停泊在沙滩之下，等待识玉者的慧眼。这是美的，珍奇之物的命运自古如此。但是到了玉雕的工人手里，千琢万磨，制造成各种低劣的工艺品，精巧造作，毫无美感。一块形态自然、美质超群的奇石，被制造成凡俗之眼要求的样子，真是毁尽天物！

人们正是这样勤勤恳恳地毁坏着大自然所赐予的千年造化，而不知这正是蒙昧。

周　　涛

散文精选

真正给我们留下美妙印象的，是墨玉县城郊的一顿午宴。那是在武装部一位维吾尔族干部家里所设的一顿标准穆斯林式的午宴，简直是过于精彩啦，是吧？

瞧瞧人家，那是什么吃法！

在奶茶、馕、油炸傲子这种一般的惯例铺垫之后，竟然在每个客人面前端上来一托盘烤羊腿！每个人面前的托盘里，都放着一只肥美焦黄的羊后腿，油滋滋的，香喷喷的，令人馋涎欲滴！这种烤羊腿可是从馕坑里烤出来的，其规格足以招待任何一位国家元首呢。

我看到你高兴得大叫起来，你像小孩子一样手舞足蹈，兴致勃勃。我真为你高兴，也为那些招待你的人高兴，美妙的佳肴必须奉献给胃口强健、食欲旺盛的人，不然就是明珠暗投了。

但是你毕竟缺乏经验，你以为这盘羊腿就是高潮了，结果你像樊哙痛啖鸿门宴一样，竟把一条烤羊腿全部吃掉了！你真行，吃出了豪气，吃出了战斗力！可是转眼间又上来了一托盘金灿灿、油汪汪的抓饭，你吃了一口，嘿，更香！

怎么办？你看着我，摸着肚子又望望抓饭。美味佳肴啊，这对健壮的胃口是一种何等难以抗拒的诱惑啊！

"继续吃！"我对你喊道，不到长城非好汉啊，真正的男儿，应该有狼一样的吞咽熊一般的肚腹。在维吾尔族人家里做客，狼吞虎咽的人受到尊敬和喜爱，他们认为你是好样的，同时认为你高度赞赏了他为你准备的食物。

这时候，维吾尔族人才让你喝酒，他们决不在你空腹时灌你。而且，他们先是自己喝，然后请你喝，你如果的确不善饮，可以抿一点，把酒递给主人代饮。他们只想让你吃好，并不想用酒把你先打倒。

维吾尔族人的家宴是真诚豪爽的。

这顿午宴使我对吃有了新的认识。汉民族向来是以"食文化"傲视天下的，以为在吃的方面领先世界。其实，恰恰是中国餐反映了我们民族烂熟饮食文化的病态，证明了古老民族食欲的衰退和弱化。五颜六色，七蒸八炒，精雕细刻，名目繁多，这正是对一些食欲不健全的病人诱餐的方式。而强健的人，他只要痛吃，不需要太多的花样；

太多的花样容易破坏他进食时的注意力，吃是一项非常专注的事！

一只猛虎在捕食一只羚羊时，它是尽情地饱啖那新鲜淋漓的生命的，它饥渴地要用羚羊的生命补充自己的生命，它没有闲暇去搞那些花拳绣腿！真正的吃和真正的性是同样专注的，容不得半点走神，这才是生命的原动力要求的状态。

生命力衰退的族类，丧失了性的原始活力，故而发明了"玩女人"；丧失了吃的原始冲动，所以搞出这花样翻新的所谓"食文化"。可悲的是竟不自知，还有脸在这上面吹嘘呢！

后来我给你讲了这番观点时，你是赞同的，因为你有了墨玉县那顿午宴的切身体验。但是我这种观点要是讲给内地的其他朋友听，他们会怀疑我的动机的，在他们心目中，别的民族是不懂得吃的。大唐为什么强盛、开放？最近我才知道，昔时长安胡风大盛，时髦的恰恰是胡骑、胡服、胡食……毛泽东曾主张对中华民族的古文化要"去伪存真"，就是在吃的问题上，也有许多的"伪"啊。

烂熟的文明往往成为新鲜生命力的淤堵，重要的不是膜拜，而是选择；更重要的不是拒绝，而是善于从表面落后的而实际葆有活力的民族中吸收营养。如果说美国在近代有什么了不起的地方，那就是从被他们过去当作奴隶的黑人身上找到了充满生机的力量！

我们今天刚刚懂得向西方的强者学习，而这种学习里，还带着可悲的屈服式的模仿；我们还远远不懂得向看不见的力量学习呢，更不懂得借助纯真的文明恢复自己民族的活力。

你看，我又"议论"起来了。在这封写给你的长信里，我原本打算一字不论的，结果还是议论了，老毛病又犯了，暂且算作犯规一次吧。如犯五次，就罚下场。

记住，还有四次。

在昆仑山下，莎车是一个容易引起我怀旧感伤的部位。在这个拥有四十万人口的新疆大县里，二十年前曾经多次出现过我滑稽的身影。我和莎车的关系带有滑稽可笑的色彩，我在这里的行为带有明显的诗化青年不谙世故的愚蠢自负，因而莎车成了我演的一系列荒唐故事的剧场舞台。这一切往事使我觉得不堪回首，使我深深懂得年龄和性格

周　涛
散文精选

对一个人的制约。

我不知道当时人们是怎么看我的，我无从知道，谁会告诉一个自命不凡的傻瓜什么东西呢？我非常盲目地活着，心不在焉，丢三落四。我一点儿也不懂得自己的职责，把两位老地委书记扔在戈壁滩上，驱车返回县委招待所去取被我遗忘的文件。招待所的门锁着，我一砖头砸开锁，像间谍一般拿到文件，然后潜逃……我还在给另一位副专员准备的讲稿上写了巴掌大的五句话，乘他高兴的时候交给他，结果害得全体秘书们通宵秉烛夜战，我吹着口哨推开门，所有的人都对我怒目而视……我当时像阿凡提一样，对什么都满不在乎。

我不懂常识，在我三十岁的时候，还没能醒悟人需要当官，而这件事几乎是所有的人都明白的。

如果那时候我有现在这样老练，那该是什么结果呀？然而"如果"是不存在的，我只能那样；而且今天这样的结果不是更好吗？我喜欢这样。回想起来，我的经历和生活，是幸运的。我按照自己的愿望去做了，而且实现了，我没有勉强自己。

更为幸运的是，几乎所有与我一起工作的人，对我都是宽容的，包括上面提到的几位老领导。他们把我的愚蠢行为当作美谈，把我的自命不凡当作不同凡响，他们几乎是把我当成一位准天才来对待的。他们凭着本能，感觉到了我有某种优秀于常人的东西。

为什么要抱怨生活呢？为什么要怨恨别人呢？生活最终是公正的。假如从生活的切片上看，那它到处都充满了不公，但是从它的整体去看，它却是公正的。一切愿意以短暂的生命为人类社会做出点滴贡献的人，是不应该计较这些的。

现在，那一切都已经过去了，消失了，生活就是这样，没有见证人。我在莎车几乎找不到任何一位过去熟识的人，于是我想起了那个旧的县委招待所，我不知道它是否还像当年那样。当年我们地委秘书班子的一伙人曾经住在这幢大房子里，写材料，打牌，天南地北地聊天，非常热闹，当时这幢房子周围的环境是很幽静、很肃寂的，这里毕竟是莎车县最大的衙门。

咱们去那里的时候，我万万没想到，一切还都保留着老样子。

我指给你看，喏，就是那间房子的门，被我一砖头把锁砸开的。还有你看那些回廊，那些地板，当时都是算得上高级的。另外，还有那些树木，树犹如此，不改当年风貌……但是人呢？当年在这里说笑热闹的那些人，风流云散，就像根本没在这儿待过似的。一些当时不存在的新的人正在这里出出进进。

我指点着，感慨着，寻找着，从前院落旧亭台，燕子归来人去也。我们的形迹大概是有些古怪，一位维吾尔族的中年妇女注意了我们。她是位服务员，胖胖的。"找人吗？"她问。

我估计这是一个来龙去脉一时无法讲清的问题，我很难向一位陌生人解释清我们到这儿来的目的，因为这儿既不是我的故居也没有我的熟人，这是一个招待所，我仅仅是曾经住过而已。你能对国际饭店或是兆龙饭店的门卫说"以前我在这儿住过，现在我想进去看看"吗？人家不把你当精神病人轰走才怪了。

但是你当时对那位服务员讲了我的情况，她的反应出乎我的预料，她微微眯起眼睛来看了我一会儿，她脸上的表情显出了对人的某种潜在感情的充分理解和尊重。仿佛她正跟你一起经历着怀念与寻旧的情绪，她说："你想它了。"

她说得那么平常，那么理解，似乎这并不是什么复杂的、难以理喻的事情，似乎这是人的一种最正当的行为和权利，和喝水一样容易被人理解。"你想它了。"她说这句话的当儿，我觉得心灵的大门被一下推开了，理解的阳光令我炫目，我险些流出泪来。我假装咳嗽和吐痰，背转过身去。

这就是维吾尔族人，一个感情色彩丰富强烈的民族。在情感和艺术之类的问题上，他们轻易地穿越各种障碍，但是在另外一些问题上，他们有时候脑子里可能少根弦。他们决不是一个没有自己独特文化的民族，同时也不是完美无缺的，他的过于情感化的行为方式，有时影响他的判断力。

我承认，我在气质上明显地受了这个民族的感染，当然可能还有地域的影响，这些，正在被我一点一点地认识。

你信中曾经提到了"神秘的建筑"，我认为你的注意力是准确的，

周　涛

散文精选

你总是能够注意到那些应该注意的事物，注意到在本质上反映出来的区别。有的人之所以显得智力贫乏，是因为他们的注意力被分散了，像松散的灯光那样。他们为各种无关紧要的表面事物所吸引，对各种事情都感兴趣，结果分散了注意力，反而一无所获。

人在智力上本来相差不是很大，光的总量几乎相等，差别在于，有的人能够把光芒凝聚在一起，有的人则相反。

你所提到的建筑，的确能够反映一个民族的心理。在衣、食、住、行四个方面，往往最能看出差别。

和田的建筑是与众不同的，它除了宗教的特点之外，似乎还更多地保留着古代宫廷的痕迹。它不像喀什，喀什地带有商业集市的特点，它的民宅有明显的市民阶层的风味，这种风味是商人和小手工业作坊兴起的特点。而和田的一些建筑风格，似乎还保留了古代小王国的高贵气象，甚至一些民宅，也显得大气。

和咱们在墨玉县午宴的那个武装部干部，就是一个当地人。他显得热情而拘谨，但他的家却显得宽敞而大方。穿过一片玉米林，就走到了他的院门前，门是很普通的，是那种未上油漆的木头门，看不出里面有什么名堂。但是一进屋里，当时真把咱们吓了一跳，那是一幢多么令人羡慕的房子啊！谁知道相当于哪一级？

当中一间有着高高天窗的大厅，散发着新鲜木质的香味，整齐漂亮的檩子，像工艺品一样排列在房梁木周围，还有椽子，全是上好的木料，天窗部位向上耸起，迎接充沛的明亮光线。通向客厅的一边有台阶，大约三五级，客厅也是宽敞的，足够二十个人欢宴。你当时忍不住好奇，提出了参观这幢住宅的要求，你都看了，这样的居住水平足够让人吃惊的吧？何况这幢住宅的主人并不特殊，不过是县人武部的一般干部。在商品经济并不发达的新疆地区，这住宅只反映了一个富裕农民的水平，他并不是暴发的生意人。

至于礼拜寺，那更是含有神秘的氛围。墨玉县的礼拜寺建筑，保留了墙砖的本色，并且在每块砖缝上勾了边，造成一种十分古朴又是极其现代的效果。维吾尔族人在建筑上是十分注意保持自己风格的。

后来咱们还参观了喀什的艾提尕尔大礼拜寺，还看了闻名的阿巴

克和加陵墓——香妃墓，这些充分体现伊斯兰教建筑风格的艺术杰作当然不是我的学问所能讲释的，但是我注意到了颜色上的区别。这种色彩上的明显区别，我以为正是民族心理的区别。

这些建筑，在红、蓝、绿三种颜色的使用上，完全不同于内地的佛教建筑，它们一般没有大红和大绿。它的绿是戈壁浅草的那种麻绿，有生机，但是不浓碧；它的红更不是大雄宝殿前大柱的油漆亮红，而是那种略微显得有些褪色的褐红，是抹了羊血又经过时间或雨水冲刷后渗进去的红；它的蓝也不是明亮的瓦蓝，而是景泰蓝的蓝，是略有些灰白的天空的蓝。这几种色度不同的颜色，交织成独有的韵调，形成其鲜明的风格，反而同样造成了辉煌庄严的效果。

我甚至有些怀疑，同一种颜色在不同民族和不同宗教的人们眼睛里，是不是本来就不是完全一样的？

对色彩的感受和选择——这里面肯定有着本质的区别。

由此而联系到地毯的颜色、图案，艾德列斯裙的花纹，高大建筑物回廊上的彩刻，以及英吉沙小刀的刀柄镶嵌，陶罐和茶炊，很多事物都和色彩有关。

总体上说，人类都是"好色"的。

色彩对眼睛的刺激和愉悦是明显的，同时大概也是永恒的。人越在小的时候越对色彩敏锐，所以儿童画在色彩运用上的强烈、鲜明、灿烂，往往为成熟的画家无法模仿，叹为奇观！

人一长大，渐渐对色彩麻木了，不善于分辨其间微妙的差异了，非大红大紫浓绿，不足引起其兴奋点了。

老大民族，优点甚多，然而童稚丧尽却不可不防，童稚者，生命的新鲜劲儿也！

咱们大华夏民族，古时候对颜色的运用不是非常惊人的吗？满朝朱紫，丰富多彩的象征官级的鸟兽图案，那样的帝国是一副什么样的气象！想象一下，觉得太好玩了。那真是一种"古老的幼稚"！还有京剧里的脸谱、服饰，在色彩的谐调和大胆上，简直不愧是浓墨重彩、鬼斧神工。这里面保留的是原始民族的神秘心理，那是我们伟大祖先流传下来的一颗对生活搏动的心灵，也是他们的一双痴迷于世界万物的孩子般的眼睛啊……

如同成年的人一样——随着社会的不断变迁——现代人已经越来越不能理解孩童的愿望了。

一个人会老，一个民族也同样会老。不同的是，一个人的衰老乃至死亡是不可抗拒的，一个古老民族却可以因其不断产生的新生命、新思想、新方式使自己重新恢复活力，免于衰败！

近百年来，我们的民族苦苦探求生路，对自己的检讨、批判、解剖和否定，有时候已经近于刻薄和残酷的地步，从梁启超到孙中山，从鲁迅到毛泽东，尖刻无情的刀锋，剖析的正是我们民族的母体。难道他们不爱自己的民族吗？难道他们不感到痛苦吗？大爱大恨，大耻大勇。我孤陋寡闻，我不知道还有哪一个民族能像华夏民族这样有勇气深刻地批判自己。起码，在昆仑山下悠然生存着的这部分可爱的同时也是落后的维吾尔族人，目前还没有觉醒这种正视自己的批判精神。

从深刻的意义上说，从足以产生无数杰出人物的文化大土壤的意义上说，我为自己是一个汉族而荣幸。

我是如此深爱着我的种族母亲啊……

如果我在文字中不成熟地嘲弄过你的缺点，指责过你的积习，那也是因为我相信你对我的任性是有海一样的博大与宽容。如果我毫无顾忌地赞美了别的民族的优点，歌颂了他们的长处，那也是因为我深知我对你的爱是不言而喻的，无须表达的。

我和你伟大的血缘所遗传的品质一样，我有足够的勇气仁慈地对待别的种族，决不褊狭。作为一个民族，世界上只可能有在某一历史时期比你更先进、更活跃的民族，但永远不会有比你更深厚、更伟大的民族！

当我在离你最远的边陲生活了将近四十年的时候，民族母亲！我才深深地懂得了你，理解了你。你是我唯一的生门和葬地啊，祖国！

参观香妃墓的时候，解说员艾沙的那种独特的、生硬的、仿佛在朗朗背诵什么课文的声音，引起了我的回忆。我想起来了二十年前就是他在这里讲解，现在他老了，不过声调还是那样。我说："二十年前的那个小伙子就是你吗？噢，对了，是叫艾沙，我过去来过几次，

我认识你。"

艾沙这时才笑着说:"你认识我——你当然应该认识我了,你现在才想起来,可是你一来,我就认出你了。你原来在市委嘛,对不对?"

"对,对。"我笑了。

"你那时候也是个小伙子,不过嘛,你变化不大。"

艾沙使我想起了香妃返回故园时所乘的那抬运尸体的轿子,于是我们又去看了看它。一顶小木头轿子,用了一年多的时间,才把香妃从北京运回了喀什噶尔,同她的阿巴克和加家族的人一起安葬在这里。她的家族一定是极有权势的,不然她到不了乾隆近侧;但是从她的画像上看,香妃本人又是极其美丽的,她身着盔袍手按长剑,一脸英气,满身娇媚。

我当时仿佛是这样对你说的,香妃都用了一年才从北京来到喀什,你呢,你才用几天就到了。你比香妃舒服多了。

你当时也曾不断地说到这种感受,你说:"这一切变化在太短的时间里出现,使人感到不真实。"我们所处的这个时代也变化太快,也使人感到"人生如梦",许多事物还来不及咀嚼,顾不上分辨,潮水一样涌来又转眼消逝无踪……是好还是坏?是真还是假?是必要的还是生造的?都弄不清楚。其兴也勃焉,其衰也忽焉,使我们的心田像黄河的淤沙一样积堵增厚。我们总不能把这一切全都留给历史去检析评判吧,我们是人,是人就希望活得明白。

难道这种小小的愿望是过分的吗?

唉,总是妄图"活得明白",结果总是被生活所欺骗、所戏弄,最后干脆就抱定不明不白往下混的决心了。衣食住行,声色犬马,八个字把人生的全部目标和内容概括齐了。可是这样的生活怎么能算人的生活呢?充其量,是醉生梦死罢了。

(第二次犯规了,又是议论。)

那天中午,我们在艾提尕尔礼拜寺门前的小摊上同时看中一种漂亮的白帽子,雪白的卷毛羔皮圆筒冬帽。那帽子看上去十分亮眼,戴在头上也非常合适,仿佛变了个人,英俊得不行。你买了一顶,我买

169

周涛
散文精选

了一顶，整整一天我们都为这件事高兴。我们相信，今年冬天，你戴上这顶帽子在北京大街上显显，我戴上它在乌鲁木齐露露，准保不少于十个人要打问这帽子是哪儿买的。因为这顶羔皮帽子太漂亮了，害得我老盼望今年冬天快下雪，好让我戴出去露露。大雪纷飞的天气戴着它，你没法儿分清哪儿是翻卷的羔毛，哪儿是飘落的雪花！

在今天这样一个全世界的男人丧失帽子的时代，有一顶好帽子是多么愉快！

你注意到没有，第一次世界大战期间，奥地利骑兵还戴着尖顶头盔；第二次世界大战时期，德军的翘檐大盖帽成了时代的标志；从那以后风气渐变，不知从什么时期开始，全世界的男人忽然全都不约而同地光着脑袋，没有合乎时代潮流的帽子了……从那以后，男人开始在头发上打主意，下功夫了，男人的重要标志——帽子，也就是"冠"，消失了。

除了制式帽子之外，我们没有自己的帽子可戴，我们光着脑袋，而且开始秃顶。为了掩饰这一切，假发行业日渐盛行……今天，我们的头颅是如此的无从遮护啊，可是竟然没有人觉得不正常！

对于帽子的这番感慨，是当晚我们在南疆军区东小楼里聊的。我们总是很晚才睡，似乎永远有扯不完的话题，这样的交流思想，对我是极大的乐趣。

聊天和下棋是一样的，都是某种智力的交锋和碰撞，都需要"棋逢对手"。和理解力、感受力很低下的人无法聊天，连应酬都是难以承受的磨难。

所以，抓住你的那些日子，我很兴奋，我在享受难得的精神盛宴。我独自沉思的时间太久了，我很难有机会直接受到别人的启发，我像一个独自种植农作物的农民一样，除了任情挥洒，别无良策。对我来说，"至上的欢乐稀薄得像空气"。

但是也有一个好处，即免于我被流行的思想瘟疫所感染。

那天晚上，我产生了极想创造新寓言的愿望。大约是我们从喀什到和田沿途的见闻太具有隐喻性和象征性的缘故，我讲了这样的故事。

[第一个寓言]

被聪明所误和被愚蠢所误

从前有一个聪明人来到了哈拉巴斯陶的路上。他的布袋里装了事先制造好的伪钞,大约有五万元。他准备用一部分假钱买七百只羊,然后用高价卖给市镇,换回更多的真钱。

聪明人非常清楚,虽然他的伪钞制造得不是没有漏洞,但足以骗过哈拉巴斯陶的牧人,那里的人缺乏分辨钞票的经验。

所以,他一边走,一边高兴地吹起口哨。

迎面过来了一个粗笨的牧人,赶着一群羊,他是蠢人。

"喂!你好,放羊的!"聪明人说。

"您好,尊贵的先生。"蠢人回答。

聪明人看了看蠢人的羊群,对他说:"你愿意把你的羊变成钱吗?"蠢人说非常愿意,我正愁没钱用呢。聪明人用布袋里的一少部分纸币买下了这群羊,然后对蠢人说:"还远远不够,你能帮我买够七百只羊吗?"

蠢人答应了聪明人的请求,答应带他去亲戚家买更多的羊。在去亲戚家的路上,蠢人想,这个人只用一少部分钱就买走了自己的全部羊群,他还有那么多钱,自己的羊却全都归他了。想到这儿,蠢人觉得那个人似乎欺侮了自己,他非常生气,就忽然用斧头敲打聪明人的头,聪明人很快就死了。

蠢人背起了聪明人的布袋,赶着自己的羊群,他来到镇上,想买好多好多的东西带回家。

镇上的人非常善于分辨假币,他们抓住了蠢人,把他关进监狱。不久,皇帝知道了这件事,下令让刀斧手砍掉了蠢人的脑袋。

后来,蠢人和聪明人的灵魂在地狱的路上相遇了。蠢人的灵魂没有脑袋,聪明人的灵魂有脑袋,但是个破的。

"喂!你好,放羊的!"聪明人说。

"您好,尊贵的先生。"蠢人说。

周　涛
散 文 精 选

　　说完，他们彼此看看对方的样子，其中一个说，"是聪明害了我"。另一个说，"是愚蠢害了我"。他们两个都发现，自己认为最重要的东西都没在身边，钱袋和羊群都留在哈拉巴斯陶的路上。

　　[第二个寓言]

一个寻找死亡的年轻人

　　从前，有一个年轻人，他很忧郁，总觉得自己生活得太不幸。他从来没有愉快过，更没有笑过，总是皱着眉头，阴沉着脸，头发长得很长他也不剪，懒得做任何事。

　　他曾经跟一位画师学过画画，他很聪明，只学了三个月，就掌握了不少的技巧。第四个月上他离开了画师，说"这玩艺儿没什么可学的"！

　　他又跟一个商人学习做生意，他仍然很聪明，只学了半年，就碰上了一次好运气，他发了财，赚了不少的钱。到了第七个月上，他离开了商人，说"这玩艺儿也没什么可学的"！

　　第三次他遇到了一个哲学家，他跟哲学家学了一年，他觉得悟透了人生的道理，那就是一切都没意思，一切努力最终都会被死神一笔勾销。他认识到死是最伟大的，只有死才是永恒，除此之外，一切都是短暂的。

　　于是他离开了哲学家，准备寻找到一个他最满意的地方，然后自己结束自己的生命。他走啊，走啊，走了很多地方，都觉得不是理想的自杀地。后来，他来到了昆仑山下的一个林子里。

　　"很好。"他心想，这个地方是最适合的位置，位于昆仑山下就算到了极地，空气干燥、流沙移动也免于尸体腐化，说不定能成为木乃伊保存后世，何况这里人烟稀少，他死后可以清静免除尘世喧嚣。他想好了，准备就在这地方安息长眠，明天就上吊。

　　第二天，他来到一棵五百年的核桃树下，正准备死，碰到一位白须垂胸的老人，老人正吃力地搬一辆陷进水渠里的毛驴车轮子。看见他站在树下，便对他说，"年轻人！你站在那里干什么？

为什么不来帮我一下?"

年轻人觉得老人的要求是合理的,就跑过去帮助他搬车子,他想,搬完车子再死也不迟。等到搬完车子,天已经快黑了,老人一定要感谢他,留他吃饭。他推辞不掉,心想,吃完饭再死也不迟。

就这样,老人不断地请他帮助,植林带不然流沙就会埋掉房屋啦,修水渠不然庄稼就会干枯啦,种葡萄不然夏天院子里就没地方乘凉啦,一件事又一件事,年轻人没有理由推辞,只好干下去,一天天推迟死期。

秋天的时候,老人对年轻人说:"你不是一直要死吗?对不起,为我的事耽误了你这么久,现在,你可以去死了。"

年轻人看着这块美丽的田园,林带、葡萄架、堆满粮食的谷仓、长满了绿草的水渠两岸,还有新盖的房子,盛开的花圃……这一切,全都和自己的汗水有关系,让他舍不得了。

他决定不死了,和老人好好活下去。

他又画开画了,画得非常好,而且他会做生意,卖画赚了不少钱。最后他开始总结和思考这里的人生意义,准备写一部哲学著作,题目就叫《福乐智慧》。

据说,这个年轻人现在还活在世上。

[第三个寓言]

一滴水的神话

在很久很久以前的古代,昆仑山上长满了森林,山也没有现在这么高。那时候,塔克拉玛干也不是沙漠,而是一个海。那时气候非常湿润、温和,到处长满了鲜花和可以直接食用的植物,人们过着无忧无虑的生活。

因为什么都不用发愁,渐渐地人们变得越来越懒惰。海里有鱼他们懒得去捕捞,希望鱼自己爬到餐桌上来;树上有果实他们懒得上去摘,埋怨上天没有让果子直接落到手掌里。

人们越来越懒惰,变得一天比一天骄傲、浮躁,而且由于无

周 涛
散 文 精 选

聊,开始自杀或互相残杀。这样一来,终于惹得上天发了怒,下决心惩罚这些不知天高地厚的生物。它让山峰变高,山峰就变高了,变得寸草不生终年积雪;它让大海干涸,大海就真的干涸了,成了今天这样的沙漠。

气候变得干燥了,树木枯死了,狂风和沙土湮埋了很多村庄和城镇,每年都有许多人被饿死。

人们开始恐慌了,恳求上天重新恢复以前的世界,上天不理睬。但是人们不断地恳求,不断地向上天表示自己的忏悔的决心,终于打动了仁慈的上天,它对人说:"我赐给你们一滴水,你们自己去拯救自己吧!"说完,它就走了。

一滴水是什么?一滴水在哪里?

人们猜不透这句话,于是召集全部落年龄大的和聪明的人开会讨论,研究了八个月,还是弄不清上天的暗示。其中有一个老人回到家里,总是唉声叹气,他有一个女儿问他为什么忧虑?老人就把一滴水的暗示告诉了女儿。

女儿听完,就笑了:"爸爸,这很简单。上天的意思是让我们种葡萄。因为每一颗葡萄就正好是一滴悬挂在藤上的水珠儿。"老人把女儿的话转告了部落会议,大家没有别的办法,一致同意了家家户户栽种葡萄的决议。

在栽种葡萄的过程中,人们开始变得勤劳了,因为葡萄种起来很麻烦,收获起来也很仔细,贮存起来也很费事,所以人们变得勤劳、谨慎、团结、认真了。不久,这里家家户户都栽满了葡萄,连起来有好几千公里,使这里变成了一座很大很大的葡萄长廊。

一滴水拯救了整个部落,现在这地方的人生活得很幸福。

三个寓言故事讲完了,这些即兴编起来的所谓"寓言"使我们彼此心领神会,哈哈大笑。我们对这种来自现实而又不同于现实的儿童式智慧颇感兴趣,重要的不在于这类故事是否寓意深远,而在于它给我们的旅途带来了欢乐。

我们都很高兴,这就行了。然后睡觉,一夜无梦。

其实，所有的梦，都是寓言。

唯一的问题是，看你能不能清醒地破译它。

亲爱的朋友，我给你写的这封信够长的了吧？我想，你决不会想到，你用了仅仅不到一千字的信，竟会引来我这长达两万多字的、如同 B52 重型远程轰炸机的一次轮番情感轰炸！我相信你是乐意迎接这种轰炸的，它留下的决不会是一片废墟，而是炸出一派奇迹般的葱绿，一片春笋般的生机！只有和田配得上用这样滔滔不绝的方式表达，只有和田能够唤起我对你以及对整个世界的向往和信心。

卡里姆说过："在从前的美好岁月里，庸才害怕天才，而如今庸才使天才处于恐惧之中。"

他说得对。我们已经看到，有一些天才陆续死了，自杀了；还有一些天才活着，但成了"废人"；剩下的人当中，包括我们，还有没有天才了呢？我不知道，或许有，或许没有了。几乎所有的时代都扼杀天才，我不明白时代为什么如此仇恨天才，如果天才对时代是无足轻重的，那它有什么必要在乎他？如果相反，那它又为什么仇恨他？当然，不仅是仇恨，它还有更恶毒的一招，就是悄悄地改换"天才"这个词的内容，它把这顶意思含混但形态鲜明的帽子戴在了另一种人头上，并且迫使人们相信。

和田使我们恢复了对许多事物的本初印象，许多复杂的、混乱的事物，都因和田而变得单纯、亲切。和田没有一个诗人，但是诗却仿佛在和田活着。

我们最终离开了那一切的时候，是一个良辰吉日。月亮在那一天，变得极其完满，只有最细腻的民族才能最早发现这一点，而且给这个日子定下一个情感色彩十分浓厚的节日。全世界都歌唱太阳，中国人怀念中秋。

我们正是在中秋之夜离开的，那一天，实在难忘。

飞机像一条大鲸似的泳入深蓝的夜空，它无声地游着，游啊游啊。一轮圆满的明月就近在它的舷窗之外，可它接近不了，水声像窗外的云影一样响着，大地和群山像海底深处的黝黑的珊瑚礁一样地静待着，它无声地游啊游啊。

周　涛
散　文　精　选

　　月亮像镜子，照着人类，照着我们的这条大鲸，阴影明晰，无怨无悔。它就这么照着，比一切都忠实，比一切也都遥远。这时候，和田还是重要的吗？昆仑山还是伟大的吗？在那面镜子里，所有的伟大啦，渺小啦等等，都凝缩了，缩小得连那面镜子上的阴影的一粒沙尘都不如！

　　我们更是芥粒一般的微不足道，然而我们思想着，我们的思想却大得需要月亮那样大的星球做容器才可以装下。这件事是如此可怕，至小和至大竟同在我们心中！这竟使我无端地想起了孙悟空，它说一声"变"！那金箍棒就大可擎天，小如绣花针。它是这样的伸缩自如啊，这大概是西天取经者的生活诀窍吧！

　　和田就这样从我们眼前消失了。

　　现在，你又在北京那条街上忙起来了吗？还在北师大旁边的饭店吃涮羊肉，喝小瓶二锅头吗？但是独自的时光，静寂的片刻，你一定会想起和田，想到形形色色的在田园里赶毛驴车的人们，那一切如故，却已相隔万里。

　　我想起一则童话，是讲一位国王的独生儿子郁郁不乐，闷闷发呆。聪明的学者出了个主意：找一个幸福的人，把国王儿子的衬衣跟他的衬衣调换一下。于是国王派出大使到各地去寻找幸福的人，找了许多人，都不是完全幸福的人。最后，找到了一个唱着歌修剪葡萄藤的小伙子，国王证实了他是自觉完全幸福的人。但是当国王去解他衬衣的扣子时，童话的最后一句写道——

　　"这个幸福的人没有穿衬衣。"

　　人生的答案，就这么简单。

　　嘿，还有什么可说的呢？和田就是这样一个"没有穿衬衣"的"幸福"的地方。

　　你会"想它的"。

1993 年 11 月 24 日写于新疆

滇行记虚

我因此想要说,能够有机会云游旅行的人是有福了。我而且还想说,能够有机会与这样一些人结伴旅行的人,就更有福了。

这使我有机会见识了"我"以外的天地,也使我有机会认识了那些比我的文化背景更高的人们。我是这样一个久居边陲的、缺少先进文化滋养的人,我承认,我很可怜,可怜得如一块荒旱的土地,而且还泛着碱。任何一个人身边所流过的文化的水系,都比我丰富,比我深厚,比我源远流长。

我所望见的这片貌似无边而实则有限的天空,肯定是很蓝的。但是它没有云南的那种云,那种懒卧在峡谷半山腰上的一动不动的云,如烟缕,却不因风而散,像丝绸,并不闪光刺目。

我们生息的这块土地也是很大的,但它拥有的树和它拥有的人口一样稀少,它是纯北方式的,没有竹林,没有一棵榕树。它和大西南是一个亲切的对立面。

还有,我原来几乎没见过昆明夜空中的那种弯月,棱角那么鲜明,就像是假的,就像是谁把艾提尕尔礼拜寺拱顶上的那一弯,偷偷摘下来,粘在了昆明的夜空里。

还有,那么多江。澜沧江、金沙江、怒江、独龙江、伊洛瓦底江……每一条江都有一个美妙绝伦无可替代的名字,每一条江都像古代文化名人那么著名,那么令人神往。

周 涛
散文精选

可是我这里没有一条江。

我们这儿只有河，额尔齐斯河、叶尔羌河、塔里木河，或者伊犁河……北方的河。

因此，旅行对我来说意味着什么，一次梦境？一次奢侈？一次提拔或超越？一次拯救和手术？唉，你哪里能够知道呢？

我是一个不会，也不愿意描写具体事物的人，我藐视具体。我宁愿被任命为一个作家中的调研员也不愿被任命为作家中的管理科长，虽然我也知道手握实权的管理科长要比空有名分的调研员强得多。有位善意的批评者说我是一个"悬浮在半空里的人"，我同意。在文学这个领域里，我宁愿悬浮半空，决不脚踏实地。可惜的是我并没有取得天马行空的自由，在作家中，充其量我仍是个管理科长。

我酒后口出狂言，其实正因为我内心充满了自知。假如我当真说过"我是天下第一伟人"那样的话，那就请不要当真，而要这样理解：真正的伟人是不需要这么说的，而只有那些绝望于成为伟人的普通的灵魂，才需要在生命的瞬间爆发一下拒绝平庸、渴望辉煌的呐喊。而呐喊，必是以绝望为前提的啊。但是，平庸是容易拒绝的么？它像空气中的尘埃，随着你呼吸的每一次喘吐，进入你，侵蚀你，积累在你的肺叶胸腔之间，沉淀在你的血脉河流之壁，成为"块垒"，成为"淤泥"，最终窒息死你。至于辉煌，就要是一个复杂的、无法共同举手认同的概念。是一个小姑娘用两指捏住蜻蜓尾巴的宁静中午辉煌呢，还是站在天安门城楼俯视镜片下的芸芸众生辉煌？不同的人自有不同的解答，这个人生不等式，原没有固定的答案。

在稍许拉开一点距离之后，在回忆中，我感到这次旅行是辉煌的。苍山洱海是有光环的，泸沽源是有梦幻色彩的，怒江大峡谷是有超现实主义意味的，腕町是袖珍诗丛的一卷诗，大理呢？哦，大理是大理石上的一泓奇异的移动着的纹路……

大　理

我算把大理给佩服死了。

你说，一个地方它凭什么就能那么符合一个人的具有古典主义倾向的心态呢？整个大理都是一种简朴的美。一份扎染的蓝。她仿佛是被历史这位白族老妇人用扎染或蜡染给套了色。

大理的天气风光又表现出一种无声的对季节的轻蔑否定。她不说，但是总会迫使你想这么说："难道世界上真的曾经有过四个季节的么？"如果有，那么这里的人怎么表现得如此习惯正常，一以贯之？如果没有，那么为什么我们这些从别的季节走来的人脸上还留着时间的四色轮碾过的痕迹？

春天，是大理的一个有常住户口的儿媳妇。有自然的美，简朴，勤快，但是她因为年轻而有点霸道，她把其他的三个恋人给关在门外了。不让进来。

可是谁叫她那么美呢？

三十一师小客房前的桃花，开得那才叫"怒放"。你甚至能听见那桃树咬牙切齿、语不惊人死不休的声音，她简直有一种非得让六宫粉黛无颜色的美的专横，她才叫才华横溢。更气你的是，在她的花枝上竟拴着一只鹦鹉，使她的美艳有了灵魂。活的，与人厮熟的鹦鹉，不说人话。专咬人的食指。后院的芭蕉和草坪上，也有这一手：会忽然蹿出一只拖着蓬松尾巴跳跃的松鼠，一眨眼蹿上古树，令你疑为眼花。

一个作家住在这里如果还写不出好作品，那还能怪谁？

任何一个地方，要是仅仅拥有点苍山还算不了什么；要是仅仅拥有洱海也不能算太了不起；要是同时拥有了这两样宝贝并且离得这么近，就算是有点奇了；但是谁还能再拥有一个永驻的春天呢？谁还敢奢望再有这么一座街巷古朴可爱的像绝版珍本线装书一般的小城呢？

大理，你有点过分了。

大理人，你们这种处之泰然的随和，安之若素的谦虚，也实在是有点太不够骄傲了。那些远不能和你们相比的都市人的自傲，如果给了你们，我们倒是愿意接受的呢。你们真傻，你们以为所有的地方都有苍山洱海吗？你们以为所有的地方都没有严寒和酷暑、都只把雪点缀在苍山额顶作为圣洁的装饰吗？

周　涛

散　文　精　选

你们错了。但是你们错得多么善良。

凭着这份善良，你们应该得天独厚。

然而，就在这春天与和平的摇篮、老窝、发源地，竟驻扎着一支勇猛的野战师。也许有人会认为这不够和谐，可我却觉得这支野战师恰恰像点苍山上终年不化的积雪似的，给诗的大理增添了一股劲气。

这是一支以我的老家山西的抗日决死队为前身的部队，也是我的父亲当年投身效命的部队。燕赵慷慨的悲歌，是这支部队绵延不绝的血脉。昔日太岳好儿郎于今垂垂老矣，揽镜悲白发者，庶几有人；但是这支部队还活着，生动着，从野战十四军到三十一师，决死队的后生一身英气，沙场秋点兵。

惭愧！

同为决死队的后人，刘永新副师长赳赳武夫、累累战绩，而我已经丈夫气减，徒有手中一支圆珠笔耳。刘永新，天生将佐之材也。少时为孩儿王，引众小厮打架；长大为师团长，率兵与越南人打仗。有战功，性忠勇。早为副师长，眼睛里犹可寻见顽童蛮憨狡黠之影子，蛮憨之对父老，狡黠以对敌人，不是正好么？

由"打架"而"打仗"，一字之差而规模不同，规模不同而形式相似，形式相似而结果大异：打架是打仗的模仿和演习，然而必遭父母之斥骂，胜败不论，一律没有好果子吃；打仗是打架的外级和扩大，却因效命国家，流血牺牲而立功受奖。

一字之差而结果大异，不是很有趣吗？

不过无论如何我得赞美这支部队，第一因为是老父的老部队，有世谊；第二因为这是我所见到过的最优秀的野战军，不疲沓，有精神，像个当兵的样子。兵就是兵，打个比方吧，既不能像狗也不能像狼，纯乎像狗近于奴才，完全像狼就是土匪。奴才只能摇尾乞怜、随乎左右，不能作战；土匪只能伤害民众、袭掠村镇，不能控驭。所以，应该如狼犬。训练有素。两耳直竖，双目威猛，静若处子，动如猛虎。此乃我之养兵之道也，当然是譬喻，不能误解。

大理还有个值得一提的是"双狗餐厅"。

小城有一条小街巷，小街巷里坐落着一个小餐厅，小餐厅有个小

老板,小老板是个小姑娘……全是小。只是小姑娘却是个大学生,学的是一口大不列颠的英语,一笑,露出两颗小虎牙,很是令人喜爱。

为什么要叫作"双狗"?

虎牙一露,笑了:为给餐厅起名字,两个人争得不可开交,另有一人见状说"你俩真像狗咬狗"。什么?那就干脆叫"双狗"吧。餐厅招牌上画了一对狗,假的;餐厅里面养了一只小白狗,真的。双狗变单狗,还是名不副实呀。大学生承包小餐厅,证明君子不必远庖厨也。

餐厅搞得那么优雅,那么洁净。她所放的音乐舒缓动人,她所设计的矮桌草垫格外别致,这里充满了一种高文化教养的温馨和亲切的意味。这里像这个小姑娘的心室。

没有喧哗的嘈杂,这里是一池静水,一朵莲花;也没有铜味,这里有信任、友谊,分寸得体;坐一会儿,听听音乐,休息休息,多好呀。文明是一种力量,同时也是一个境界。这哪里是一般的个体户所能达到和理解的呢?因此,仅仅知道赚钱就是愚昧;同时,仅仅能够有钱也并不证明就已经摆脱了贫困。唉,中国什么时候"安得'双狗'千万间"呢?

是的,"白族和白种人没有关系",大理也决不是大道理。

泸沽湖

"泸沽湖有多么美?"人们总爱这么问。

这怎么说呢?美是很难用一两句话来说清的。只能这么说:面对泸沽湖,任何一个傻瓜用任何一种傻瓜相机(但需彩色胶卷),顺手这么一按——行了,这张照片准能参加全国影展,碰巧了说不定还能得奖!

这就是泸沽湖。

"神姿仙态"、"天上人间"这一类的华词丽藻你都可以给她,她当之无愧但又都不稀罕。像所有的遗世而独立的无名风景区一样,她们的美是孤傲的,是拒绝世俗的探访的,因为她们的美原本是由于世

周　涛
散　文　精　选

俗社会的遗忘和冷漠而造成的。九寨沟也好，张家界也好，哈纳斯湖也好，现在都著名了。泸沽湖也会著名的，但是，随着著名而来的是什么呢？随着什么而来的又是什么呢？有时候真希望制定一个参观这类风景区的法，规定只有有高教养的人才有资格参观。不然，这些原始风景区很快会荡然无存。

泸沽湖是摩梭人的伊甸园。

是泸沽湖的纯情山水启迪造成了摩梭人的婚配形态呢？还是摩梭人的自然婚姻方式影响并美化了这个伊甸园呢？

人类遥远的母系社会时期遗失在今天这个世界上的一粒最后的种子，一册字迹不清的孤本，一部有关远古先民们的活电影，一滴保存到了本世纪末的单纯的水珠儿。

我不想多说自然，自然风光如若没有人和其他一些生命，便是蒙昧未开的，便是浑然无觉的。所谓盘古开天地，其实并不要他怎样使劲费力，怎么开辟鸿蒙，他活着，他来了，他感知了世界创造了世界，作为这个世界的灵魂并赋予周围的一切以新的意义，这就足够了。他仰首望天时，天便开了。日月星辰就露出来，为他的需要而有了不同的光芒。他俯首视地时，地便生育了，万般植物不再自生自灭而有了自己的名称和新用途——这才叫无私奉献呢。后来，过了五千年又五千年，盘古死了。盘古死时一定是幸福的，他作为先祖和先知，临终看到的是一个生机无限的世界，他充满希望地死了——充满希望地死和满怀绝望地活，该有多么不同！

这大概就是幸福。

但是盘古啊，他不懂计划生育。仅只又过了三千年，短短的三千年，盘古决没有料想到，人口已经膨胀得使地球的自转减缓，也使整个天空变得性情乖僻起来。先知的无限希望，竟是如此短促！

他留给我们的那些伟大的本钱，已经快花光了。

而泸沽湖，恰是当初不小心遗落在某个角落里的一枚。它还存在，是因为人们在忙乱中没能注意到它，就像一个人偶然从过去的裤子口袋里翻出了一枚钱币。

咦？他看着它，奇怪而又欣喜。

他会用它赶快去酒馆再喝一杯酒吗？

没准儿。

但是摩梭人不会花它。摩梭人也许没有经济头脑，但绝对有生命意识。他们视这枚遗落的钱币为自己的族徽，为自己生存的依据；他们虽然没有导弹而只有弓弩，却学会了和谐地与泸沽湖共存。

摩梭人！

当夜晚来临，当清澈的湖水轻轻舔着沙滩，款款涌向村落；当村落较为空旷的一角燃起了篝火，火光和短笛的声音首先召唤了青年男女，然后是小孩，然后是老人……

舞蹈就自然而然地跳起来了，摩梭人！

男子多为高大健美的，穿着类似藏民的袍子，戴了硬边的呢礼帽，有些像牛仔。女子多是美丽轻盈的，穿上镶边的长裙。像一排舞蹈演员似的整齐。

男子和女子很自然地拉起手来，臂挽着臂；他们很自然，看起来心理活动单纯而又健康。没有什么男女授受不亲的影子，也没有理论上赞美劳伦斯实际上受困于朱熹的矛盾。他们非常坦然，因坦然而纯洁无邪；我们却有些窘迫，因窘迫而证明我们想得太多。这不太好，可是我们正是因为念头复杂才进化成"文明人"的呀？这时候，我们或多或少会发现自己回不去了，想使自己单纯已经是十分困难、甚至是不可能了。

但是摩梭人舞蹈起来了！

一支短笛引领着的舞蹈，高大的青年男子在前面，姑娘们拖曳的白裙随着舞步整齐地抖动；男子和女子挽着的手臂有节奏地摇起又落下；男子的腿不停地运动着，充满节奏和粗犷单纯的力度；女子的面部表情是一种平静的微笑，是含蓄的陶醉，她们间歇地唱歌和呼喊；所有的女子都天赋地拥有金属般的噪音和唱歌的天才，她们个个都是才旦卓玛，高亢、清纯，让人想不通；这一切，都在夜色的掩护和篝火的照耀下，变得凸现、神秘、光彩迷人！

围绕着火而又被火围绕，水和火这一对不相容的美丽的矛盾。就这样和美地共存了。

至于"歌星"这样的词,我想会使摩梭人惊讶不解的。在她们看来,每一个人都会唱歌就像每一只百灵鸟都会唱歌一样自然。另外,我们现在使用得很多的名词和概念,我想也会令他们费解。譬如"离婚"这个词吧,我猜他们会这么问:"就是她和她的阿助不好了吧?"

"对,是这么回事儿。"

"那她的阿助就不会再来她家了。"

"这……一言难尽!"

究竟是我们文明呢还是她们文明?我们进步了三千年怎么还没有走到人类的起点呢?摩梭人可能什么主义都没有,她们是古典主义的呢还是浪漫主义的呢?魔幻现实主义呢还是超现实主义?她们都不懂,但是都比我们像一些。唯独我们,正搁浅在昨天与明天的礁区,拼命挣扎。

摩梭人,小心啊!

泸沽湖——最后的伊甸园。

这湖畔派兼高蹈派的舞蹈就这么跳着,精力充沛不狂不躁地舞蹈着,欢唱着,直至深夜。篝火宛如这群人的生命力一样,跳动着火焰,高扬着向上跳跃不停的金江精灵,爆裂出一闪即逝的光芒的小星座……哦。这才是舞蹈!那支短笛,那支引领起整个部落的唯一的短笛,它整夜都在吹奏着,几乎不停歇。它是单调的,富于变幻的;是从容的,声嘶力竭的;是陌生的,直入心灵的。这正是童话或神话里所说的那种魔笛,一点也不夸张,是魔笛。只有它可以调动起生命的最深处潜藏的朴素活力,那是一种忘我的、毫不淫荡的、不竭的活力,它有孩童的和宗教的美。

连续好多个夜晚,我的耳朵里总是升起那短笛的声音,若隐若现;从很远的地方飘来,在很近的地方响着。

怒江大峡谷

……向下,一直向下。如果不是身置峡壁头顶仍能望到一块青天的话,你准会以为汽车正驶进一条向下的隧道。一连几个小时,在这

种大幅度的倾斜中一直向下。毫不向上的汽车压低了脑袋、撅着屁搬往下冲,像一只急于入洞的昆虫。滑行,还是滑行。假如进入山口就是进入咽喉,假如狭窄峡谷间的盘旋道路是食管或肠道,这么走下去,要不了多久,我们就会到达地球的肚子里!

所幸,地球苍迈的皱纹已经具有足够的深度。它的皮肤上,一个褶皱就是我们所尊称的"大峡谷";一条鱼尾纹,就是我们所赞叹的"深沟大壑";一滴高原泪顺着它的面颊流下去,对于我们就是"长江大河";它的错动和漂移,它的隆起和深陷,它的陆块和海洋,它的表貌和内脏……我们称它为"母亲",可是我们对母亲的了解也实在是太少了。它的全部奥秘仅只是一个圆,圆就是零,零就是一切也就是虚无。

不用说打喷嚏了,它的筋肉表皮的一点轻微的错动,一次小小的痉挛,对我们,都是毁灭性的灾难呢!而且,当我们的城池坍塌,千万人痛惨哀嚎的时候,这位"母亲"果然无动于衷,依然挺着它那标准滚圆的大肚子,按照既定的方针路线作匀速的散步并且快活地转动着自己……照样儿跳它的华尔兹!就这样,它仍然是最仁慈、最驯顺的——在宇宙众星之中,所有的星球都只有拒人千里之外的冷漠目光,唯有它,肯收留并养育人类。

我们就正在这褶皱里航行着,越走越深。除了科罗拉多大峡谷,据说这就是地球身上的最深最大的褶皱了。

大峡谷,很美。这是一个露天的隧道,一个两边的峡上写满答案的地球年表,一个不是前进就是撤退的别无选择的人生象征。狭窄的谷底宽容地留出两条道路,一条留给人类,另一条留给江流。这样一来,就总是有一条水流在峡壁间陪伴着你的行程,和你一起走。这是一种多么奇妙的旅程!水总是跟着你,似水流年,永远滋润枯燥的人生岁月。冲洗时间的尘埃,洗涤世俗的烦恼;水就是活力,水就是返璞归真的良药,水就是让你恢复洁净心灵、重振创造欲望的生命源泉!……瞧,那些山水流泉就在两峡的石壁间渗溢着,有时汇聚成潭,有时流泻成溪,有时悬挂成瀑;尤其是当泉水从一处长了矮树灌丛的石缝或石穴间流下时,就使人想到了女阴的不竭的活力,这座伟大恢

185

周　涛
散文精选

宏的似由巨匠刀劈斧削而成的峡谷,该是由她们创造出来的。

走下去,就是怒江。

噢,怒江你为什么发怒?

你表面上看起来并不是很怒的,即使在亚碧罗桥这样的铁链桥上望下去,你也并不显得特别愤怒。那为什么要叫你"怒江"呢?

在横断山脉西部,在世界第二大峡谷之中,原来你的确是喜欢发怒的,你也许是一条比独龙江更暴躁的龙,你的震怒不仅在于水势,而且在于山水之间。

你能玩弄一种类似自抑式的把戏,能用大面积滑坡坍塌使一座山的三分之一全部塌下,使自己断流二十分钟,顷刻间淹没稻田六百亩。唉,谁惹你了?你竟用这种自我虐待的方式殃及无辜?

你还能不安地搅动峡壁,犹如巨蟒游龙震荡洞穴,致使巨石从山顶滚下,如球弹跳,还专择两户农舍的房屋之间轰然落下、夹住,使得农夫在清晨时起来,眼前平添一座大力神背来的王屋山,两户不能相望。这又是开什么玩笑?你又不是篮球运动员!

还有,1979 年你又喷射出地下水,冲塌了房屋,压死了八名战士和一个区委书记。你的水已经够多的了,为什么还要这样凶猛地往人身上喷呢?

至于你的江边峡谷里哺育出的黑蜂,更是一类汪着蓝光的怪虫。它凭什么就能叮人立死。毒性相当于眼镜王蛇呢?如若不是你的专门化尖端化的训练和培养,一只小小的蜂子,怎么可以想象能够装下眼镜王蛇的恶毒呢?

另外那些长期在你身边工作的老干部,他们努力适应你,理解你。他们本来活得好好的,后来他们离休了,离开了你回到内地,竟然不到一两年便一一去世。难道你就是用这种办法来表达你的挽留的吗?你的留恋不舍之情也表现得如此绝情啊?

怒江!性情乖僻、有无政府主义倾向的颓废厌世的江!

它是这样喜欢捣乱,这样酷爱和人过不去,但你不能不承认,它仍然不失为一条男子汉式的江;它有缺点,你可以写进地理书或水文调查报告,但你不能不承认它有充沛的活力,更不能不承认它的深刻

的奇异和美丽!

怒江峡谷,

绝不平庸。

女性的瑞丽

谁要是不相信我关于一个地区是有性别的这一论断,谁准是一个狭隘的地方民族主义者。当然,也可能同时还是教条主义者和经验主义者。

他首先应该到瑞丽去看看。

最好是碰上泼水节。

世界上还有地方能够比瑞丽(含西双版纳等傣族区域)更富有女性的特征么?我孤陋寡闻,我想不出来。

通向瑞丽的公路都是女性味儿十足的。它(应该是她)经常不是柏油铺成的,而是用小石头嵌成的。请注意,这不是公园的一节花径,而是堂堂的公路干线。这有多么细腻!

流经瑞丽的伊洛瓦底江丰饶而又倦腻,显示着平缓含蓄的丰姿。她的两岸,繁茂的热带雨林绵延起伏,上面总是氤氲着一层湿润不散的雾气,仿佛是窈窕者的呼吸。这时,你要是再听到哪个山东傻妞唱"谁不说俺家乡好"之类的歌,不笑才怪!

傣家的竹楼也简而不陋、巧而不小。每一幢竹楼都可以被看成一件放大了的手工艺制品,端庄舒展的造型,编织精美的图案,坐落在凤尾竹和椰林当中,就有了说不出的和谐!我认为竹楼是人类建筑才能方面的一次创举,通风、透亮,绝对不怕地震!走上去有点摇摇晃晃、吱吱嘎嘎,但是从来垮不了;整个竹楼富于弹性,有一点点安全的险趣。可以想象,睡在这里的人,月光和星光从竹缝中筛漏下来,织在他的脸上;花香和虫鸣也从竹缝中渗透过来,播进他的梦境;一切都是洁净的、美的,一切都轻盈,羽化而登仙!难道还有比这更艺术、更女性的住宅吗?相形之下,我们的钢筋水泥砖头构成的灰色住宅楼,不是太粗笨、太冷酷、太愚蠢了吗?当所有的夜晚都隔绝了清

周　涛
散文精选

风明月花香虫语，隔绝了树木的芳香泥土的气息，只剩下汗臭、脚臭、屁臭，只剩下浑浊的空气和混乱的梦境，城市人呵，你们岂能是健康的和不变态的呢？

悲惨，悲惨！我们没有竹楼！

即便我们学会了仿造竹楼，我们也没法子仿造出瑞丽的永葆温馨的季节呀！

瑞丽还有一个更加绝对女性的标志，那就是：假如你在瑞丽住了一个月，看到了、接触了形形色色的各类人。然后你走了，当你回想起瑞丽的时候，你会奇怪，你脑子里几乎留不下任何男人的影像。瑞丽肯定也是有相当数量的男性的，而且并不比别处就格外差，但是他们的形象是模糊的，仿佛洗印不清的照片。你的印象里留下的全是女性，异常鲜明，极具整体感。你记住的每一位妇女都不仅仅是她，而是通过一个个的人组合、拼凑成一个完美的傣族妇女的形态。

只要不仔细地注意，瑞丽在回忆中就会都是女的了。瑞丽是女儿国。瑞丽是花世界。瑞丽是筒裙的国度——连男人都穿！

阴柔如斯，美何如哉。

谁要是率兵侵略这样的土地，谁或者在这样的地方大谈战争和兵戈之事，谁要是能在这里想起并崇敬希特勒，谁就是不可救药、丧尽天良的野兽。不，野猪！

只有这样的地方才会有泼水节。新疆能有泼水节吗？新疆的雪水寒凉彻骨，七月流火的季节也一盆能把人浇病；陕北能有泼水节吗？陕北的水金贵如油，哪能这么"挥金如水"？只有这儿，能有。幸运的是叫我们给遇上了。

泼水节——

那位笔力深厚的老作家说"被祝福得淋漓尽致"；

还有位敬畏杜工部的诗人说"这完全是落汤鸡们的盛大节日"；

概括得很精彩！但我还是想对泼水节再画蛇添足地概括一下。首先，我认为这无疑是一场以祝福为幌子的大规模的调情活动，而且是光天化日之下的公开表白。调情没什么不好，它和恋爱的意思本质上一样。琴不调，音不谐；何况人的爱情乎？你看吧，满街上泼的最湿

而泸沽湖,恰是当初不小心遗落在某个角落里的一枚。它还存在,是因为人们在忙乱中没能注意到它,就像一个人偶然从过去的裤子口袋里翻出了一枚钱币。

的全是些美貌女子，窈窕淑女，君子好泼。这节日就充分说明了傣族人民在爱情方面表现得多么坦荡，多么美好！她们一定认为爱情是人间最美好的东西，所以不搞什么"发乎情，止乎礼"，更不在乎"瓜田李下"之嫌。其次，我觉得这是一场水的战争。泼水，先是花枝沾水轻洒，发展为用碗泼，然后是水枪射击、水弹投掷，水桶劈头盖脸痛浇……再下去，很快将动用高压水龙、消防车、水陆两用坦克啦！痛快是痛快，淋漓是淋漓，只是原先挺好的意思似乎正有些变味。游击战，埋伏偷袭，围歼，突然撕毁停战协议等等战术都在普及。因而，说是不许恼，但还是有的恼了。但是如果不这样呢？又缺少了紧张、兴奋的刺激。

好在，还是泼水，不是泼火。

水的战争肯定是战争中最温柔的一种，这样的战争没有伤亡，只有欢乐和爱情。泼水节是可爱的——泼吧！

落汤鸡们的羽毛一会儿就晒干了，不过，你若是不小心，顷刻又会湿透……哈哈！

蛇鼠

那年夏天，草原的弯弯曲曲、不甚平整的道路上，运粮的卡车、拖拉机昼夜行驶。在这些车辆驶过的泥土道路上，沿途到处都是被辗成数节的、蠕动的蛇。

这种景观遍布在草原上，几乎每一公里路面都能遇到好几处。满地的蛇被车轮或履带拦腰斩断，它们在纠缠，在扭动，然后再被继续驶来的载重车辆辗压过去，直至血肉模糊……那个季节仿佛是蛇的一场有组织的集体自杀，它们前仆后继，不断地爬上公路，就像等死那样，遭受着各种载重车辆的大规模屠杀，以至于草原上的许多车辆轮子上都是血糊糊的。

驾驶员和许多搭车的人都目睹了这种令人毛骨悚然的现象。驾驶员说：没办法啊，只有横下心往上开，绕不过去啊！所有目睹过的人都感到离奇，他们说：从哪儿忽然冒出来这么多的蛇啊？往年草原上可是很难碰见一条蛇呢！

这种异象令人费解，尤其是由蛇这样背上印着花纹的软体动物弄出来，就格外容易造成神秘而又恐慌的气氛。这是怎么回事儿？会不会预兆着什么可怕的灾难临头？天要惩罚人们了吗？如果是地震，那倒不怕。草原的牧人们都住着毡房，没关系。洪水呢，似乎不可能，巩乃斯河里还可以再装一条河。伊犁河谷里的这块大草原，是个风调雨顺的地方，光是今年产的粮食，汽车昼夜都拉不完……这么一想，

人们又放心了。

那个时候,学生连四班的蓝毛偏偏提了一条小蛇。蓝毛是个生性胆大活泼的人,一米八的大个子,还喜欢玩。他捉的这条小蛇跟他形成悬殊而鲜明的对比,他高大魁梧,小蛇细如一根小指,长不过一条鞋带儿。

他把它搭在脖子上带回来,顺手往宿舍通铺上一扔,小蛇在他铺上慢慢爬了一会儿,蜷起来。

我们怕蛇,全都跳开。"蓝毛!"我说他,"你玩什么不成,玩蛇!"

蓝毛大大咧咧:"没事儿。"

之后,蓝毛蛇不离身,与这条小蛇缠绵厮熟。炎天夏日小蛇就放在背心里,贴着他肚子钻来爬去,有时从他脖子后头突然钻出一个蛇头来,吓得别人惊呼。那小蛇也怪,竟依恋起他来,并不逃走。渐渐四班的人都不怕这条小蛇了,夏天放在肚腹间,凉凉的挺舒服,所以不时被人"借"去玩一阵。我也试了试,小蛇果然乖巧,它腹下的鳞片从人身上轻轻划过,凉凉的、痒痒的,宛似一根尖细灵活的手指在身上触摸着。在感觉中这当然是一根女性的手指,她滑动着,游走着,时起时伏,若隐若现;我可以感觉到它的细小鳞片拨动我的每根汗毛,就像它拨开草丛一样,也像少女的手拨响琴弦一样……嘿!这小家伙,它把我的身躯当成土地和草原了,它是那么隐秘和温柔地拨动了人,让人生出理解和怜惜。

可惜小蛇不会说话,不然它会告诉我们公路上那些离奇的事是为什么发生的。那年夏天,蛇的事成了议论的话题,不料到了秋天翻仓,鼠的事又被重新发掘出来。

那天翻油菜籽,不断地发现一团团粘在一起的黑糊糊的东西。开始谁也没介意,以为是油菜籽粘成了团,后来终于分辨出来,全是些干了的死老鼠。堆了大半间屋子的油菜籽堆,翻完一看,将近半堆都是死耗子。

又是个毛骨悚然!

怎么回事呵?怎么这么多的死老鼠啊?一阵乱喊,保管跑来了,一看,笑了。保管说:"你们不知道,去年闹鼠。那个才叫厉害呢,说出来你们都不相信。"

他摇着头,一副不堪回首的表情。"去年,"他说,"老鼠有多少呢?满山遍野,数也数不清啦!我们挖了七米深的防鼠沟,沟里的老鼠,一铲一簸箕。浇上汽油烧,几天都没烧完呀!

"屋里也都到处是老鼠呀,房梁上爬满了,挤得掉下来,扑通扑通的!窗台上也满了,满地跑的是老鼠。我说出来你们不相信呀,就是我家里,晚上在地中间放一脸盆水,第二天一看,一脸盆淹死的老鼠!都是自己掉进去淹死的!

"县委发了文件的呀,紧急动员全县防鼠的呀。可是也奇怪,说来就来了不知怎么那么多,说去就一个也看不见了。就是去年的事嘛,你们去问问老职工,都知道。"

一年蛇,一年鼠。来无影,去无踪。

这就是草原,它静静地躺在那里,满身美妙的曲线,绿草芳花,碧空白云,一流如带,牧歌低唱。它看起来是如此的一成不变,草枯草绿,雁去雁归;但实质上它是深奥复杂的,它的语义和表情远不是我们现在能够认识的。

只有一点我可以认识,那就是:一些辽阔博大的东西,比如草原啦,海洋啦。大的山脉啦,它们的生命呼吸,都与整个宇宙息息相通……

1995 年 6 月 7 日

乌鸦

四班有九个人。这九个人的大号名讳依次是：黑子、蓝毛、鲁塌头、志刚、老哈、癞皮秦俊、大胖子玉素甫江和瘦干艾买提。四班的宿舍在这排土房子的顶西头，班长田永生。

四班所有的人不论好孬，都极有意思。唯独班长田永生，好孬不论，堪称全世界最寡淡、最没意思的一个。他长得一点儿也不难看，甚至五官非常端正，端正到了一本正经的地步也算难为了他爹和他娘，你看着他的脸、面孔、身材，无论怎么也会相信他妈绝对是因为开会时听他爹讲话，忽然身子一颤，怀上了他。不然，若有一丝一毫的不轨行为也生不下这么个五官端正的人物来。

那时正好兴样板戏，大家就觉得他像"样板人"。田样板可能从托儿所时就开始担负领导工作了，从大队长、团支部书记、学生会副主席直到校革委会委员一路当过去，蚕吃桑叶一样勤勤恳恳，狗吃屎一样跑跑颠颠，终于在巩乃斯草原国风吹草低见牛羊的时候，被正式任命为四班班长。

田样板虽然正经，但也有犯荒唐的时候。有一次黑子和志刚在学习"老三篇"时激烈地争论起秦始皇的功罪，忽然主持会议的田样板一脸的认真和严肃，探身问道："秦始皇是谁？"全班九个人除了田永生全都愕然，一齐盯着这位班长好似不认识他了，弄得他反而气愤不已，大叫："这有什么奇怪的？真是！"他觉得冤枉，觉得大家总是联

周　涛
散文精选

合起来不服从他的领导。当然他冤枉得也有道理，这八个战士是有点难对付。

　　黑子是个绝顶聪明的恶棍，每隔三天怀念一次他老婆的大腿，经常咂着嘴说："我老婆的那两条腿杆子……啧啧！"蓝毛是没长恐惧神经的傻汉，不知道怕。造土手榴弹时期，有一颗就在他手里炸了，结果他没事儿，三十米外的人倒抱着头鲜血淋淋。癞皮秦俊是个每天晚上施放毒气的臭狐狸。老哈是阿尔泰山里摇摇晃晃好吃懒做的烂狗熊。鲁塌头是破罐子破摔专门和领导作对的典型。大胖子玉素甫江，体重九十多公斤，小拇指头和别人的大拇指头一样粗。他从来不打人，只是笑嘻嘻地用一根手指朝人肋骨上戳戳就够了，没人受得住。瘦干艾买提为了维护民族团结，基本上光动脑子三天才想起说一句话……这个班里荟萃了全连体重最重的和最轻的，个头最高大的和最矮的，相貌最英俊的和最丑陋的，脑子最聪明的和最笨的。还有，就是八个最不安分的和一个最正经的。

　　时间虽然也还是时间，也还是照样在手腕的那个带玻璃罩儿的圆形小体育场里练步子，但实际上已经老了，老成一张啰嗦老汉的嘴，耷拉长了一倍，没完没了的精炼不起来了。

　　巩乃斯草原的冬天过了差不多有半个世纪才仿佛刚到，它的劲头还很十足，充满活力。纷纷扬扬的大雪下得像是忘了停，浑浑噩噩的鹅毛飘洒，茫茫凄凄的大地变厚，天空低垂，地球升高。

　　只有红泥小火炉和九个温暖的傻瓜，在这世界上活着。除此之外，你不相信还能有别的什么。

　　当然，还有。牧人在毡房里打瞌睡、喝酒。他的马在外面的木桩上安详。一动不动；耳朵上、鬃毛上、鞍背上铺了一层厚茸茸的积雪，它像一块化石，血液缓缓潜流地承受着冬天。

　　球老汉的摆渡算是停了，巩乃斯河结了冰。冰上落了雪，雪上有各种各样的足印，也有白水貂的。白水貂这精灵是白对了，那么雪白，不可能分辨哪个是滚动的雪团，哪个是它。不知道它吃什么？活物。河里结了那么厚的冰，载重卡车都能开过去，它咋样才能钻进水里吃鱼呢？冰厚得像一道鱼儿们家里的大门，一关上，就是冬天了。

一只乌鸦落在近处的树梢上，换了好几个树枝才站稳。雪抖落下来。它耸起它那黑风衣的领子，缩着个贼脑袋，故意装出一副很哲学的球样子，像是思考什么重要问题。

　　另一只乌鸦干脆落到四班窗户的土台上来了，隔着玻璃朝里看着。它的眼睛里竟然丝毫没有流露出对温暖的羡慕和对人类的惊奇，相反，有一股蔑视。仿佛它是一个刚从国外回来的高贵绅士，而我们倒是一群缩在一起的乌鸦。

　　"到底谁是乌鸦，谁是人呢？"黑子第一个发现了这个问题。他说，他妈的隔着一层玻璃，它倒变成监视我们学习的领导了！我操你奶奶的乌鸦！我最恨这号自以为了不起的烂鸟了！你们看看它那副贼德性！

　　果然。那乌鸦开始在窗台上走来走去，翅膀背在身后像一双倒背着交叉的手。它低头踱步，如一位长着长鼻子短下巴的黑衣监考官。

　　田样板放下手里的老三篇，以班长的负责态度走过去，"哒、哒、哒"，用手指在窗玻璃上敲了几下。乌鸦一惊，飞走了。

　　这只乌鸦飞上树，和树梢上那只乌鸦说了些什么，交换了什么意见。只见那只乌鸦点了点头，好像同意。一会儿，那乌鸦又飞回来，落在窗台上。

　　"哒、哒、哒！"用嘴在玻璃上敲了几下。

　　田样板正在以千念不烦的态度读着"白求恩同志是加拿大共产党员……不远万里，来到中国……"听见响动，以为是连首长来了，一屁股弹起来，慌忙要去开门。听见大伙哈哈大笑，停住，扭过身问：怎么回事？

　　蓝毛一本正经站起身，朗诵道："黑乌鸦先生是墨西哥民主党员，它不远万里来到四班。为的是……"

　　"找田永生谈恋爱！"黑子立即接上了。

　　小土屋子里立即爆发出一阵肆无忌惮的狂笑，学习老三篇的气氛全破坏光了。

　　乘大家笑得上气不接下气的时候，癞皮秦俊偷空放了一个极其腐败的屁。平常他只要放了屁，准定首先被老哈闻出来，好像老哈认识

周　涛
散　文　精　选

他的屁味。刚刚一有苗头儿就能识别，立即一脚就把他踹出门外晾一会儿。

这次老哈没嗅出来。癞皮秦俊高兴得和别人一块狂笑起来。他是笑别人光顾着笑了，结果他的笑感染得别人又多笑了一阵子。

笑完了，更觉得无聊。

"好啦好啦，开始学习吧。"田永生发话了。

"学个毯，都快开饭了！"蓝毛的话接近反标，田样板一愣，没敢上纲。蓝毛身躯魁梧如古希腊掷铁饼者，人缘又好，田样板知道一旦告上去，除了他自己，别人都会说没听见。他望望窗外，雪已经停了。再看看表，是快开中午饭了。"那咱们总该找点儿什么事儿干干吧？坐着等吃饭？"他搓着手嘟囔。

"捉乌鸦。"有个人建议说。

看来这件事是引起了全班的兴趣，九个人稀里哗啦爬起身来，从大通铺上滚下地，忙开了。大胖子玉素甫江献出自己的脸盆，瘦干艾买提用刀子从床板上劈下一根木撑子，老哈拖着大头鞋到食堂找了半个馒头，掰成碎块，志刚找了一根细白绳子。

弄妥了，派癞皮秦俊在路边上放哨溜达，随时报告乌鸦的情况和动向，省得放屁熏人。

田样板捏起绳头，躲在门背后，一脸的天真无邪。班长牵头儿，他当仁不让。

其他的人一律躲在窗玻璃后面观察。

雪地上，木棍支起脸盆，脸盆下面放好了碎馒头，等着一只乌鸦飞来。

果然就来了。一只，两只。巩乃斯的乌鸦的确是多，鬼鬼祟祟落下来，东张西望。有一只先走过去，假装伸伸头，再伸伸，一缩。

癞皮秦俊压低声音喊，先别动手！

看看没事，那只乌鸦依然不进去，只盯住看。另一只乌鸦干脆踱步离远了些。又来了几只，凑在一块儿，开会。过了好几分钟，冷不防一齐扑过去，抢着叼碎馒头！

癞皮秦俊喊着，快拉！

田样板拉了线儿,脸盆"咣当"一声落地,吓走了几只,盆沿砸住翅膀后挣脱了一只。好像扣住了一只。

　　"哇啊!"九个人连滚带爬窜出去,抢着要抓那只乌鸦。田永生毫不留情地一劈手臂,"让我来!"他小心地把手塞进盆沿儿,探准了,一把抓住举在空中。像一只优胜奖杯。

　　九个人得意忘形,狂呼乱叫着扑上去,每个人都想捉一捉那乌鸦,结果那乌鸦在田永生手掌里突然头一偏,眼儿僵直了。

　　田样板奇怪,咦!怎么死了?

　　黑子气得大叫,都是你攥得太狠,看,给攥死了。

　　我保证没使劲儿捏,向毛主席保证!田样板也急了。

　　大胖子玉素甫江过去,把乌鸦的尸体在肥胖的手掌里掂了掂,像个卖肉的掂一只可怜的瘦鸡。他想了想,以维吾尔族人对维吾尔地区乌鸦的特殊了解的口吻说:"它是气死了。"

　　气死了?乌鸦还能气死么?

　　嗯,是气死,他说,很多鸟类都不愿意被人抓住,有的嘛,被人抓住以后,不吃饭,就死了;也有的当场气死。鸟儿自由自在惯了,而且它们的心脏小得很,一抓,它太激动、生气得很,心脏就破裂了,完蛋啦。就这回事儿。说完,大胖子双手一摊,眼皮往下一垂,表示遗憾。

　　听完这个解释,大家觉得是这么回事。纷纷回到土屋里,学老三篇。离开饭还差十分钟。学了不到半分钟光景,还是蓝毛憋不住了,半是自语半是向大家地冒出来一句话。

　　他说:人怎么就气不死呢?真怪。

细狗

　　吐尔逊别克的父亲来看吐尔逊别克。

　　当他来到连队的时候,这个哈萨克老人显得风尘仆仆,有些疲惫。他下了马,一直牵着那匹和他差不多苍老的马走到连部门口。他走过来的时候显得又矮又笨拙,仿佛不是一个完整的、行走的人,而是从马背上临时卸下来的一部分零件。

　　老人茫然地注意着周围的一切,脸上现出一种类似野生动物的表情,他始终不说话,沉默而又顺从,仿佛是一个刚被抓来的俘虏。

　　直到吐尔逊别克从屋子里出来,和他的老父亲见面的时候,老人低声地叽里咕噜了几句,脸上仍然没有绽开笑容。好像他不是骑着马翻山越岭走了三四天,而是从隔壁的屋里才走出来。

　　他把缰绳交给吐尔逊别克,看着儿子仍然熟练地拴了马,就跟进屋里去了。

　　当时连队院里站着好几个人,都在观望着这对哈萨克父子的相见。我也站在院子里,我为看到的这一幕过于朴实平淡而心生感动。要知道,这位哈萨克老牧人可是骑马穿过了好几个县来的,大冬天的风雪,少说几百公里,就单人匹马地来了。他的狐狸皮帽子戴在那张苍劲的面孔之上,没有丝毫浪漫的骑士风采,只显得实用。

　　我走过去看了看他那匹马,很一般的那种牧民骑的马,鞍鞯也普通。马有些瘦,马毛杂乱,被汗湿了的皮毛上结了冰霜。它低垂着头

颈,一动不动,眼睛微闭,任人们评价。

这时我才发现连队门外游动着一条狗,它探头探脑,似乎想进来,但又犹疑不决,仿佛没有足够的信心确认它和这个院子的关系。

它太瘦了,瘦得像一张弯弓,一个问号。

但是它瘦得独特,甚至瘦得高贵优雅,一身白色,四条长得离奇的腿,犹如一只仙鹤,它的嘴也是尖而长的。它的腰部像一张弓,背向上耸起。肚腹间仿佛被豹子挖空了,其凹处足可一握。

这么一条狗,从哪儿来的呢?

有人拿石头扔它,它灵巧地躲闪开,怯生生的。它对人有一种忍让的品格,决不吠叫。

还有人看见它就笑了,说:"没见过这么瘦的狗哎,明天就饿死了,太可怜了。"

但是这狗并不走远,也不进来,它很警惕,也很陌生;有可怜它的人扔馒头给它吃,它看也不看一眼。它的眼神是一种聪明、羞怯、丝毫没有凶相的少女似的眼神,黑而清澈,仿佛它什么都明白,就是不太好意思。

我忽然对它产生兴趣,感到它有些不同寻常,我想起有些外国小说插图里画的猎兔狗,也是这种类似的样子。那是一些欧洲贵族围猎时用的名犬,这条狗会是吗?

我试着追逐了它一阵,果然,它跑起来轻盈得就像是没有分量,轻松极了,随意一跳就蹿出去一丈之遥。它跑起来就像一只豹子,不,比豹子更富有弹射力,它简直就是在把自己射出去!

姿势太漂亮了,优雅极了。

它是一条狗,然而它使自己具有了鸟类一般的轻灵,这真是奇迹。它的跑跳几乎就是飞行,因它身躯的奇异细长而伸缩自如、灵活有力。

这不是瘦弱,而是犬中的某项天才!

我知道了,它是细狗。细狗是草原上最受哈萨克猎人珍爱的一种名犬,专门用来捕狐。一般的牧羊犬粗壮凶猛,可以与狼搏斗。但是它们太沉重了,追不上狐狸,而狐皮是相当贵重的,价值远胜狼皮;只有细狗可以追捕狐狸,还能钻进狐狸的洞穴,细狗生来仿佛就是为

199

周　涛

散文精选

了对付狐狸的。

吐尔逊别克朝我走过来了。他微笑着朝我打手势，"不要打它，我父亲的狗"。

我问他："是细狗吗？"

"当然了，"他很骄傲地说，"这是我父亲最宝贵的东西，比马还重要；这样的狗，不是太多，人家拿十只羊换它，我的父亲不愿意呢！"

"可是刚才还有人说它瘦得快死了呢。"

"那些人懂什么！他们不懂。哈萨克人一看就知道，最高级的狗啦！它从来不咬人，看起来老实得很，其实它厉害，一看到狐狸，没有跑掉的，一定抓住！"

"公安局抓特务么？"我开玩笑。

"比公安局抓特务还厉害！"

我们俩都笑起来。

吐尔逊别克的父亲第三天就走了，走的时候，我才看到那只白色细狗兴奋、激动的样子。它像一只白色的鸟儿盘旋、飞翔在主人前后，稍不留神，就远远地把自己射出好几百米开外……它的身姿矫捷得令人赞叹！

我在连队门外一直目送着他们，我想，一类天才式的人物在世间也是这样被误解的，和良种犬一样。它身上没有保留供人食用和役用所需的多余的肉，因而在一般人眼里，它毫无价值。

但是吐尔逊别克的父亲了解它，知道它的本事，把它看得非常珍贵。

吐尔逊别克的父亲不是名犬鉴赏家，不是生物学家，他只是一个骑着老马的草原猎人，看起来表情简单、缺乏激情。

一双罗圈腿。笨拙迟缓。

1995年1月6日

老父还乡

一个人老了，重返童年时光，
然后像动物一样死亡。
他的骨头已足够坚硬，
撑得起历史，让后人把不属于他的箴言刻上。
——摘录1995年4月号《作家》月刊中的一首诗

"父母是一种恩赐，也是一种负担。所谓孝子，就是那类能够把这些负担也品尝为恩赐的人。"我写下这句话的时候就意识到了，这样一句纯种的箴言没有投胎到经典里而是诞生在我的破书桌上，是委屈它了。

可是有什么办法，我恰好正是这样一个箴言的赝品制造者——一个永远得不到历史发给的合格证书的活着的诗人或作家。当然这没有什么太大的关系，因为我除了偶尔制造一点"箴言"以外，更多的还是生活，是和绝大部分人一样的生活。社会、家庭、父母、兄弟……我像一只啄破蛋壳呼吸到外界空气的小鸡那样，头伸到社会上，而身子每天都回到家庭的壳里。我想不光是我，几乎今天的人都生活在这个壳里。

在这个壳里，血亲的营养源源不绝。虽然随着时间它会减少，它会从原先浓稠流溢的浆液状渐渐干涸成凝缩的底壳，但它不会消失，

周　　涛
散　文　精　选

而是会一代一代地传下去。

谁会否定自己的血脉呢？随着年龄，我们会更客观、更公正地对待它，但我们永不会否定。它只能使我们感到生命多么伟大，命运多么神奇，爱的形态多么变化莫测、难以捉摸！

现在，我感觉我不是在写一篇散文，而是在讲一个故事，一个老人还乡的故事，我只是一个旁观者。

一

从一九九三年开始，我父亲就不断地流露出想回一趟山西老家的念头。这念头时强时弱，时隐时现，但每次都被我们用强有力的理由给压制回去：其一是路程太远，不能直达；其二是年近八旬，动不如静，万一路途中生病，不堪设想；其三是要花不少的钱，按我母亲的话说就是"把一点钱都叫他泼洒了"。

说到底，老父亲回山西得有两个条件：一是要有一个人陪同；二是要有人出钱。看来这两项都历史性地落在了我的肩上，我是个作家，作家就是坐家，不用上班，有时间陪同；另外我得了五千块的"八一"奖。意外之财，可充路费。加上三个弟弟各出两千，一万多块，大致够了。

我叔叔一九九三年得了脑溢血，抢救过来，半身瘫痪，口不能言。我父亲要回去看他弟弟，此心不遂，迟早也得憋出病来。所以到了一九九五年四月十六日，终于成行。此举惊动了上海的表哥张步高，深圳的堂弟周军，都约好了同赴太原。

全家人都怀着吉凶难测的心情为我们准备，他们都知道我和我父亲的关系，不见想得慌，见了吵得慌，我的任性和父亲的固执，实在难容。三个弟弟一致认为"上了飞机半个小时以后，大哥肯定气得把爸爸从飞机上扔出去"！说完，二弟又补充了一句，说过十秒钟以后大哥自己也跳下去了……

临行的前一天下午，果然出了一件令我气炸肺的事。我父亲——他大概是太高兴了，在院子里散步。浮想联翩，豪情满怀。忽然看见

他的孙子在球场上打篮球玩，竟忘乎所以，对其孙子叫道："扔一个球给我，看爷爷给你上个篮！"其孙子年方十二，立即照办，结果篮没上成，自己跌倒在地，半天爬不起来。

我听到这件事，气不打一处来。在电话里吼道："你以为你今年多大？七十七岁打什么篮球？明天上不上飞机啦？"

他说："没关系，没关系，只擦破了一点皮。"

我父亲就是这么个人，将近八旬的人了，似乎还不够成熟。我仔细研究过他，他一点儿不比别人笨，记忆力好得惊人，可是思想方法古怪，总是不合时宜。我妻子有一次就说过："我觉得爸爸的思维方式像外国人，和一般人不太一样。"

"有什么不一样？"我说，"你爸爸才是外国人呢！"

二

那天早晨去北京的飞机是正点起飞的。

父亲坐在座位里，他系不上安全带，他怎么也搞不清安全带那么一个简单的名堂。我帮他系好之后，他就闭上眼睛靠在座椅上，我知道他有点惊恐。父亲平生坐飞机的次数非常有限，似乎只有两三次，其中就有一次飞机在空中发生故障。在海上坐过一次轮船，带着我奶奶，遇上大风暴，起落摇荡，险些把我奶奶呕吐得丢了老命……说起这件事，他总要说："当时我心如刀绞啊！"

这次回老家他本来坚持要坐火车，我说要是坐火车我就不陪你了，我不受那几天几夜的罪。他没办法，只好依我。

飞机升到高空了，我示意让他往窗外看一看。他伸过头去望了一眼，迅速缩回来，满脸不可思议的表情，连连摇头。父亲怕高，有时连三楼的阳台都不太愿意上去；这一点我也相似，有恐高心理，于悬危之处往往不勇敢。

飞行大约半小时之际，我扭转头看到父亲正闭目养神，似睡非睡，嘴唇紧闭，身边是他的那根手杖。阳光透过舷窗照在他的脸上，明暗格外清晰，仿佛被光线重新勾勒描画过一般。我发现此刻父亲的脸型

周　涛

散　文　精　选

无与伦比，他的额头，他的稍显稀疏的花白头发，他的鼻梁、眉骨和轮廓，还有那张紧闭的固执坚忍的嘴，都是属于不可多得的完美！正是这个相貌出众的人，在生活中受尽磨难，在他的生活轨道上几乎没有向上浮升的箭头，他却一直到老也没有服输……一个不识时务的普通人，一个人情世故永不练达的老八路，一个顽强的生命，一个了不起的父亲。

这个镜头使我心里酸了一下，唤起我的感情。我想到我已经年届五十了，一事无成，枉过半百，少年壮志，消磨殆尽。不识时务，不懂人情，我不是也和他一样吗？有其父必有其子，斯言信矣。

蓦然间我忽然想起少年时做过的一个可笑的梦，那是梦到在一个大广场上举办一个展览会，展览会像迷宫一样，盛况空前，每个展览项目前都有一位本项目的杰出人物做当场表演。我窜来窜去，突然发现父亲站在一个项目前。他没看见我，他正在现场表演刷牙，他是被作为刷牙最认真、技巧最娴熟的突出人物来做示范的……我当时很沮丧，干什么杰出不好呀，偏偏是刷牙！

这个梦给我留下的印象竟如此深刻，到了现在也没淡忘。这说明，一个少年对父亲的期望也是很高的，犹如父亲对儿子的期望。所有的人家父子之间都曾充盈过因希望而幻化出的相当诗意的美梦，但最终都在社会前面受挫，在现实这块坚硬的土地上变得清醒过来。现实就是这样，它不会一直宠爱谁，也不会一直孝敬谁。

三个小时以后，北京到了。

在约好的地点，晓桦匆匆地走过来，他一看就知道站在班车售票处的那个拄杖的老人是我父亲。我们拎起箱子走向停车场的时候，他悄声对我说："嘿，你爸比你漂亮多了！"

三

北京对我父亲来说是个什么地方呢？是陌生，是熟悉；是拥有，是失去；是别时容易见时难，是一段情缘两相弃。北京啊北京，你怎么说也是我们心中一颗明亮的星……你还是我们生命历程这部大书的

一篇总序言，打开这一页，整部书里的各个章节历历在目。

父亲是把北京装在心里走向自己的生活的，他把这当成了一生的信仰。对于这样一种情感，生活在北京的人一般是很难产生的，也是不容易体会的，从未生活在北京的人也是很难产生和不易体会的。

他在北京生活工作了七年，除我以外，他的三个儿子都是在北京出生的。但是他已经有三十多年没来过北京，北京变得他一点也不认识了。当汽车在三环路上行驶的时候，父亲平静地望着窗外，他没有大惊小怪。只有一些地名是他熟悉的，但是地名之下的景物已经与昔日毫无联系了。沧桑之变在他心里引起了什么，我无从知道。

有一天车子路过北外大门口的时候，我叫他看，那就是当初他工作生活过的地方。车子一闪而过，他没有看清，但他没有特别要求再回去看一看，他说："认识的人大概没有几个了。"我告诉他，说我去年在皇苑住了一个月，有一次去了北外，没有一块砖头是我认识的。父亲笑了起来。

我在想，一九五五年秋天父亲这个十四级干部应该是三十七岁，他举家迁往新疆的时候不知是怎么想的。他说想法很简单，他当时在北京才拿九十多块钱，去了新疆就变成二百多块了，他说："在北京那点钱养不起你们四个呀。"

父亲难道不知道北京的地位重要吗？他当然知道，他是为养活我们养活得稍好一点去的新疆。

后来他特意要去天安门广场和毛主席纪念堂，我陪他去了。近十几年我几乎年年去北京，但我从没进过纪念堂，这一次总算陪他去了。

在天安门广场上，春天的风筝欲飞还坠，北京老头和外国游客各得其乐，人并不算太多。我们从英雄纪念碑一直向金水桥方向散步，心情舒朗，天气晴和。走到靠近天安门的广场尽头，父亲环顾前方，然后用一只脚轻轻踩了一下脚下的地面，说道："开国大典那天，我就站在这个位置。"

"第一排啊？"我说。

"华北军大是军委直属单位，营以上干部在这个位置。"父亲有些得意地说，"毛主席看得清清楚楚。"我看着他，想象着父亲当时站在

周　涛
散　文　精　选

这里的样子，一个三十一岁的年轻军官，头戴大盖帽，一身军服紧绷在颀长的身体上。我猜想父亲当时应该半张着嘴，目不转睛地仰望着城楼上他的那些领袖们。

北京对他来说意味着什么，我哪里能知道。他一生所经历与体验的，战争、抉择、胜利、挫折、危险、迁徙、痛苦、希冀……哪一样都远远比我真实，比我强烈得多。所以，有一年我弟弟半岁的小女儿因病夭折在医院里，我忍不住失声痛哭，可是一扭头看见父亲紧闭住嘴唇沉默不语，滴泪不流。我当时就明白了，在忍受痛苦和命运的打击时，他永远比我坚强百倍。

四

早晨我早早就爬起来，陪着他走出饭店，过街到对面马路旁边的一块空地上，他要每天锻炼一小时。父亲已经风雨无阻地坚持了近二十年了，他的那根手杖，也许不是为助行之用（他走得很快），而是早晨练剑的代用品。一柄长剑是不准带上飞机的。

他一锻炼，就很投入。他练得很认真，旁若无人，渐入佳境。我站在路边吸烟，我看他锻炼，父亲的姿势带有明显的个人特色，手势、身形、头颈和步态都有一种特殊的、古怪的风格，其中有些动作是他自己发明的，半生半熟，不土不洋。我突然发现他的这一系列长时间的动作中，融会了他一生的全部经历。

是的，全部经历都藏在这清晨一小时的一招一式当中。那个乡村爱好英语的高中生的热情，那个携一本《圣经》去投身决死队的青年的莽撞，那个当了十一年兵也没有改造彻底的小知识分子的文雅，那个多少城市改变不了的农村人的底色，还有那种又有点像官又有点像教员的某种不易分辨的气质……都在里面。

更加有趣的是，我发现街上的人都在注意他，骑车的，走路的，有的从汽车里伸出头来。这个老头看来是太引人注目了，为什么？我以旁观者角度看过去，发现父亲确实是精彩，他白发红颜，气色太好了，这一刻他飘然欲仙如同一只苍劲的老鹤。

更为可笑的是，两个路过的小伙子，站着看了一会儿，竟同时在五米开外跟着他的动作比划起来，一边比划，一边煞有介事地说："这是武林高手。"这个小插曲父亲根本不知道，他聋得厉害。

练完返回的时候，在过街天桥上立住，凉风拂面，欣赏市景。汹涌的车流从身下滑过，伟大的早晨，波澜壮阔。父亲赞叹道："好家伙，真是不简单！"

然后去餐厅吃早餐，普通的份饭，一人面前一碟小菜，两个花卷，一个鸡蛋，一杯冲好的奶粉，桌上还有一盆小米稀粥。我吃了一个花卷，一个鸡蛋，喝了半杯奶，然后就看他吃。他把所有的东西全部吃光，迟疑了一下，又把我剩下的那个花卷拿过去吃掉，把奶喝得一滴不剩，又连喝了四碗稀饭。

他吃得令服务员为之瞠目，令我感到不好意思。我说你吃那么干净干吗？太缺乏绅士风度了，要多少剩下一点。

他说："我不喜欢浪费，何况我还没吃太饱呢！"

哪个老人像你这样吃饭嘛，这样对身体不好，给你说过多少次了，你还引以为荣。这是一种极其农民化的饮食状态嘛，没什么可以自豪的！

他说："我就是农民，有什么办法。"

农民是一部分落后的、亟待改造的阶层。这话不是我说的，可是毛主席说的，中国的重要问题是改造农民。

他说："我老了，改造不成了。"

五

这天我们按计划去高级党校，那里住着一家人和我们有两代人的交情。这家主人也是五十年代去新疆的北京调干，到了七十年代末又回到了北京，曾在清华大学任过宣传部长，后到高级党校任教研室主任，现已离休多年。他叫曲方明，夫人裴棣，儿子小龙。当年在新疆党校的院子里，这家人是工资最高的（五十年代全家四口人平均百余元），也是文明程度最高的，虽然同是从北京调来的，但我从小就感到他们家比我们家"有知识"。

当我的满口北京话迅速融化于新疆话的汪洋大海之时,小龙的父母严厉地规定他:"不许说新疆话!"

当我们在院子里疯玩,天昏地暗,忘乎所以,小龙的母亲站在远处喊一声:"小龙!该复习功课了。"小龙立即低了头,很不情愿地,但是乖乖地回去了。我当时感到他们家"有教养",因为我父亲不太管我学习上的事。

小龙的父亲那时穿一件灰呢子大衣,威严得很,我感到他是了不起的人物。而小龙的母亲风度高雅,仪表非凡,是我当时见到过的最有风采的女干部。这两位抗战时期参加革命的老干部,都是父亲多年的同事,小龙则是一起长大的忠实的小伙伴。

高级党校春深如海。在最里头,找到了曲方明的家,我让父亲走在前面,按过门铃后,门开处听到一声:"老周!"两个老人十多年没见过面了,坐在一起,宾至如归。

他们谈,谈什么呢?许许多多的往事,许许多多的旧账,都在心里,都不再提。老人的心里,烟消云散,一派宁静澄明,像雨后的天空那样。他们不再慷慨激昂,也不再尖酸刻薄,只是平和,只有舒展。他们谈谈彼此的身体,谈谈或询问一些熟人的近况,然后会意地笑起来。

我望着曲方明先生,这个当年和美国大使司徒雷登合影的人("文革"时揭发出来,为内奸之罪证),也是在我少年时给了我心灵影响的人,他的鼻子显得很高,面庞比过去消瘦。我想,一代人对下一代人的影响,未必需要耳提面命,喋喋不休;他的形象,他的气质,他身上的文化感和一些有关的传闻,已经足以形成参照和力量。浸透到周围的人们精神里。

裴棣回来了,她去购物了。这位年过七十岁的"老人"依然风风火火,动作很快。她每天到昆明湖作千米长泳,天天如此,风雨无误,并且还是一位冬泳爱好者。

我起身叫了声"阿姨",她叫我"小涛",完后我坐下来,意识到这样沿袭习惯的、过时的称呼不合时宜,但是在这样一种久远的关系

之下，除了彼此再这样称呼，还能有什么更好的方式呢？作为一个已经年近半百的人，当我又叫"阿姨"的时候，我知道一瞬间我的自我感觉又回到十五岁。是这种久违了的关系给了我一刹那的时间错觉，仅只一刹那，但是多么珍贵。

小龙赶回来的时候如一阵狂风，龙卷风，他一进门就哈哈大笑，嗓门极大，挥舞双臂，和他文静的妻子截然不同。他总是在动，大喊大叫："酒呢？酒在哪儿？今天一定要喝，喝什么酒？"

小龙还是小龙，虽然这个比我小四岁的"龙娃"现在已经是国家体改委的一个司长，但他的内心没有改变，他没在适应社会的过程中扭曲变形，没有把自己的心变成一颗石头。这样一种在性格上和内心感情上的惊人的健康是怎么获得（或保持）的呢？多少人在岁月中变得势利、寡情，除了利益什么都不认识。不受淤染，何等奇怪。

家庭宴会在极其愉快的气氛下进行，最后到了天色已黑，小龙夫妇开车把我和父亲送回饭店。

六

北京的七天快得势如破竹，北京的故事都不能再多讲了，因为故乡山西等在那里，它才是父亲此行的目的地。

四月二十三日晚九点在北京上了火车。

第二天一觉醒来已经到了太原。

我估计夜间在火车上父亲睡得不会太好。他那么多年没有回来了，十多年里，天下变化如此之大，骤然临之，焉能安稳？而今近乡情怯，故乡即将在眼前，故旧亲人马上在身边，这个三十年未回过山西，近半世纪没回过家乡榆社的老人一步一步，心潮逐浪，越来越深地陷入自己设计好的感情漩涡中去。

他是个重感情的人，或者说是一个感情色彩很浓的人。他一生的行为被感情和本能所左右，他的理性能力只是一个扁舟、舢板，在情感的托浮之上航行，起落漂浮，幸而未翻，却从来不能有效地、按预定计划驶进社会功利目的的港湾。的确是这样，父亲的理性能力不是

周　涛
散　文　精　选

轮机船，更不是大型舰只，他这一辈子正如一首歌里唱的那样："圆天罩着大海，黑水托着孤舟……"他亲近了水而忘记了港湾。他自己恐怕永远也不会知道其实他是一个名副其实的老水手，一个在人生的象征意义上的老水手！

> 老水手回来啦，
> 他回到了故乡的水域！
> 他从火车上跳下来，
> 跳进水里，
> 第一口水呛了他的
> 就是乡音。
> 他手臂伸开，划着
> 和游泳完全一样；
> 他探身过去，
> 迎面而来的救生圈
> 是他的侄女。
> 她在波浪中笑着，
> 面如满月。

"小芳！""大爷！"这个家族的接头暗号在所有的密码系统判断无误之后发出了，这平常一幕，深藏了人间亲情的多少内容。

她是代表了根系而来的一片年轻、鲜绿的叶子，她来迎接同一棵大树上的另一根枝桠，她的黑眼睛流溢着光彩，她把他看得和另一个父亲一样。因为他是她父亲唯一的哥哥，而他俩是同一个人的儿子，那个人我始终没见过，那个人是我们家族的一个传说，我们对他的称呼是"爷爷"。

这个我们不认识的人间接地给了我们生命，他的影子模糊地叠印在我们身上。我看了看小芳的容貌，她不洗脸的时候都比别的女人上了粉还白，眉毛黑密，眼睛和她哥哥一样黑得宛如深夜，有些逼人。这个小堂妹的脸上有什么与我相似的东西吗？那个共同的"爷爷"，

给了她什么？又给了我什么？这难道是可以明确分辨的吗？我说不清，但我承认肯定有一种相似的东西，收藏在我们体内，它是命运的某种形态。

她挽着她大爷的一只胳臂走向车站外停着的一辆乳白色轿车，她和他在走路的姿势上，有一种奇怪的联系。

正是这种联系，使他们无法成为"外人"。

父亲是没有女儿的人，他终生承受的是四个儿子变化迅猛、粗暴强烈的感情方式，他把这一套称为"狼豹"，深恶痛绝。

现在好了，现在他很舒服，他的步态显得有点飘飘然。

七

我们这个小小的家族是社会中的一个细胞组织，但它和历史一样悠久，在现实中和其他一些细胞同样活跃。它不是名门望族，据我所知，这个家族上溯五代之内没有过功业彪炳的显赫人物。这说明，它对整个中华民族的贡献和索取都是微弱的，它与国土上百分之九十以上的家庭细胞同质。

这个家族没能留下族谱（也许是不值得），所以五代以上的祖先无从考证。究竟是从什么时候，因为什么原因，由什么人做主率先落脚安家在榆社坂坡这么一块地方？在这之前的漫长岁月里是在哪里？经历了什么变迁？他们主要的生存方式是依靠什么——耕种、经商、做官还是采伐？

这些深厚得如同最黑的夜晚一样的东西，是无从寻到一丝踪迹了，它只留下了一页在现实中活动的切片，证实着那个无边长夜的存在。现在这个切片上形成的生存布局，是由于近半个世纪以来中国大地上发生的重要事件的影响和波及造成的，这就是"形势"。细胞受整个肌体的影响，海水受大海潮汐的影响，同时又反过来影响大海和整个肌体。

它目前的分布大致显示了中国近半个世纪的风云变化图像，它以太原、榆次作为中心点，撒播出了一个不算太小的抛物线，看起来似

周　　涛
散　文　精　选

乎偶然，其实与整个肢体的动作息息相关。播散到最远的部位的，就是我父亲代表的一支。

有时我甚至觉得我父亲的这种西迁，不是出于人意而是出于天意——一种下意识的对于先祖居地的追溯，这大概是完全不属于理智范围的行为，一种不可知的力量使他西行。当然，我父亲从来没有怀疑过他的族属，可是我一直有所怀疑；我并不怀疑我现在是汉族，但我想知道很久以前我的祖先是什么族。

我以前曾经是什么人？

这是一个与现实生存无关的问题，我的族别栏里填着汉族，那是我自己写上去的。可是谁都知道汉族是一条汇合了无数水系的大河，在汇入大河之前呢？我曾是哪条水系？任何一个妄图在有生之年彻底认识、洞察自己这个生命现象的人，都会首先把许多疑惑投向自己的家族和族源。

那就是根，或者是根脉。

根的意识就是这样，他要对自己的现象找到更深远的原因，寻求更本质的解释，还因为他感到现实的种种因素不足以证明一个生命的全部内容，还必须去向根源探问答案。

在这时候，现存的理论武库显得多么不可用啊，那些武器（或工具）用起来多么不顺手啊，只有借助本能、初心、感觉、灵悟这些东西才能稍稍照亮那条幽暗深邃的血缘隧道。

有必要注视自己，除了利益还有重要的！而且有必要怀疑。对自己的现实状况和固定身份不要轻率地就信以为真。

比如鼻梁，比如肤色，比如毛发，比如动作神态眼神，还比如一些特殊的习性……这都是"遗传"这个看不见的手留下的证据，它在长期的"变异"中磨损、改样，但它始终顽强地表露出来，有时简直是一览无余。

……我看到在相当遥远的年代，有一个人骑马自西而来，他经历过磨难，受过罪，但他是那种顽强的人。他遭受过打击，同时还受排斥，因而内心种下了深刻的仇恨和不服。他是那样一种类型的人——我现在只能粗略地勾画他的形貌：体形瘦长，筋肉结实，骨骼并不粗

壮,但极有耐力。他是一个有着充沛活力的人,高大,相貌出众,没有多少文化但极具直觉和判断力。在他身上,原始的生物本能异常强烈。

他具有鹰隼一样的眼神,马的激情,狗的忠诚,山羊一样的持久力,由于受苦,还使他有了狼的狡猾与凶残。

他在人世间跳跃、奔跑,奋斗并且复仇,一步步接近目标也一次次陷入忧伤;成功,失败,受挫,沉沦,短暂的巅顶,长久的隐没……这个人是终生骑在马背上的,善于投掷和击杀,能够长时间地忍饥挨饿,性情外露,不会撒谎。

他,创造了我们这个家族。

我是此时的他,他是彼时的我,一脉相承,遥相呼应。哦,我的生命原来拥有如此漫长的岁月啊!死了的只是这个大生命之链上的一片落叶、一朵开败了的花朵,那是时序和季节中的自然剥落,而大生命之树是不死的——它贯通历史,充满时空,浮游于整个宇宙之间!

八

许多亲人都陆续离开了人世,那一代中还剩下父亲和他的弟弟。他俩像两个坚守在人世阵地上的战士,子弹已经快打光了,而且其中的一个受了重伤,成了伤兵,但是他俩还是顽强地坚守着,不肯投降。他们要用尽最后的力气掩护下一代人,期望在看到增援部队打完一场漂亮仗之后再离去。

还是这样,这两个兄弟都曾经厕身行伍之间。现在,父亲从万里外跑来看他弟弟,结果是他弟弟已经几乎不能识别他是谁,完全不能叫出他的名字了。在人世间,这两个战士,两个一母同胞的兄弟的会见同样是感人至深的伟大时刻,它的意义并不低于罗斯福和斯大林的历史性会见。两个统帅的会面,其意义的最重要的成分在于保证这个世界上始终能够充满人性的光辉,合此并无更重大的意义。而此刻这两个兄弟的会面,恰恰披罩着人类至亲至爱的永恒光辉!

父亲一跨进病房的门,头一眼看到他弟弟躺在病榻上的样子,眼

周　　涛
散文精选

圈就红了。

他快步走过去，坐在他枕头旁边。

他握住他的手，很久很久不肯放开，仿佛唯恐他一松手，他弟弟的生命就会被什么东西拿走。

这个老人抚摸着另一个老人的头，像抚摸一个少年，一个顽童那样。尽管这个躺在病榻上的人已经年达七旬，尽管他早已是父亲和爷爷，但在这个老人眼里，他永远是弟弟。而弟弟，就是手足一般、血肉相连、永远也长不大的自己的翻版啊！

"认得我吧？"父亲热泪盈眶地望着他问。但是病榻上的人张着嘴，发不出声，他的眼睛直愣愣地看着，没有表情。一种力量抽走了他整个一生积累起来的理智、经验、感情和能力，灵肉一旦分离，躯体就像一株植物，没有表情，没有声音。

我叔叔被扶着坐起来，他可以坐得很稳，坐得很直。他的身体显得很壮实，头发整洁，面色极好，而且他的手仍很有力。他是这样一个不像病人的人，他的背部又厚又结实，像一个壮年人。

他笑着，他仍然可以笑，虽然他的笑没有声音。这是他最后的力量，最后的表情，他笑得极其烂漫，仿佛是一种超自然的笑。在遭受病魔打击之后，他恰恰不会哭了。

我叔叔周文焕成了现在这样一尊自己肉体的塑像，人的生命的雕像。他过去被人称为"周直"，不会绕弯子，不会耍滑头，不通人情世故。他四十年代初参加八路军，抗日战争，解放战争，进军西藏，抗美援朝，他都参加了战斗，他是炮兵，大炮震聋了他的耳朵。他最后什么官也没当上，得了个残废军人的称号。我从小在父亲的影集里见到过他的一张像：一身军装，打着绑腿，全副武装带，斜挎着驳壳枪——那是我见过的最英武、最具有时代典型形象的解放军军官，是我小时候心目中完美无缺的英雄。"周文焕当年太威风啦！"我为此自豪了整整一个少年时代。

我看着这两兄弟，万里相聚，对面而坐，两个人耳朵上都挂着耳聋助听器，两个各方面都不比人差的男子汉，却都遭遇了过于常人的坎坷和困顿。命运？根性？痴顽？总之他们都不善于适应社会，改变

自己，他们生命中的某种性格因素是太强了，以至于在一些最简单、浅显的问题上，竟使他们的觉悟比一般的人更慢。

也许是我叔叔平生的这个教训太沉重了，他的儿子在世态炎凉中从小就明白了一个道理，就决心不再沿着"周直"的性格方向走下去，而是反其道而行之。实际上并不是我们周家的人天生比别人笨，只是不屑于或不喜欢那么做罢了，真逼急了，谁还不会？他的儿子在最不利的条件下改变处境，不断升迁，迅速成为我们这个家族中最有出息的人物。现在，他身高一米八，体重一百十四公斤，豹头环眼，宽肩大腹，一望而知是一个举足轻重的角色。

他父亲患脑溢血垂危的时候，他正在美国考察，隔海遥控，下决心做了开颅手术，这才有了今天的状况。

父亲的眼圈一直是红的，他对他弟弟的确是爱。此情此景，无端令我想起"泪眼问花花不语，乱红飞过秋千去"来，乱红一般的往事飞过记忆的秋千，父亲的泪眼饱蘸苍凉。然而，父亲去一趟医院就得接受一次病榻上的现实，这一切无法改变。

一个人的生命就这么回事，顽强起来惊人的顽强，脆弱的时候不可思议的脆弱，总之是或迟或早，被岁月的手一拳击倒，就像在拳击台上一样。有什么办法？人打不过时间，在世间这个大拳台上，赢家总是它。

九

到榆社县，回坂坡村，这当然是父亲最大的心愿了。太原的许多朋友帮我安排这件事。到了五月三日，良辰吉日，挥车上路，直向太行深处驶去。我陪老父归故乡，朋友伴我进太行。绿树春风，黄土青崖，阳光明媚，乐不可支！

"以平定煤铸太行铁。"国父孙中山是寄望于太行的啊。国父的题词是何等古朴有力，它苍劲坚定的语气百年后仍能激荡后辈儿郎的雄心热血，让人感慨丛生，块垒凸显，一吟双泪流……一个人不能没有父亲，一个国家民族呢，也不能没有。那一轮精神的太阳普照天下之

周　涛
散　文　精　选

人，光耀数代子孙，那是力量、勇气和目标，是无数人值得为之奋斗的理想啊！

故乡也是理想的一部分。

我爱故乡，我心坦荡，我甚至可以说，我是故乡的一个目前它尚不明了的骄傲，因为在内心深处我从未有一刻遗弃过它，我的忠诚令自己吃惊。

然而比我更忠诚的是父亲，他是故土一手养大的，养大后交给了祖国和时代。祖国的人才太多了，当时没有稀罕他，这种情况也常有，算不上太大的委屈。现在，他回来了，他来寻访这个世界上唯一认识他、稀罕他的地方。

他在车里紧闭着嘴，我听到那里面关住的满腔喧响的风涛。他必须关住它们，因为那是心灵可怕的呼唤和歌唱！他的眼睛始终愣愣地盯着车窗外，一草一木，一人一景，都在招回他将近半世纪前的印象；记忆纷至沓来，往事钱塘潮涌！可以说，车子一驶进榆社县地界，父亲就变得意乱神迷了，他被故乡的情物弄得魂飞魄散了。

到了北京想太原，到了太原想榆社，到了榆社想坂坡，人的感情就是这样一步一步把人赶着往牛角尖里钻！正因了这种力量，八千里路云和月被甩在了身后，这个老人才到达了他魂牵梦绕的生地。

两天的时间里，他像一个梦游者。

在村外的山垴上祭奠祖父祖母的时候，他长跪不起，声泪呜咽，仿佛面对的不是一堆黄土而是一座神位。父亲一定感到愧对祖宗，寄身万里，岁月蹉跎。可是到了老年"终生无悔"的人又有哪个呢？人都会老，只有老了才能懂得老，沧桑啊，岁月啊，生命啊，虚无啊……"死神唇边的笑"而已！人生无胜棋，世间无常客。

他却是一个唯物主义者，他不相信虚无主义，也不信佛。直到老，他坚信的仍是现实社会中的功业，他坚持的是"政治第一"。其实他本来是一个学外语的人才，革了十几年的命以后，谁还乐意再去啃书本、背单词呢？由于性格的原因吧，父亲这一辈子似乎从来没有顺当过几天，老是倒霉，老是吃苦；而他又倔，永不服输。在我印象里，他从没有真正赞扬佩服过谁，他看谁都不服气，他有一种超乎现实失

败之上的心理幻觉。

正因为如此,他活到了现在。

在坂坡村,在南河底,在小杜宇沟,在榆社县城,这个老人不知疲倦,神情恍惚,快步如风!他心机莫测,言不由衷,夜不能寐,环顾左右而言他。他在寻找着什么,造访着什么,小心着什么,这一切,无法言说。

一看,就是一个做着白日梦的人。

做白日梦,为大幸福。这还有什么可怀疑的呢?此时此地,这个老人,是胜利者。

十

我们为什么要如此重视故乡呢?从空间上讲,故乡已与我们的生活相距甚远;从时间上讲,故乡早与我们相隔数十载,相会不过两日,匆匆又将离去;从环境上讲,故乡还很贫困,远不如我们生活的那座边城。那我们为什么还要热爱自己的故乡呢?难道不能走哪儿算哪儿,活一天是一天吗?何必要牵肠挂肚、千里迢迢地跑来看这么一片黄土山峦呢?

我前面说过"钻牛角尖"的话,一点儿不错,故乡的意义正在于唯有它才是我们把握、理解、倾心这个世界的基点和纵深,是我们每一个人的"根据地"。世界这么大,人间这么广阔,而一个人的爱却像嘴唇那么小,我们只能由一个点爱起然后终至扩散到整个世界!我们把这种爱的根系扎得很深的目的,并不是为了据地自守、画地为牢,而是为了让树干长得粗大高直,让枝叶的呼吸更开阔,视野更高远,覆盖的面积更广大!

如果贫困的故乡是值得爱恋的,那么大河上下乃至大千世界能不更值得热爱吗?如果故土的乡民是不能从情感上割舍的,那么拥有亿万优秀人物、蕴藏数千年灿烂文明的祖国血脉能够被轻易斩断吗?

实际上是,人对某一事物付出的感情越深挚,那个事物在这一情感过程中所展现的内容就越丰富,呈现的姿态就越瑰丽。只要人类还

周　涛
散　文　精　选

有精神、情感这样的词语，那么它们对人所产生的作用就是永远无法忽视的。

两天的家乡之行匆匆结束，这么短是因为父亲的不安。三台车辆，十几个人众，县委书记周葆瑜、县老干部局局长陈启清亲自安排照顾，把最好的套房腾给老父亲住，这就使他极其不安了。周书记、宋县长设宴为他接风洗尘，陈局长两天来亲陪左右，父亲自觉担待不住，他说："我对人民没有贡献啊，受这个礼遇有愧啊，咱县还是贫困县啊，赶紧回吧。"

我笑了起来，看着父亲惶惶不安的样子，说："让你受冷遇吧，你会愤愤不平；给你受礼遇吧，你又担待不起。"

他说："那你说怎么办？"

心中有数，坦然临之嘛。

他说："我没你那么心安理得。"

其实我心里计划的两天足够了，倒是担心他要长住不走，不料反而是这个因素促他撤离。正好，收兵回营。

返回太原的路上我就在想，精神上的负担和悬念，不管酝酿积蓄得有多么久，消解起来是很快的。朝思暮想，顷刻消除；日积月累，一挥而尽。千载之城，毁于地火；万古之谜，解于一念。消解的过程是多么奇妙，仿佛一切积累均由人力，而消解却由神来完成。如此的不均衡反而实现了人间的平衡，这也是令人感激于神的呀。

命运的安排也是如此。如果父亲一生留在这里，祖坟崖下，侍奉晨昏，耕耘土地，养育儿孙。这生涯于今想来也是单调乏味极了，何如投八路、走天涯、经风雨、见世面？大漠孤烟，长河落日，自是别一番风味，另一种境界，何况于今的天山南北早已非同昔时了，新疆的一些城市已不让内地不少省会。从这一点看，我们也是开发建设边疆的"开荒牛"呢！

不忘旧故乡，热爱新土地，四海为家，生生不已。埋骨何须桑梓地，天山未必不丰碑。这样看起来，起码不失为一种值得回味的人生嘛。想到此处，忽然忆起新疆老人王子纯老先生的一首诗，诗云：

西域有一人，
嶙峋持大节。
昂首出青云，
当胸堆白雪。
儿孙喜交游，
九州广罗列。
借问寿几何？
苍茫无岁月。

十一

乔家大院去过了，晋祠去过了，各种山西风味的好吃好喝的也都吃过了，宋立民和潞潞安排的桑拿浴也洗过了，三姨、四姨、五姨家的盛情也都领略了，山西之行还有一个重要的内容该安排了。

听说要上五台山，父亲很高兴。他这个山西人从没去过这个大名鼎鼎的佛教圣地。一九八七年我去过一次五台山，在山上为父亲买了这根他现在提着的手杖，当时没料想到八年后又陪他提着这根手杖重访五台山。佛国之物，果然有缘。

看来此行大吉是注定了。

到了山上那天已经晚了，下榻栖贤阁，一夜无话。第二日清晨，山西电视台办公室的王主任陪我们参观，老父颇劲健，拾级一百零八阶而上，达顶，奇观顿现：晴天无云，红日朗照，却忽然头顶上雪花纷洒，如天女散花，落发沾衣。心下甚奇，以为吉祥。

下山时，路边有一寺，寺外门槛上有一位和尚，见到父亲步履尚健，叫道："这位老人家气色甚好，请到里面一坐。"进去说了点话，和尚正色敛容，认真地说："这位老人，我给你看了，你还有二十二年的命。"

我一听大喜过望，连忙扯他袖子："快磕头呀！"

父亲不动，装没听见。出了寺门给我说："我一个共产党员，搞

周　涛

散　文　精　选

无神论的嘛，怎么能跪下给和尚磕头？"

我说："人家给你许了二十二年的命呢，二十二年，加起来就九十九岁高寿了，这么大的恩还不值磕一个头？"

他微笑道："我不信那个，有生就有死，自然规律嘛。"

我心想，老字号的共产党就是不一样，虽然也想升官，但那信仰却是第一位的。唯物论就是唯物论，辩证法就是辩证法，久经考验，并不掺假。就是这点认真的精神，也够学习一下了。由此对比我这个第二代共产党员，在殿上见到"文殊"两个金字，忽有所悟，知是主智慧的菩萨。吾辈正操文业，亦求点拨，于是纳头便拜下去。

此次上五台山，似乎比前一次知畏。铜塔石级，古松宝殿，多少代人在一种信仰驱动下营造了这种佛教文化的氛围，仅此一点，也令人叹服。佛国圣地，山有神姿，树有仙态，依峰而筑，参差错落。佛学的奥义我不懂，但那些殿、寺、塔、廊的回环有致，那些匾、碑、屏、刻雅朴有索，那些曲静、涤尘、爽心明目、怀仁增智的气象，总算是与红尘俗世相补充的另一境界和样板吧。

每次登临名山宝刹，都难免心生一念：何不落发为僧？天下名山，黄袍素食；飘然一诗僧，潇洒美和尚；当一个住持，管满山松柏。"要小舟行钓，先应种柳，疏篱护竹，莫碍观梅。秋菊堪餐，春兰可佩，留待先生手自栽。"还有："看爽气朝来三数峰。似谢家子弟，衣冠磊落；相如庭户，车骑雍容。我觉其间，雄深雅健，如对文章太史公。"

辛词即使出世投闲，也写得出满纸生气、一片云烟！何况碌碌红尘中人，谁不曾生出一点雅念，一缕闲思？这也是一种心性诱导，一种生理平衡，满足人们对另一生存状态的向往，拓展人的心理幻想世界的空间。人生短暂，不可能什么生活都亲历，但可以在一定环境中对自己的生存重作片刻假想。假想一番之后，再入红尘。

这就叫诗，也是诗的调整功能。要是批为"封建士大夫的闲情逸致"，那么诗在人的心灵中就连这点土壤也没有了。五台山就是一篇好文章，一组好诗，它用铜铁砖石筑就，充满了超越现实生存的想象力，它在名山之上创造出了另一世界。

它用自己的骨头在戈壁上写下了格言：地球上没有应该遗弃的地方，只有可能被淘汰的物种。

它的读者那么虔诚，那样众多，而且历经千年不衰。

五台山下，像是佛祖有意一挥手，向人间撒下三粒种子，平原上近距离相隔地出了三个人物：徐向前，薄一波，中间夹了一个阎锡山。这三个人离得这样近，就像是有意安排的一个样。

十二

到了五月十六日这一天，整整是一个月了，棋局临尽，吾人将归。这天送行的亲友不少，而惜别之眼往往深过重逢之眼。

三姨和三姨父，亲自到了车站，我母亲有三个妹妹，都在太原。三姨父原是山西省广播电视厅的厅长，瘦小精干，思路敏晰。他和父亲性格完全不同，但在山西人的意义上体现了高度的一致性。比如对油糕，父亲贪吃无度，姨父则是闻"糕"则喜，总是说："糕不好吃还有什么好吃？糕可好吃啦！"

表哥张步高已经先期飞回上海了。这个六十岁的上海人曾经是一个十六岁的山西人，但是十六年的榆社人的影子在他身上是怎么也洗不掉。他这次回来，在榆社县变得返老还童，一会儿拦住一辆牛车替人家赶上一阵，一会儿又在人家院里捉住一只小鸡捧在嘴上亲一亲，最后他竟在小杜宇沟的山梁上自腔自调地唱起来。他唱得不伦不类，不土不洋："这就是我们的家乡，这就是我们可爱的家乡啊……""高部长"（我一路把他的名字倒着叫，让他过过官瘾）把大家惹得哈哈大笑，在老家，谁也没有这个平时一本正经的上海人表现得浪漫。

还有文青，这个榆社老乡是太原某杂志的编辑，大家戏称他是"榆社驻太原办事处主任"（业余的），榆社人到了太原，有什么事都找他，可见他的神通广大。据说有一个榆社的老农民到了太原，二话没说直奔太原街心的交通岗，张口就问民警："刘文青在哪个楼里办公？"他觉得刘文青名气大得谁还能不知道？

另外一个是柴燃，他和刘文青像一组不谐和音，无论什么时候，总是同时出现。他体重一百多公斤，浑身由一系列圆组合成。曾经有一次喝醉酒，深夜骑车与公共汽车相撞，飞出十几米外。司机腿都软

周　涛
散　文　精　选

了。他刚酒醒，说"没事，没事"，推车要走，反被司机拽住，指着公共汽车让他赔——原来车上撞出个人形的大坑凹！

柴燃好文学，辜负了一副好嗓音。一次在傣家楼吃饭，柴燃像小号帕瓦罗蒂那样引吭高唱《我的太阳》，惊得父亲目瞪口呆，连说："看不出人家有这么大本事！"

最后要说的人是潞潞了，这是一个灵性极高的诗人。他看起来随便，不努力工作，但他始终对思想领域的新颖事物保持着警觉和敏感，他始终有一股孩子气，眼睛瞪得大大的。有一天在他家，茶几上放着一张名片，我顺手拿起来看了一下，"赵二湖，"我念出声，随即赞道，"这名字起得好！"

"怎么个好？"他问。

我说，大俗大雅，既有典型的山西风味，又不失高雅气韵。若是二虎，便平常，一个湖字，就不凡。

"知道这名字是谁起的吗？"他又问。

我无从猜起，摇了摇头。

他说出三个字来："赵树理，赵二湖正是赵树理的儿子。"

啊呀，赵树理！我说中国除了鲁迅，还有三个我最钦佩的作家：老舍、赵树理、孙犁，三个正直善良的中国人，三个朴素干净的作家。赵树理的意义哪里仅是"山药蛋派的代表作家"呢？他使小说艺术所达到的朴素境界是后人无法企及的。

这个受尽冤屈的人是一个伟大的作家，尽管今天一些人早把他忘到九霄云外，沉渣泛起，大船沉没，但是历史不会忘记他，总会有人把他打捞起来，重见天日，成为瑰宝。

最后的再见竟是以赵树理作了尾声。再见，山西！再见，赵树理！

火车徐徐移动了，向着古长安而去。

列车西去，列车西去。

男人的手

> 它也是一条动辄朝天仰卧，向我们露出肚皮的母犬：伸出手，露出手心。
>
> 或取，或予，这只手。
>
> ——蓬热

一

舞厅是灯光设备最复杂也最豪华的场所，然而，这一切的目的都是为了达到幽暗。

舞厅并不拒绝表面看起来落伍的东西，虽然它是一个时髦的地方，但它仍然把摇曳的烛光放在了最中心的位置。

情调就这么产生了。

"情调"这两个字倒换个位置就立即变成了调情，看来调情和情调有某种特殊的、默契的联系。

二

陪舞的女孩子们陆续地走进来，宛如一些麋鹿走近了靠近猎场的稀疏林地。她们像鹿那样安静、那样微妙地警觉着,好像她们靠嗅觉在判断周围有没有危险的空气。

有一点生疏,是的,开始也有一点不自在。

但是这种局面是很快可以消除的,这件事的本质要求这样。平时需要很长时间才能打破的僵局,在这里可以省略许多过程。

它主要是省略了那些扭扭捏捏的感情因素。

"爱情"这个字眼是非常多余的东西,它听起来过于书卷气,它很不合时宜,它让人讨厌。

它完全像是一些猎鹿人的伪装。

谁再无缘无故地说这种坏话,就应该枪毙他。

三

丽丽陪我跳了好几圈舞了,我们似乎已经很熟了。我给她打开一罐饮料,她说"谢谢",我问她抽烟吗?她说"可以"。

"你多大了?有十九岁吗?"

她笑起来,哪里,我二十多岁了!

我说我给你一个谜语猜猜看怎么样,谜语是我编的。你说这世界上什么东西最不老实?

"眼睛。"丽丽说。

我摇了摇头,心想她还是聪明的。

那是什么?她问我。

我说:"是男人的手。"她听了大笑起来。笑完,她对我说你看起来像一个教授,看起来有教养、有学问,我觉得你有些怜香惜玉呢。

这回轮到我大笑了,"怜香惜玉"这个词从她口中说出来,显得实在惹人发笑。这似乎应该是李清照说的话么,而我从没有把自己想象成柳永的思想准备。

她说。你看你的手——

我说怎么了?

你的手那么修长,那么白净。

"惭愧。"我说道,"不过它仍然是男人的手。"

四

在幽暗中,在烛光的闪动下,我注意到男人们的手,手的表情异常丰富,极有隐蔽性和感染力。

在舞厅里,人的面目是模糊不清的,但是手的表情却被突显出来,手像它的主人一样充满了个性和欲望。

手像一只猎豹,隐蔽着,移动着,有时不得不停下来,伏在地面,它仿佛在思考,在犹疑,甚至你能从它身上看到两种思想在争夺它,它欲进却退迟疑不决。

手没有眼睛。但是它始终清楚该向哪里去。它移动的方位始终不会错。尽管它有时停泊在对方的腰部,但它的眼睛(假如有的话)一直在盯着另外一些隆起的部位。

它像一只洞穴里正被烟火扇燎着的野兔,急于想蹿出去,但又怕被人捉住。

五

五根有着灵活骨节的手指,联结在微微沁出汗液的手掌上,像五个连体的士兵,组成了一个互相依托的班进攻队形。

他们的任务是靠近并占领那两座无名高地——高地奇峰耸峙,遥相呼应。高地有一种守护者的凛然和骄傲,它的拒斥愈发增强了它的诱惑。

然而接近这两座高地的过程是异常艰难的。

大多数情况下,接近的企图是注定要受挫的。

开阔明朗的地带很难越过。在高地上空的两道探照灯的灯光,会无情地把这五个士兵暴露在尴尬地带,遭受谴责的枪弹扫射。

但是那五个士兵一般是顽强的,只要没有彻底阵亡,他们总会匍匐前进,迂回,绕行,试探,佯攻,接受暗示和怂恿,靠近山峰底座,然后一举跃上峰顶,将胜利的一团颤巍巍地攥在掌中。

你可以指责这些兵不择手段。但你不能不承认他们富于战斗经验。因为所有的兵都是为攻占高地而生的,所有的兵,都渴望高地。

六

我的手拢着丽丽的腰。仿佛拢着的不是腰而是一枚圆实、丰腴的萝卜。丽丽的腰部太细腻了。相比之下,她的乳峰隆起处就显得令人难以置信,它们耸立得太典型化了,一派招摇俊俏的风范,就像是假的。

我在跳舞,我力图把自己塑造成一个君子,为了不负伊望,我还努力使自己成为君子中的教授。

但我脑子里一直摆脱不掉一个问题,就是:究竟那两座乳房是真的还是假的?在这么细的腰肢上是否真能长出这么丰满尖挺的两枚硕果?这是不是不大符合科学的一般规律?我还想到,如果是假的,那么她应该为自己的欺骗行径惭愧(现在的伪劣产品太多了);如果是真的,那我就算不识货了。

我这样想的时候,那五个士兵可能有些盲目移动。

"你可是我遇到的第一位有教养的人呵。"丽丽提醒道。

我万般无奈,只好以诚相见。我说,我没有别的意思,我……只想弄清它们俩,究竟是真的还是假的?

"真的。"她说。

于是我放心了。

七

"硬不承认这种事实,不过是惧怕自己的本能和我们天性中的邪魔成分,想要掩盖内心的恐惧罢了。"(茨威格语)

其实没有什么可耻的。

手没有思想,只有欲求和感情。

如果把手看作一个单独的生命，那么它的本质非常明显；它从婴儿时期就表现出乞讨般的本能，乳房对它是食物的暗示。之后，手长大了，变得骨节分明，强壮有力，乳房对它是性的暗示。这两者对一个生命来说，都至关重要，死了的手不再会乞求和抚摩。

当然，手还有残暴的一面，它像蟹钳一样顽固无情，它还会争夺。

手是一种积极的生命，它总在迅速地移动，灵敏地探求，它一刻也不肯安分，手可以看作人的触须。只有当一个人熟睡的时候，手垂落下来，像夜晚的花瓣那样温柔无力。

手还是一个人全部遭际和命运的缩写和概图，它是人的一部奥义书。

把手摊开，男左女右——那么你去读吧，用你一生的知识未必能够诠释清楚。掌心上的纹路像三条伟大的河流划过大地，每一条河流都代表一个谜一般的深意。

纹脉交错、汇合、分开……大脉明了，细纹纵横。每一条都是一个故事，每一道都是一段起伏，谁也不能猜透它的全部含义——这是每一个人的史记。

预言，警示，隐喻，定数……把手掌微微收缩起来，三条纹脉凝聚成一个汉字：人。

八

男人的手正是这样，代表着自身关怀着别人。当它遭到拒绝时，通常他总是摊开双手，露出掌心——大概它只是下意识地这么做，但其实它正在给你看他的命运，它这么做正是希望你能了解他。

呵，但愿这凶猛的野兽永远不要拱起它的脊背来——那是它尚未驯化的部分即将呈现的时候！

我们总是会被某种昏暗的原始力量所蒙蔽，它像浓重的雨云遮蔽并压抑我们，手的触须四处寻找，妄图解救自己。

除了自己的衣袋，手找不到可以永久停留的地方……

谷仓顶上的羊

萨依巴格乡六月的阳光是白花花的银屑，洒满在空中和地上，亮得耀眼，逼得人透不过气来。外加上周遭到处都是干燥、倔闷的黄土，仿佛在和一切生命赌气，誓死不开尊口，非把你闷死了才乐意。偶尔有一些树，沙枣或馒头柳，杨树或槐树，也只是些灰淡的黯绿，丝毫打不起精神。

县委副书记余会全在一群乡、村干部陪同下走在土路上，脚下踏起的土末粘在裤腿上，像是刚刚不小心踢翻了石灰桶，有股狼狈相。余会全心绪茫然，好像午睡没醒透，他的心境也似这环境，非常糟糕。而且他意识到，这段路颇似他眼下的人生道路，了无生气，没有指望。他想着远在数千公里之外的妻儿，温馨不再，光阴两隔，一下子换了个世界，反差这么大。再想到他工作的那个局里的人人事事，每想到一个都觉得人家脸上挂着嘲讽。

晦暗的情绪令人沮丧啊！余会全差点儿把这句心里想着的话说出口来。这给了他一个警示，使他想起自己的身份，一个县委副书记随时随地在公众面前都必须像一个县委副书记，这不比一个演员扮演一个角色容易。

想到这儿，他努力振作起精神，步子忽然变快了点。

下午的安排是检查萨依巴格乡新建的一个粮仓。远远地已经可以看到了，那个粮仓挺高大，耸立在一片场院上，席棚尚未遮盖，木梁、

木架像一个庞然大物的骨架标本，空空荡荡地兀自耸立在那儿，等待着长肉长皮。

余会全站在空仓下望过去，粮仓规模不小，木料也全是好木料，散发着干燥而又清新的香气。几个穿衬衣、头戴圆顶帽子的维吾尔族村民，正在木架上扭过脸来看着他。他觉出自己脸上微微有些笑意算是打招呼吧。

忽然，他的眼光被一个东西吸引住了，好像光天化日之下看到了什么奇怪的事物，有点不可思议——仓顶上游走着一只羊。那只羊仿佛不是在高大的粮仓顶上漫步，而是在高峻的绝壁断崖之上，它旁若无人，君临万物，大有占领一座古堡的帝王之慨。此刻，它根本没有理会脚下出现的这几个人。

"啧，这是怎么回事儿？这不是有些奇了？大白天的羊怎么跑到那么高的仓顶上去了？余会全半张着嘴，目瞪口呆。他盯着那只羊看，更看出那不像一般的羊，而是一只体格硕大、皮毛淡黄的羊。那羊看起来要比普通的羊起码大一倍，非常雄伟，眼神里也有一股毫不驯顺的桀骜之气。

"谁把那羊弄到上边去的，啊？"余会全仰着脸朝上面喊道。

乡党委书记刘军也跟着这样喊了一句。

仓顶上的村民说了些什么，声音不高，面部表情有些幽默，好像他们和那只羊是一伙的，是同谋。

副乡长乌买尔自觉充当了翻译，他照翻了村民的话："谁也没有把那只羊弄上来，是它自己把自己弄上来的。"

"自己？"余会全上上下下打量了一番，摇摆着脑袋说，"那么高它怎么上？"

上面村民的话又翻译过来了，仍然很简单：它有办法。

"有办法？有什么办法？"余会全再次观察了粮仓周围，仓的一边和一座旧仓库的土墙紧挨着，但是那土墙，余会全看了看，也得有三米高，他想象不出那只羊是怎样跃上这么高的墙顶的。

此时，羊成了余会全最大的悬念，诱发了这位县委副书记的久违的童心。他好长时间没有过这好奇了，对高处，对异样的羊，对那

周　涛
散　文　精　选

些处于非常态的事物，充满兴趣，蠢蠢欲动，像个傻孩子一样非要弄个水落石出。

"把它从上面先给我赶下来！"他命令道。

村民们照他的指示去做了，毫不费力，轻轻一轰，那羊就下来了。它从仓顶上轻盈一跃，就到了土墙；然后在墙头像散步似的踱至中端，墙下有一堆粪土，它头朝下顺势一跳，就这么下来了。它下来后，仿佛一个高层人物来到了人民群众中间，面容和蔼，态度矜持，频频点头示意。

余会全有一种被接见的感觉，但略有遗憾的是，那只羊对他表情淡漠，连看也没有仔细看他一眼，却对几个维吾尔族村民表示亲昵。尽管如此，余会全还是对这只羊产生了某种微妙的崇敬之情，因为它的确是显得太不同凡响了，其肥壮、硕大与高贵，均非凡羊可比。他起了疑惑，就问："这羊怎么和一般的羊不一样？"

副乡长乌买尔询问了村民，然后转告他，说这只羊嘛，根本不是平常我们吃的羊嘛，它是铁提力克山上的野羊。村里的猎人，上山打猎嘛，打死了它的妈妈嘛；那个时候，它还太小得很嘛，小娃娃一样，可怜得很嘛。所以他们把它拿回来，养大了，成了现在这个样子。乌买尔说："它的体重八十多公斤，喜欢上房，太厉害得很！"

余会全听了，心想，这就是这只家养的野羊的身世了，难怪如此行为怪异、气概不凡呢。这是一个无意间从野生世界闯进人间社会的大角盘羊，在适应了村民的同时还完好地保留了它的天然习性。他觉得这里面似乎有一种什么深远的意思一闪而过，像一条鱼在水面上闪动了一下，倏忽又不见了。这个意念他没有能捕捉住，但他能感觉到是来自血缘的底层，有一种原始的滋味令他触动。

他凝视那只羊，它皮毛灰黄，肌肉发达饱满，绷紧了全身的皮毛，显得油光发亮。再细看它的一双眼睛，褐黄色的一对，没有一丝哀告的神色，里面全是桀骜不驯的野性之光。它是骄傲的、高贵的，甚至对陌生人透出一种藐视。余会全想，这才是一个对自己充满了自信和自豪的生命呐。

他凑过去想摸摸它，可它跳开了。

看来，那只羊并不认为县委副书记值得亲近，它躲着他，不让他靠近。余会全试了几下都没有成功，只好放弃了这种打算，他看着那只羊，嘴里不停地说："它太大了，它怎么长这么大呢？"然后他又想起了它在谷仓上的那副自在样子，刚才看见它下来，他已经相信它是能上去的了，但他还是想象不出来它是怎么跃上三米多高的土墙的，他对身边的人说："能不能再让它上去？"

村民们围过去轰那只羊，开始它不太情愿，轰了几下，它只好当众表演了。它朝土墙下的那堆粪土冲过去，奋力一跃，让自己停顿在土墙的半腰上。然后它在土墙的陡壁上作起了慢动作，先用两只后蹄扣住墙壁，再支撑全身，空出两只前蹄仰身再次一跃，把八十多公斤的全身稳稳送上了墙头。

剩下的事对它来说就是轻而易举了，就像一个完成了高难度动作的平衡木选手，放心大胆，充满自信，它的四蹄踏出清脆的响声，轻盈跃上谷仓顶，像帝王一样居高临下，再一次对臣属巡幸俯察。

余会全想，是啊，总有一种东西高高在上，是我们所永难企及的。第一，他想不到这只羊竟会如此强壮，这是他从来没有见到过的；这改变了他认为羊都是弱的这一印象。第二，他想不到这只羊竟会如此聪明，它跃上土墙时运用了两次完成的巧妙方式，使不可能完成的事物完美实现。

余会全看着那只羊，谷仓顶上的羊，它正高傲地昂起头颈，如站在悬崖巅顶，遥望远方。这一幕是难忘的，余会全意识到了，他永远不会忘了这只羊，这只羊给他上了一堂课，这堂课是他在大学里从来没有学到过的。

二十七年之后，副省长余会全在省委党校的结业典礼上讲话，他说起了这件往事，他说："萨依巴格乡六月的阳光是白花花的……谷仓顶上，站立着一只羊。"

2000年6月19日写于阿克苏

四种树

绿洲白杨

有绿洲必有白杨，白杨似乎是绿洲的指示牌。"高高的白杨哎排成行，美丽的白云在飞翔。"这是王洛宾唱过的白杨。还有沈雁冰写过的《白杨礼赞》，那是一篇妙文，写出了新疆白杨独具的品格。

它是团结的象征。

在它笔直的主干上，所有的枝条紧密围绕，纷纷向上，绝无一枝斜逸旁出。它紧密围绕主干的目的，是为了抵御风沙，它懂得，不团结就不能生存。

它只能横站成排，像临阵的士兵；竖立成行，像出征的队伍；脚干挺直，像伟岸的勇士；枝臂收拢，像欲飞的大鹰。它没有办法去"疏影横斜"呀，因为绿洲是危地；它没有条件去"暗香浮动"，因为风沙常袭来。

在沙漠的边缘，绿洲是这样一种存在：它脆如花蕾，薄如蝉翼，美如梦幻，坚如围城。

围绕并保护它的，就是白杨。白杨如不具备这种团结向上的品格，行吗？

有白杨才有绿洲。

戈壁红柳

在植物的族谱上,红柳的确是太不名贵。它是既不名,也不贵,地道的草根一族。草木中的最普通、最低微的劳动者。

然而所谓的"名"和"贵"是植物原有的吗?不是,是人类社会根据自己的判断制定的。"名""贵"是人眼里的,不是自然本色。

但是红柳却是奉献精神的实证。

你看,在草不能绿的戈壁,它生根;在花不肯开的戈壁,它成长。它不祈求雨,也不巴结风,它相信自己的适应性和坚韧性。红柳简直可以称得上是一个伟大的无神论者,它说:"从来就没有什么神仙皇帝,一切全靠我们自己!"

正是这样,在茫茫戈壁,红柳与风较量,狂风把一团红柳连根拔起,吹得团团旋转,像一只满地乱滚的刺猬。后来风停了,红柳落在哪里,就在哪里重新扎下根。它等待一场雨。

不管多久,只需一阵雨,红柳就能长成一头骆驼!多么高大,多么漂亮,这是红柳吗?没错,正是它,一棵,两棵,一万棵,一百万棵,正是它们把戈壁变成了绿色海洋。

当它死了,人们挖出了它的根——巨蟒一般深深扎入土地的深褐色块茎,非常结实,非常耐烧,人们看到了它的骨头。

它用自己的骨头在戈壁上写下了格言:地球上没有应该遗弃的地方,只有可能被淘汰的物种。

天山雪松

"一池浓墨盛砚底,万木长毫挺笔端。"这是郭沫若先生当年留在天池的诗句,以小喻大,以近喻远,诗之技法。

天山雪松确实是高大的,遮天蔽日,苍茫无际。只有它,配得上绵亘一千六百公里的大天山。然而它也只能是天山身上的丛丛汗毛。

周　　涛
散　文　精　选

雪松是高贵化身。生在山的怀抱，长在雪的沿线，看哪，挺拔，傲岸，雄健，有型！这些群峰间的美男子，风雪中的伟丈夫，站得高，所以挺拔；境界大，所以壮美。

远离了尘世，但并非为了当隐士。隐士是孤独的，而雪松却是站满峡谷阴坡，如同列阵待命出击的长矛骑兵。在山谷间，它们聆听着风和脚步，有献身精神，不时为尘世输送上好的木材。

冬日大雪之下，雪松银装素裹，连睫毛上都挑着雪花。这时候，那才叫庄严肃穆，仿佛这些高大的骑士一瞬间变成了沉思的哲人。静静地，没有一丝风，一声不小心的咳嗽，都可能引发雪崩。

它们在思考什么？这些伟岸的思想家。思想在雪线上应该更纯净，更浑远，更包容。

它是不是应该成为一种表率呢？是不是未来这块地域上人的典范呢？新疆人应该长成雪松那样才好。

沙漠胡杨

从某种视觉效果上看，沙漠和大海差别不大——都一望无际，都波浪起伏，如此，在沙漠之海上，那些密如进港船桅的，是它们；还有那倾斜如将欲沉没的船只的，也是它们。

胡杨胡杨，宇宙洪荒；

胡杨胡杨，千古流芳。

它就住在"死亡之海"里，结果奇怪的是，它比谁都活得久长。可以说它是在死亡的怀抱里获得了永生，这真是一个伟大的逻辑。

这些大片的胡杨正在这块无人问津的荒原上空度岁月，纵有千姿百态，无人观赏。时光的足迹留在它们身上，不少高大的胡杨中心已成空洞，但伸展向四方的枝叶依然绿意蓬勃。

它死了，它活着。

在它一身之上也许叠合了祖孙数十代，数百代，上一代的尸体就成了下一代的土壤。它这样延续，它这样存在，它这样与漫长的时间对抗，以求不朽。

终于,人们认识了它,仿佛重新认识了生命的刻度。它在时间里的刻度是这样:"活一千年,死而不倒一千年,倒而不朽一千年。"

二〇一〇年七月五日

初雪

这时候天还没亮,我醒了。

躺在被窝里睁开眼,便有了一种异样的、不同寻常的感觉,似乎有远客临门久候不语、巨灵降落默然静观,天地有变,平庸将破,异样的事物即将呈现。

人和自然的变化偶尔会有无语相通的时候。此刻这个感觉就很明显,"是不是下雪了?"我抬眼望了一下窗户,厚厚的窗帘在黑暗中泛着些灰白的浅亮,我知道,那不是晨曦,而是雪光。应该是下雪了,天还黑着,窗户却发亮,不是雪映的还能是什么?十一月中旬已经过了,第一场雪应该来了。只是现在还没有看到它,还不知道是一场什么景况的初雪。

下雪和下雨不一样,下雨是带声响的,"风声雨声读书声,声声入耳",下雨像一群活泼快乐的小女孩去野游,唱呀跳呀,总想弄出些动静引人注意。下雪呢,也是女孩,但只是一个人,她长大了,不再是小姑娘,而是一个,女神。天女散银花,天宫撒玉屑,一般来说无风无声,无雷鸣电闪,无树摇革倾,静逸安详,不怒不威不泼不闹,而且常常是在夜深人静万物入眠之时,她来了。

她来了,送给人间六角形的花瓣,也是赐给万物的一种六角形的祝福。她像观音菩萨一样,只有无声的微笑,只有祥和的美意,给这世界蒙罩上一层厚厚的、纯净的雪花,让它变一番模样,给你一个

惊喜。

雪是长大了的、成熟了的雨。

经过了春夏秋三个阶段,雨这个小姑娘能不长大吗?她长大以后就是现在这个模样。

这时天已经大亮了。

与其说一夜初雪给周围的一切盖上了一层厚厚的鸭绒被,不如说雪让整个世界全裸着呈现了。一切都被雪重新勾勒出新的形态,圆润的、柔和的线条和轮廓,洁白的、鲜亮的肌肤和容貌,要不怎么说"山舞银蛇"呢?要不怎么说"原驰蜡象"呢?实际上山既没有舞,原也没有驰,一切都静静的,是雪给他们赋予了动感,雪给了他们新鲜的生命活力。

越是自然的,雪就使之越美,山脉、河流、丛林、树木、原野、道路、小桥、毡房、屋舍、栅栏,全都变了。空旷的变充实了,干涸的变丰润了,拥挤的变疏朗了,僵硬的变柔和了。枯枝落雪梨花开,屋舍戴帽白云厚。莫叹人间春去也,雪花更比春花稠。

越是人工的、都市的,雪就与之间隔,好像雪已无力改变它们。高架桥、高层建筑、立交桥、高速公路、机场、大型商场,雪是多余的、无益的、受到排斥和清理的。雪自己也觉得美化不了它们,在这些强大的人工事物面前,雪只是垃圾。看来美妙的事物和垃圾之间并无严格的界限,只需很短的时间,美物可变为垃圾。

美是一种很容易变质的东西,也许只是个时间问题。美丽的雪花变成污水,缤纷的花朵变成枯枝,灿烂的晚霞变成暗夜,绝代的明星变成白骨……谁说美是永恒的呢?也许美会永存在记忆中,但记忆者会衰老、死亡,那美便成了传说。

我看着眼前的雪景,因为意识到它的短暂而格外留意。这场雪下得可以,足有二十余厘米厚,称得上一场像样的初雪。地上、院中、屋顶、墙头,一下增厚了二十多厘米,整个格局都变了,仿佛家家都在雪中埋。白茸茸的,胖乎乎的,像个儿童,非常可爱。人的童心就是这样被唤醒的,初雪以它的单纯洁白,年年唤回我们的童心。于是想堆雪人,于是想打雪仗,还想起与雪有关的那些童年、少年印象。

周　涛
散文精选

心里有一股冲动,有一些"老夫聊发少年狂",真想管他什么年龄身份,跳起来直接横身躺进这厚茸茸的雪地上,大喊大叫一番才好。

可是终于没有,终于止于想。

实际上这场雪不能完全算初雪。因为月初的时候已经下过一场,那是雨转雪,先是下雨,后来转成下雪,第二天晴日之下很快又化了。但我还是认为这场雪才是初雪,雨转雪似乎不够分量。在北方生活久了的人,对初雪有一种特别的情怀,这恐怕是从不和雪打交道的南国人未曾体验过的。现在不少东北人、西北人在南方买了房子避冬,我也在番禺买了个房子,兴致勃勃当几回"候鸟"。两三个冬天下来,新鲜劲一过,慢慢感到味不对了,怀旧了,想念起雪来了。雪里生活了大半辈子,雪已经渗进血脉,有了亲情,成了家人,没有雪的冬天总觉得缺了什么。虽然说广州的冬天照样叶绿花红,锦鲤在池中游,凤尾竹绿意葱茏,但是那个老朋友没有了。在广州过冬,那是"饱了眼睛饿了心"。

这不,今年要过一个完完整整的冬天,要和雪这个老朋友厮混一个全过程。"昔我往矣,杨柳依依;今我来思,雨雪霏霏。"老友如老酒,两三年不见面,一逢初雪,触动情思,初雪亦如初恋,意味绵长,经久难忘。我原来曾在诗里写过:"新疆也许不是白头偕老的妻子,却是终生难忘的情人。"现在看,不对了,应该反过来了,"新疆不是终生难忘的情人,而是白头偕老的妻子"。老家如老妻,从青春到白首,知根知底,患难相依。穷不离,富不弃,人和故土才是知己。说什么一线城市二线城市,逃离故土成了时尚,离弃乡亲成了荣耀,人的价值成了城市的附属品,不断地向更大的和国外的城市攀爬就成了人生成就的标志。怎么说呢? 社会潮流,时代特征,人往高处走,无可非议。可是我要说,那里有雪么? 那里有一大群看着你从小变老的人么? 还有,那里埋有你生活中难忘的日子么?

初雪之后的树,一丛一丛,一排一排,原来叶落了,枝枯了,一夜之间,霜雪满枝,衬在有雾的背景里,水墨画里的枯笔似的,美得无法描述。不知从哪里飞来一些不肯南迁的鸟,麻雀是寻常见的,乌鸦也不稀奇,喜鹊成双成对爱落高枝,像一些援疆干部似的让人感动。

因为新疆过去一直有乌鸦没喜鹊,近年才见喜鹊登枝,看来它并没有在乎是不是"一线城市"。还有一种以前没见过的鸟,形似喜鹊,体型稍小一点,黑顶,长尾,灰蓝背翅,淡红浅灰腹。总是结队成群,几十只飞来飞去,像一个加强排,散兵队形。这些鸟,给初雪后的世界增添了活力和内容,踏落枝头雪,飞过冰雪地,冷吗?看那活泼欢快的样子,似乎不像。

鸟想什么,人不知道。"子非鱼,焉知鱼之乐",吾非鸟,焉知鸟之饥寒?只见一群鸟飞来飞去,谁能体察这些自由的生灵为自己的自由付出了多么大的代价?秋天的时候就有过两次捉到误入家门的鸟,一只游隼,一只乌鸫。捉住以后关进笼子里,有青瓷盛水,有小罐盛米,给游隼还专门准备了碎肉。鸟天性自由,不屈不就,不饮水,不啄米,不食肉。关了一天,知其不从,一并开笼放生去了。那只乌鸫,从我手上展翅高飞之时,竟鸣叫不止,听起来像哈哈大笑的胜利者!我这才知道,鸟有不妥协的品格,不自由,毋宁死。小小的一只凡鸟竟然心气比人高,心性比人硬,佩服,惭愧。所有的生物都有自己的品格和底线,最低的,大概是人。

初雪之后,太阳升起,"须晴日,看红装素裹,分外妖娆"。红日白雪,绝对冷艳。

这时候该扫雪了,实际上是用推雪板推雪。雪厚盈尺,岂能扫动?我一直认为推雪是一种最干净的劳动,不起尘,不扬灰,活动筋骨,空气新鲜,既锻炼了身体,又清理了场院,比那些在健身房里的锻炼自然多了。初雪那么晶莹洁白,推起来不由你不想堆一个雪人,给它戴个草帽,拿两个柑橘做一对金眼睛,一根黄萝卜做个翘鼻子,手臂间再插一把扫帚,大嘴咧着,也是雪后开心事。

雪很美,初雪更美。风花雪月嘛,踏雪寻梅嘛,雪泥鸿爪嘛,晚来天欲雪嘛,都是雅事。

雪正是我们生命中"可以并乐于承受之轻",有什么比它更轻呢?它可以像蝴蝶一样轻盈地落在你的睫毛上,也可以像蜻蜓一样落在你的眉梢、眼角。这雨的精灵,冬天盛开的花朵,制造童话的高手,远古洪荒走来的女神……我们人类所遇到的最美妙的朋友!

周　涛
散 文 精 选

　　它虽然没有声音，但它浑身都是旋律，它带着音乐飞翔……你听到了吗？

　　一朵雪花轻盈若蝉翼，漫天大雪却可以覆盖住崇山峻岭、茫茫旷野，它同时还拥有海潮怒涛般雪崩的力量。它可不光是雅事，仅仅是雅没什么了不起，它具备更伟大的品质，具有更宏伟的力量。

　　可以说，雪是集真善美为一身的尤物。真也晶莹透彻，美也花蕊飞翔，善呢，冰川雪谷默默为万物储存水源，来年化作江河溪流养育万物浇灌人间，这才是真正的"厚德载物"。

　　见一次初雪老一岁，雪也是生命刻度和提示，想起几年前写的一首咏雪诗，当时也是十二月中旬，是这样写的：

　　　　鹅毛大雪降纷纷。
　　　　下得天地胖墩墩；
　　　　地下已经厚三尺，
　　　　天上未见薄一寸；
　　　　充塞顿使人间满，
　　　　涤虑更让宇宙新；
　　　　鸟雀不知何处去，
　　　　深深篱边留浅印。

　　　　　　　　　　　　　　　二〇一三年十二月二十日

好雪者说

　　风花雪月，雪居在三。世人常以风花雪月为无病呻吟舞文弄墨，实则差矣。中央电视台每晚天气预报，皆风花雪月之谈，试问谁人不关注？风花雪月，事关国计民生，生态环保。大则洪水泛滥，汉江危机，领导、三军驰援；小则沙尘弥漫，机场关闭，闭月羞花，人心忧郁。所以，风花雪月已不仅是闲人雅事，更成为本世纪人生活中不可或缺的事实。

　　风花雪月，乃是天颜；气象预报，观颜察色。天有风霜雨雪雷电，风威、霜峻、雨润、雪温厚、雷电惊心动魄，各有其神妙。然我世居北国，独有资格写诗，故作《好雪者说》。

　　雪者，天下之奇也。人却常以司空见惯而不觉奇，是因感觉已磨迟钝。童子见之气，打雪架，堆雪人，童子之心清新；南人见之惊，仰面而接，散发任落，以为苍天柔手抚吾颊，遥向阴云问烟雨，以为天地间之大情也。

　　吾好雪，如亲朋至友，若一年不能晤面数十次，惶惶如丧家之犬矣。有人生岁月而无雪，吾不知其可也。可以无影碟、无电脑，然不可冬日无雪；可以无职称、无文凭，岂可冬日无雪；可以无捷达、无奥迪，哪里可以冬日无雪啊！

　　人间有好雪者，雪自然亦好人间，一夜大雪，晨起平添七分振奋；三日不绝，街巷陡增万种豪情。若有小轩窗，凭窗赏雪实为雅趣，三

周　涛
散 文 精 选

两知己默然心会，杯酒洗肝肠；若有大披风，披肩独步松林芜园，问松柏可冷乎？问今日花凋明年可再开乎？天下无一事可牵挂，只须与一天豪雪相融合，此间乐，不思归。

观雪如观人，方为赏雪真谛。雪之众矣，足胜人之众。铺天盖地，飘飘洒洒。当其盛时，不知何时能停；当其停时；不知何时再下。乘时而来，随风而下。倏忽千军万马，独霸天下；落地平铺者众，钻窗入户者寡。总的趋势是下，间或有升有降，有起有落，诚如人在世间。铺于马路泥地，吾不知其贱；落于松柏翠枝，吾未见其贵；各得其所，阳春必化。

雪轻如絮，可以随风；此亦如人，要随形势。人生一世要表演，此亦如雪。雪花六角，晶莹且轻灵，可谓天之魂魄，雨之精灵；自高天降落，即是一生。任风携卷，顺流飘荡，花样百出，盈盈如蝶。不知者以为其自在舞，知之者知其为胡旋舞。雪之不知因何而舞，亦如人之不知为何而表演耶！

雪，幼时为雨，及长为雪，老而为冰，终化水汽而亡。此亦如人，少年为侠，及壮为臣民，老而为僧，最终化为烟尘。呜呼，阳春白雪，下里巴人，人若于世无益，哪里比得上雪？

雪澡精神雨洗尘。没有雪，哪来冰雪聪明？

"孤舟蓑笠翁，独钓寒江雪。"没有雪，就只是钓鱼，而不可能点化出钓功名、钓利禄、钓人格，钓有中之无、无中之有的幽深境界。

我为雪友，雪为吾师，寒暑易节，思之念之。昔我往矣，杨柳依依；今我来思，雪雨霏霏。旷野茫茫日，人间简约时。删繁就简，领异标新，觉人生之有涯，思宇宙之无穷。噫，雪之为师，何曾有一言半语？其传授者，尽是学问奥秘。雪者，雪也。

而今四月将近，五月初来，雪逝无踪，天桃灼开。初分手，即思念。浮浪一春，漫荡一夏，繁忙一秋，谁能耐得若何长耶？

吾师吾师胡不归？

二〇〇〇年四月二十八日

七间房小传

鼠有鼠洞，鸟有鸟巢，人活一世，总得有个住所。小时候住的是父母的房子，那是自己的家；长大成人参加工作，尤其是结婚以后，自己"成家"了，住过的房子，不管多简陋平常，都会留下难以忘怀的记忆。那是你一段生活的容器，承载着你的喜怒哀乐，悲欣快慰。那很难忘记。天高地远，世界之大，属于你的领地，只有那么小；都市繁华，人生百态，属于你的世界，只有那么简单苍白。家对于人，因而有着特殊的情味，它虽然只是生命一个阶段的驿站，却伴随着人生的全程记忆。

回过头来想一想，算下来有过七次住所。搬过七次"家"。我估计在大多数同龄人中算正常的，可能偏少一些。

第一次有"家"是二十六岁，一九七二年分配到喀什，住的是我媳妇供职的公安处的房子。一间房，砖地，只有一扇窗户，却有两扇门，估计过去是间办公室，空间很高。旧房子，空荡荡的一间，什么家具都没有，锅碗瓢盆摆了地上一顺溜，真是间破房子！

初来乍到，人地生疏，给你一间房子住就算有个窝了，有什么办法！一年四季得到院子里提水，冬天窗户上打个洞，烟囱伸出去，生炉子取暖做饭，上厕所要到院里的公用厕所。那时候大家生活条件都不行，公安处长也不过住了三间房。那时年轻，破房烂舍也不觉得丢人，稀里糊涂就过了三年。这第一站是够惨的。

周　涛
散文精选

那时候马文家倒是条件不赖，离喀什九公里，疏勒县，老爷子那时是南疆军区第二政委，少将军衔，住的两家一幢的平房，四间住房，厨房，卫生间浴室，大概有一百四十多平方米，客厅和卧室是地板。这在当时已经是整个南疆最好的房子了，比地委书记要好。

那住房和我住的就是天地之差了，可当时觉得理所应当，老爷子是红军嘛，我们大学刚毕业，算什么。

到了一九七五年左右，公安处给分了一套原政治处主任住过的房，一大一小两间，方砖地面，还有个后院可以养鸡放杂物，这就感觉相当好啦！像个家了，甚至有种可以长住下去的感觉了。在这个房子里，有了女儿毛毛，写出了《天山南北》，也遭遇了毛主席、周恩来总理、朱德三位领导人逝世，还承受了"三大讲"重点，写了一厚沓检查。真是酸甜苦辣咸，各种滋味初尝遍，还是不行啊，风度翩翩，自命不凡，三十未立，寝食不安，思想幼稚，头脑简单，瞻望前程，一片黯淡。

一九七九年时来运转了，调到乌鲁木齐了，特招入伍了，但是马文还没调来，家还没搬，住了一年办公室。到了一九八〇年，马文调到了自治区边防局，要搬家了，临时到文化工作站安排了一个房，平房，里外套间，砖地，水暖卫全没有，大冬天也得到人家办公室去提水。还是个破房子，好在父母已经落实政策回到了自治区党校，小孩有二老照料，困难虽然多，终于是春天来了，人生最难熬的严冬已经过去。当时，党校的发小赵南过来帮我收拾房子，他认真干啊，墙上的污迹一点点往下抠，让我过意不去，他说："堂堂大军区，给的这房子可不怎么样！"我只好自我解嘲，"咱不是刚来的嘛，先凑合住吧"！

一九七九年定职，是个正连职创作员，在当时大军区政治部，就算最低的干部了，住旧房子，舍我其谁。在这房子里，一住也住了三年。

第四次搬家，到了一九八三年，这才住到了军区大院里政治部的四号楼里。四号楼也是个旧宿舍楼，我住中间单元的三层，是个里外套间，水泥地面，有个小厨房，有个简陋的卫生间，有水暖设备。啊

哈，那当时就感觉进了天堂啦！扫地不用抠砖缝儿了，手不酸了，还可以用拖把打湿一掠即净，太轻松了。上厕所有了自家的卫生间，冬天不用生炉子架火，省的事多了。大院里还有食堂，按点打饭，幸福美满。虽然只是个筒子楼，但当时乌鲁木齐多数一般干部和市民还住在没有水暖卫的平房里，我自当感到满足。这也是个里程碑式的改变，告别了平房，住进了楼房。

第五次搬家到了一九八六年了，团职干部已经当了三年了，还住的是连职房，应该调整了。我当时希望住进三号楼，那是一九六四年盖的校官楼，三间卧室，地板，壁柜，水暖卫齐全，虽然是旧楼了，质量很好，地板和大壁柜都用的是东北红松。这楼在上世纪六十年代的乌鲁木齐很有名，当时住的一些老校官，大多是二级部长。现在二十年后能轮上我们住了，也感到很荣幸的。

在分配房子时遇到了一点小麻烦，似乎人家秘书处不准备给我了，让我搬营职楼，可能觉得我这个团职不够分量。一九八三年我从正连职直接升为副团职，当了四年兵，就成了副团职干部，可能引起一些老机关干部不服气，这也难免。但是在分房上卡我我不干，当时通过朋友告到了刘海清那儿，刘海清时任军区司令员，老红军，抗美援朝时的师长，威信很高，是个名将。刘海清根本不知道周涛，但我那个朋友面子大，刘司令发话了，房子住上了。

第一个晚上睡在那个卧室里，觉得怎么那么大，小房子住惯了，房子大了睡不着，空空荡荡，没着没落的。

在这个校官楼里，一住住了十二年，住到了一九九八年。

一九九八年政治部在东风路家属院盖了一座师职楼，五层。新楼盖好，和我同时期的一批师职干部有望入住，我是专业技术级，给不给我们，心里没底。结果一公布，不但给了，还是一号房，三楼。这真是喜出望外，工作以来，没住过新房啊，这是第一次，我已经是五十二岁的人了。

其实这房子也就是三卧室，一客厅一餐厅，厨房卫生间加起来一百多平方米，当时也觉得十分满意了。一个文学界的朋友来看了以后说"革命已经成功，同志不须努力"啦！我母亲八十三岁，她看了新

周　涛
散　文　精　选

房子说了一句极其幼稚可笑的话，她竟然问我："江主席，李总理的房子有没有这么大？"我说："开玩笑！能比吗？"我母亲摇了摇头，这个一九四二年参加革命的老八路一生简朴，她对当时已经很不适应了。

东风路家属院位置好，毗邻广场，离自治区党委、自治区人民政府两个方向都近，还紧挨着大小十字闹市区，离最好的天山百货商场几乎只有百米之遥，是个闹中取静、自成一统的好地方。而且出门就是菜市场，买东西十分方便。

我以为在此就到头了，不会再搬了，谁知道到了二〇〇五年，这楼上的师职干部大部分退休，光明路盖了几幢高层，面积更大，有电梯，人家搬到了光明路新居了。我对门的秘书处长杨观生也搬了，他那套空出来的房子，政治部又给了我，我一下住了两套师职房，二百三十平方米，十间房子了，这真是没想到。那时我已晋升三级，享受副军职待遇。

这第七站应该是终点站，我觉得到头了。过去我一直觉得自己没有住房的命，也从未敢有非分之想。自从笔耕为生，就绝了住好房子的念想，"穷文富武"嘛。每念起杜甫"茅屋为秋风所破"，李白四处漂泊，曹雪芹举家食粥，蒲松龄摧眉折腰奉迎县吏，常有文人气短，不敢奢求之意。自比从前，容易满足，愧对先贤，常觉有余。

不料到了二〇〇九年，军区为军以上干部建红星小区二期工程，把我们几个专业技术三级以上干部也算在内，小区建成，各家装修半年左右，是年秋季又搬家了，搬进了将军楼。

院里住的都是过去的老领导，有几个是中将，其余多是少将，从抗战时期、解放战争时期的，一直到上世纪七十年代初入伍的，跨越近半世纪。六十三岁以后，住进了这个院里，对比以前，心生感慨，命运对我如此厚爱，想我有何德能，肩不能挑重任，心不能服万众，只不过随心所欲地写了几百万字诗文而已。

一句话，赶上了好时候，遇上了好政策，若是放在一九五七年，那还不稳稳当当打成右派？劳动改造，低眉俯首，一晃二十年，那还能逃得了吗？

人的确是有命运的，那就是一个人的综合条件和整个时代的关系，顺则昌，逆则亡，如此而已，岂有他哉？有本事的人多了，与时代相合则有成，与时代相悖则失落。我参加工作四十年，从军入伍三十多年，从一个任性、散漫、恃才傲物、自命不凡的半拉子大学生，逐渐在社会生活中学习游泳，呛过水，学得慢，水性差，悟性低，一直也没有游好。比起人家那些在社会生活中如鱼得水的人，实在是差远了。但是我还是在不知不觉中接受了熏陶，思想方法发生了变化，尤其是五十岁以后，懂了一些社会生活的法则，任性收敛，散漫略改，傲物之心渐淡，容人之处渐多。向人家的长处学嘛，人皆有比自己强的地方，三人行必有吾师嘛！

今年龙年我六十六了，算是老年人里的年轻辈，回顾过去的岁月，时日浑浊记不准确，但住过的房子印象深刻，那里有过你的日子，存着你的气息，许多细节历历在目。住过的房子就是你人生的自传，一间房一个情节合起来就是一本书，可以叫《七间房小传》，哈哈。也不错。

二〇一二年四月十五日